U0516872

燃烧的大脑

[美] 苏珊娜·卡哈兰 / 著
（Susannah Cahalan）

刘丽洁 / 译

我 发疯 的 日子

BRAIN ON FIRE

My Month of Madness

中信出版集团 · 北京

图书在版编目（CIP）数据

燃烧的大脑 / (美) 苏珊娜·卡哈兰 著；刘丽洁译
. -- 北京：中信出版社，2018.1
书名原文：Brain on Fire: My Month of Madness
ISBN 978-7-5086-8906-7

I.①燃… II.①苏… ②刘… III.①散文集－美国
－现代 IV.① I712.65
中国版本图书馆 CIP 数据核字（2018）第 089049 号

燃烧的大脑

著　　者：[美] 苏珊娜·卡哈兰
译　　者：刘丽洁
出版发行：中信出版集团股份有限公司
　　　　　（北京市朝阳区惠新东街甲 4 号富盛大厦 2 座　邮编　100029）
承　印　者：北京诚信伟业印刷有限公司

开　　本：880mm×1230mm　1/32　　　印　　张：10.5　　　字　　数：244 千字
版　　次：2018 年 1 月第 1 版　　　　　印　　次：2018 年 1 月第 1 次印刷
京权图字：01-2013-6746　　　　　　　广告经营许可证：京朝工商广字第 8087 号
书　　号：ISBN 978-7-5086-8906-7
定　　价：58.00 元

目 录

第1部分　疯狂

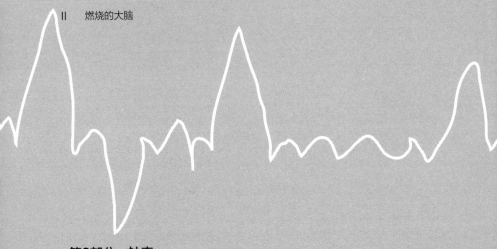

第2部分　钟表

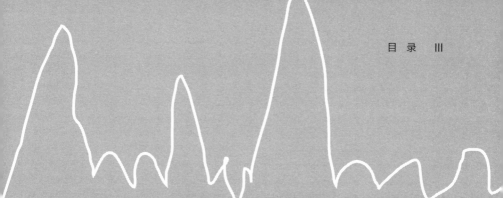

第3部分　追忆逝水年华

序

遗忘的存在从未被证明过：我们只知道，当我们希望
一些事情出现在脑海的时候，它们未能出现。

——弗里德里希·尼采

由于我所患疾病的性质，以及它对我的大脑造成的影响，在故事发生的这几个月里，我只能记起事情的一些画面，都是些短暂但却生动的幻觉，而头脑中大部分时间仍然是空白，偶尔浮现出模糊不定的记忆。身体的状况使得我无法详细记得当时的情况，于是，写作本书便成为我试图理解那段遗失时光的一种尝试。我运用自己当记者时习得的那些技能，利用一切可以得到的素材——包括对医生、护士、朋友、家人进行了上百次采访，翻阅上千页的病例记录，我父亲这段时间的所有日记，我离婚的父母用来沟通交流的医院记事本，在我住院期间，医院摄像机拍摄的视频片段，还有根据回忆、问询和印象写就的一本本记录——来帮助我重构这段遗失的经历。

要不是我将一些人名和具体人物略做改动，这将完全是一本纪实性作品，是回忆录和报道的混合体。尽管如此，我还是愿意坦然承认，自己并不是一个可靠的素材来源。不管我做过多少调研，在

当时，我都算不上一个真正的有清醒意识的人。而且，我难免会有偏见，因为这是我的生活，所以，这个故事的内容不免带有新闻界的那个老问题，也就是真实性的问题，这也使情况变得复杂得多。

毫无疑问，我撰写的故事中肯定有谬误，肯定有我永远无法解答的疑问，还有许多我永远无法回忆起来，也永远无法记述下来的时刻。剩下的，只有一位记者对自身最深层的探究——关于人格、记忆和认同，写作本书只是追忆和理解那些未知事件的一种尝试。

前　言

　　起初，只有黑暗和寂静。

　　"我的眼睛睁着吗？有人吗？"

　　我无法分辨自己的嘴是否在动，也不知道周围有没有人能回答我的问题。周围太黑了，什么都看不见。我眨动眼睛，一下，两下，三下，腹中有一种模糊的感觉。

　　接着，我意识到，自己的思想仿佛刚刚从一大锅蜜浆中摆脱出来，只能缓慢地转变成语言。它们一个字一个字地组成一个个问题：我在哪里？为什么我的头皮发痒？大家都在哪里？接着，周围的世界渐渐映入我的眼帘，一开始是一个小孔，然后它的直径慢慢扩大，黑暗中的物体渐渐清晰成形。过了一会儿，我认出了它们：电视、窗帘、床。

　　我立刻意识到自己需要从这里出去。我向前挪动了一下，但感觉自己被什么东西抓住了。我摸过去，发现腰间裹着一件厚厚的网状衣物，像是一件——那个词怎么说来着——紧身衣。衣服两端连着两条冰冷的金属导轨。我双手握住导轨往上提，有两根带子嵌入我的胸部，我只能移动几英寸[①]。在我右边有一扇没打开的窗户，透过它可以看到街道。汽车，黄色的汽车。出租车。我在纽约。在家里。

还没等那种宽慰的感觉释放到全身，我便看到了她。那个穿紫色衣服的女人，她正瞪大眼睛望着我。

"救救我！"我喊道。她的表情毫无变化，好像我什么都没说一样。我再次挣扎着想摆脱那些带子。

"别那样做。"她用一种我所熟悉的牙买加口音低声说道。

"西比尔？"不可能是她。西比尔是我童年时的保姆，我还是孩子的时候就没再见过她了。她为什么会选择在今天重新进入我的生活？"西比尔？我在哪里？"

"在医院。你最好冷静下来。"她不是西比尔。

"很痛。"

紫衣女人走近了，她弯下腰帮我解开带子，一对乳房扫过我的脸。她先解开右边的带子，然后解开左边的带子。双臂被解放出来后，我本能地抬起右手挠了挠头。可是，手指碰到的不是头发和头皮，而是一顶纱布帽子。我把它撕开，心里突然升起一股无名怒火，于是举起双手进一步检查自己的头部，摸到的是一圈圈的塑料电线。我拔出一根电线，头皮感到一阵刺痛。我把那根电线拿到眼前，看清楚它是粉色的，同时也看到自己的手腕上还缠着一条橘红色的带子。我眯着眼睛，怎么也想不出该用哪个词来形容，过了几秒钟，那个卡在脑子里的词汇终于出现：飞行风险。

---

① 　1英寸约为2.54厘米。——编者注

第 1 部分　疯狂

我感觉头脑里有奇怪的翅膀扇动的呼呼声。
——弗吉尼亚·伍尔夫，《一个作家的日记》

第 1 章　蓝色臭虫

　　也许这一切都是因为我被一只臭虫咬了一下，一只并不存在的臭虫。

　　一天早晨，我睡醒后发现自己左臂青紫色的动脉血管上有两个红点。那是在 2009 年年初，纽约城蔓延着人们对臭虫的恐慌：它们入侵办公室、服装店、电影院，甚至连公园长椅也不放过。不过，我一开始并没有太在意，直到有一天晚上，我被两只手指尖儿那么长的臭虫折磨了一整夜，不得不引起我的重视了。我把公寓仔细检查了一遍，除了那两只咬我的臭虫之外，再也没有发现任何一只臭虫和它们存在过的痕迹。我甚至还打电话叫来专业的杀虫人员检查我的公寓，还找了个加班的西班牙人，帮我把整个房间打扫一遍，他抬起沙发，用手电照亮了那些我过去从没想到要打扫的地方。最后，他宣称我的公寓里没有臭虫。这怎么可能，于是我又跟他预约了下一次服务，让他帮我喷药。

为了保证他的信誉，他要求我先等等，积累足够多的臭虫让他来战斗，他似乎把这件事想象成了一场侵袭。可是，我催他尽快过来，告诉他我的房间、我的床上，甚至我的身体，都被臭虫占领了。他这才答应再次过来看看。

我虽然内心有点儿不安，但仍在尽可能地向我的同事隐瞒着自己的担忧。谁会愿意跟一个遇到臭虫问题的人一起合作呢？之后几天，我在上班的时候，尽可能若无其事地穿过《纽约邮报》的新闻间，来到自己的工位前。我特意小心不让别人看见自己胳膊上被臭虫叮咬的部位，并且努力显得跟平常一样轻松。

《纽约邮报》虽然以追求新消息著称，但它的历史几乎和美国历史一样长。它由亚历山大·汉密尔顿在 1801 年创建，也是美国持续运营时间最长的报纸。光是在它创建的第一个百年里，它就曾对废奴运动和纽约中央公园的设立起了很大的推动作用。

今天，报社显得了无生气，许多工位都空着，好多格子间里都堆放着陈年未用的被遗忘的卷宗，还有东倒西歪的枯萎花卉。墙上挂着停摆的时钟，一张猴子骑着牧羊犬的照片，还有一个巨大的泡沫制成的六旗游乐园标志——这些都是记者们执行任务带回来的纪念品。所有电脑都很老旧，复印机则有小马那么大。

一间曾经作为吸烟室的小工具间，现在作为补给室用，里面的天气标志提醒人们，它已经不再作为吸烟室使用，好像真的有人会不顾各种监控器和视频装置，无意中闯进来吸烟似的。

我从 17 岁开始就在这里实习，一直在这个古怪的小世界里待了 7 年。每当快要截稿的时候，屋子里总是充斥着各种忙碌的声音：敲击键盘的响声、编辑的叫喊声、记者匆匆的脚步声——完全符合人们对小型报社的刻板印象。

"见鬼，这个标题下面要配用的照片到哪儿去了？"

"他怎么会不知道她是妓女？"

"那个跳下大桥的人穿的是什么颜色的袜子？"

这里就像一家没有酒的酒吧，到处都是激素分泌旺盛的新闻酒鬼。《纽约邮报》拥有独一无二的报业团队：最聪明的商业头条作家、最执着的追踪独家新闻的记者，还有那些工作狂，拥有变色龙一般的灵活性，能够跟每个人交上朋友，然后又在转瞬之间成为他们的敌人。当然，在多数日子里，新闻间里的气氛是克制的，每个人都在默默整理着那些法院卷宗、采访记录，或者在读报纸。很多时候，新闻间像今天一样，安静得如同停尸房一般。

我走向自己的办公桌，准备开始一天的工作，路上要穿过一排排标记着绿色曼哈顿街道标志的工位：自由街、拿骚街、松树街、威廉街，让人回忆起报社之前在南街海港的时候，两侧环绕的那些真实的市中心的街道。我的办公桌在"松树街"。一片静默之中，我在座位上坐了下来，旁边是我在报社最亲密的朋友安吉拉。我对她不自然地笑了笑，并问她："你知道被臭虫咬了该怎么办吗？"我努力压低声音，以免话语在鸦雀无声的办公室里回响。

我经常开玩笑说，如果自己有一个女儿，希望她像安吉拉那样。她对我在报社的工作给予了多方面的大力支持。我第一次见到她是在3年前，那时她是一个腼腆的、说话温柔的姑娘，来自皇后区，只比我大几岁。她从一家小的周刊报社被调到《纽约邮报》之后，在大城市报社的压力之下，迅速成长为我们报社最有才华的年轻记者之一，撰写出许多最佳新闻故事。许多周五的深夜，你会看见安吉拉在用电脑写作，而且是同时在4个分屏上撰写4篇不同的报道。

此时，我禁不住抬起头来望着她，期盼得到她的建议。

听到"臭虫"这个可怕的字眼，安吉拉滑动座椅，离我远了一点儿。"不要告诉我你染上它们了。"她一边说，一边露出顽皮的微笑。我正准备把胳膊给她看，但还没等我诉苦，我办公桌上的电话就响了起来。

"你准备好了吗？"是新来的《星期日专刊》编辑史蒂夫。他只有30多岁，已经被提名为《星期日专刊》的主编，我正是在他的部门工作。虽然他是个友善的人，但我还是感到不安。每个星期二，记者们要开一次选题会，讨论自己对《星期日专刊》文章的构思。从他的语气中，我才慌张地意识到自己完全没有为本周的选题会做准备。通常我至少会提出3个创意，虽然它们不见得都好，但我总是会有自己的想法。

可是现在，我什么想法都没有，甚至不知道接下来轮到自己的5分钟发言时，该编些什么。我怎么会搞成这样呢？我怎么可能连选题会都忘记了呢？对于这个每周一次的重要会议，我们都会极其用心地准备，甚至不惜牺牲自己的休息日。臭虫事件被我抛到了脑后，我睁大眼睛望着安吉拉，然后站起来往后退了两步，心里还是固执地希望在我到达史蒂夫办公室的时候，这个问题能够迎刃而解。

我心情忐忑地沿着"松树街"走到史蒂夫的办公室，在《星期日专刊》的新闻编辑保罗身旁坐了下来。保罗是我的好友，自我大二来报社实习以来，他一直给予我指导。我对他点点头，却不敢直视他的眼睛。我扶了扶满是划痕的安妮霍尔宽边眼镜。一个搞宣传的朋友曾调侃说，这副眼镜是我的"节育"神器，他说："戴着它，保证不会有人想跟你上床。"

我们坐在那里，谁都没有说话，我努力让自己适应保罗那熟悉的、富有传奇色彩的存在。他那头令人震撼的、让他显得远大于实际年龄的白发，还有他随时准备把世界翻个底朝天的性格，让他具备资深新闻人和出色编辑的素质。

大二的夏天，一位朋友把我引荐给保罗，他便给了我在报社实习的机会。最初几年，我只是个跑腿的，报道一些突发事件，或者给其他记者提供写作素材。我的第一项重大任务就是保罗布置的：一篇关于纽约一所大学的学生联谊会中存在放荡行为的报道。

我带着自己的文章和拍摄的一沓照片回到报社，我的"初生牛犊不怕虎"的精神给他留下了深刻印象，尽管后来这篇文章并没有见报，但他此后布置了更多任务给我，直到2008年我成为报社的全职记者。而此刻，我完全没有任何准备地坐在史蒂夫的办公室里，感到自己的不长进真是辜负了保罗的信任和尊重。

沉默愈发令人尴尬，我抬起头，看见史蒂夫和保罗都充满期许地望着我，于是，我只好开口，希望创意会最终进入我的脑海。"我在博客上看到了这个故事……"我说道，绝望地想要编出一个半成型的创意。

"这样真的不好。"史蒂夫打断道，"你必须拿出比这好的东西，行吗？下次请不要没做任何准备就过来。"保罗点点头，他的脸因为不悦有些泛红。这是我自高中在学校校报工作以来，第一次让报社感到失望。我走出房间时，很生自己的气，同时不明白自己为什么会犯这样愚蠢的错误。

"你还好吗？"回到工位后，安吉拉问我。

"嗯，我只是把工作给搞砸了，没什么大事儿。"我笨拙地自嘲道。

她笑了，露出了几颗迷人的歪牙。

"噢，别这样，苏珊娜。发生了什么事？别想太多了，你可是很专业的。"

"谢谢，安吉（安吉拉的昵称）。"我一边说，一边小口喝着凉下来的咖啡，"就是觉得这不应该是我的风格。"

那天晚上，我沿着第六大道从报社大楼往西走，路过游客成群的时代广场，朝我位于地狱厨房①的公寓走去。路上，我一直思忖着白天发生的不幸事件。仿佛是有意要过上一种典型的纽约作家的生活，我租了一间狭小的单间公寓，晚上睡在一张折叠沙发床上。公寓非常安静，还可以鸟瞰其他几户人家的院子。睡觉时经常吵醒我的，不是警车的鸣笛，也不是倾倒垃圾的垃圾车，而是一个邻居在自家阳台上拉奏手风琴的声音。

臭虫的叮咬还是让我放心不下，尽管那个灭虫的家伙向我保证不用担心，但我还是做好准备，把那些可能窝藏臭虫的家具移开，让他随时可以过来撒药。我把自己心爱的一沓沓《纽约邮报》的剪报扔进垃圾箱，看到上面的几百篇文章，我才意识到我的工作有多么奇怪：什么受害者和犯罪嫌疑人啊，什么危险的贫民窟啊，什么监狱和医院啊，什么摄影师要在冰冷的车里蹲守 12 小时轮班等候拍摄名人啊。我过去是那么热爱写这些文章的每分每秒，可现在，我为什么会突然觉得这些东西很可怕呢？

就在我把那些过去视为珍宝的简报塞进垃圾袋的时候，几篇头条文章让我停下了动作，它们中有些是我在迄今为止的记者从业生

① 地狱厨房（Hell's Kitchen）：地名，位于美国纽约曼哈顿剧院区，这里曾经是曼哈顿治安最糟、黑帮云集的地区，南起 34 街，北至 59 街，东起第八大道，西到哈得孙河（Hudson River）河岸，由于 1881 年《纽约时报》对此区的报道而得名。——译者注

涯中写就的最具分量的文章。

一次，我成功取得了独家采访已入狱的儿童绑架犯米迦勒·德夫林的机会。当时，全国媒体都在热议他的事情，而我只是华盛顿大学圣路易斯校区的一个大四学生。德夫林被我采访过两次，但故事并没有就此结束。采访他的文章见报以后，他的律师提起了针对《纽约邮报》诽谤德夫林的诉讼，要求法院对报社下禁言令；而本地和国家媒体开始在现场直播的电视节目里面讨论我的报道方式，对于报社记者进入监狱采访是否违反道德提出质疑。那段时间，保罗接了不少我的哭诉电话，这也让我们的关系更加紧密。最终，报社和编辑都站在了我这一边。

虽然这次经历没少让我担惊受怕，但也激发了我的欲望。从那以后，我成了监狱的常客，而德夫林最终被判处终身监禁。

然后是一篇关于丰臀的报道，"燃臀之急"这个头条标题至今让我发笑不已。我不得不假扮成一个脱衣舞娘，通过一个在市中心酒店房间秘密推销业务的女人，寻找廉价的丰臀服务。我站在那里，裤脚挽到脚踝上，故作若无其事状听着她说"每边收费 1 000 美元"，这个价格比她向给《纽约邮报》提供新闻线索的女子的要价高了一倍。

新闻是一个刺激的行业，我一直都喜欢比小说更具寓意的生活。可是，我怎么也想不到，自己的生活居然诡异到可以被自己心爱的报纸报道的地步。虽然当时觉得有必要，但现在看来，无情地扔掉大批多年工作的成果，完全违反了我一贯的风格。要知道，我可是个怀旧的"收集鼠"，至今还保留着自己四年级时写作的诗歌，还有从小到大写的 20 多本日记。虽然，在我对臭虫的恐惧、我工作时健忘，以及我突然产生扔文档的冲动之间，似乎并没有太多联系，可是那个时候，我还不知道，过分执着于臭虫这件事，本身就可能是患上精神病的一个症状。我更不知道，那些患上寄生虫病，[1] 或者不安腿综合征的人们，害怕情况恶化，大多会去求助杀虫专家或者皮肤科专家，而不会去找精神健康方面的专家，结果，他们通常都得不到有效的诊治。后来事实证明，我的问题其实远比发痒的前臂和被遗忘的会议严重得多。

经过几个小时的整理和清扫，我终于清理出了一片没有臭虫的区域，可是，我并没觉得自己的身体状况有任何好转。我跪在黑色的大垃圾袋前面，忽然感到胃里一阵剧痛——还有那种心脏病发作或死亡时才会感觉到的轻飘飘的恐惧感。我蹲了下来，脑袋里又是一阵剧痛，那种偏头痛的感觉，如同一道白色炙热的强光刺穿我的脑袋。我过去从来没有出现过这种感觉。我踉踉跄跄地走到卫生间，双腿和身体都失去了知觉，一路像是从流沙中滑行过来。我想，自己一定是染上流感了。

这可能不是流感，当然，同样地，可能也不是因为臭虫引起的。有可能是某种病原体侵入我的身体，那种能够激活各种机能的小病菌。难道它来自几天前在地铁上对着我打喷嚏的那个生意人，他的一个喷嚏就把大量的病菌传染给了地铁车厢里的其他乘客？[2] 或者是因为我吃错了什么东西，或者皮肤表面的某个小伤口感染了某种病菌？或者是被某种神秘的虫子咬了一下？

我再次想到这种可能。

医生其实也不知道我病症的起因在哪里。他说，唯一可以肯定的是，如果那个人对你打了喷嚏，你最多只可能染上感冒而已。可是，它却把我的世界搅得天翻地覆，甚至几乎置我于死地。

第 2 章　戴黑色蕾丝胸罩的女孩

几天后，我在男朋友的床上醒来，放松而满足。偏头痛、选题会和臭虫，一切都像已经过去的遥远记忆。

前一天晚上，我第一次带男朋友斯蒂芬去了我父亲和继母吉塞尔在布鲁克林高地的豪宅。我们 4 个月的恋爱关系，自此又前进了一大步。此前，斯蒂芬已经见过了我母亲——我父母在我 16 岁那年离婚，我一直跟母亲的关系更加亲密，所以我们跟母亲见面的机会也更多——但父亲对我更有威慑力，而且我知道，我和父亲从来就没有对彼此坦诚过（虽然父亲和吉塞尔结婚已经一年多了，但他最近才把结婚的事情告诉我和弟弟）。当然，这次见面的晚餐还是充满了温情和快乐，红酒和美食也毫不逊色。斯蒂芬和我离开的时候，都认为这次拜见岳父大人的经历圆满成功。

可是，我父亲后来对我坦陈，第一次见面的时候，他一度认为斯蒂芬和我的关系只是暂时的，他不会是我长期的男朋友。我可完全不这样认为。虽然我们是不久前才开始约会的，但是斯蒂芬和我的第一次见面可以回溯到 6 年以前。那时我 18 岁，当时我们在新泽西一次峰会的同一个报道小组工作。在我们共事的那段日子里，大家相处融洽，但关系并没有深入发展，主要是因为他比我大 7 岁（对一位少女来说，这样的年龄差是两人之间不可逾越的鸿沟）。

去年秋天的一个晚上，我们在纽约东村一间酒吧中，我俩共同的一个朋友开的派对上再次邂逅。我们一边拿着内华达山脉牌啤酒瓶互相碰杯，一边分享着共同经历：讨厌短裤，以及对鲍勃·迪伦的《纳什维尔的地平线》专辑的热爱。在那种慵懒随意的气氛之下，斯蒂芬显得十分迷人。我感觉他是那种可以熬整夜的人：留着音乐家式的蓬乱长发，拥有骨感烟民的身板，还有对音乐无所不知的博学。但老实说，我一直觉得眼睛是他最迷人的特点。那双毫不隐藏的坦诚的眼睛，让我觉得自己已经跟他约会多年。

那天早上，在泽西城的他的巨大无比的单身公寓（当然是跟我的相比）里，我起床后忽然意识到，这个地方也要属于我了。那时，斯蒂芬已经起床离开，去参加乐队训练，我可以自由选择是待在他的大公寓里，还是出去走走。

早在一个月前，我们就互相交换了钥匙。这是我第一次跟男朋友发展到这种程度，但是，我从来没有怀疑过自己选择的正确性。我们彼此都觉得在一起非常舒服，一直是那种开心、安全和彼此信任的感觉。可是，我那天躺在他的公寓里，却突然不经意地萌生出一种强烈的愿望：查看他的电子邮件。

快速浏览着他几个月来的日常邮件，我成功找出一封他的前女友近期发给他的邮件，标题写着："你喜欢吗？"我点开标题，感觉心脏在胸腔里狂跳。她给他发了一张自己的近照，嘴唇翘起，故作性感状，并显摆着自己赤褐色的新发型。从邮件看，斯蒂芬似乎没有给她回信。

尽管如此，我还是气得差点儿没猛揍电脑一拳，或者把它扔到房间那头去。不过，怒火中烧的我选择继续在收件箱里搜查，翻出的通信记录证明他俩曾交往了一年。多数邮件结尾都是同样的三个字，"我爱你"，而斯蒂芬和我还没有向对方说过"我爱你"。我"啪"地盖上电脑屏幕，心里的怒火燃烧得更加炽烈，虽然自己也说不清这到底是为什么。我知道自从我们俩开始约会以来，他就再也没有跟前女友说过话，更没有做过什么不当的举动。可是，在那一刻，我却觉得有股力量推着我，去别的地方看看，去寻找他背叛我的蛛丝马迹。

我踮着脚走到他的黄色宜家梳妆台前，却愣住了。万一他开了监控摄像怎么办？许多操心的家长特意给家里装上监控摄像，以便在自己外出的时候监视新保姆的举动。于是，这种想法一直萦绕在我的脑际：万一他在监控我怎么办？万一这是他对我的一个考验呢？尽管这个突发的猜想让我吓了一跳，但这并没有阻止我打开他的柜子，翻找他的衣服，把它们扔到地板上，直到有了一个重大的收获：那是一个贴了许多贴纸的纸盒，里面装着数以百计的信件和照片，其中大部分都是他和前任女友们的。其中有一本长条形的影集，里面全是他跟最后一位前女友的照片：他们互相嘟着嘴，渴望地看着对方，大笑，然后接吻。我感觉这一切就发生在自己眼前，就像儿童手翻书那样一页页呈现在我面前：我正在见证他们相爱的过程。在它下面，是这个女孩穿着透明的蕾丝胸罩，手搭在自己的翘臀上的照片。她浅金色的头发一看就是漂染的，艳丽却不轻佻，下面是手写的一行字，看起来像是斯蒂芬青少年时期的笔迹。那个女孩在信里写了一大段她在法国的时候多么想念他的话。她把"他们的"这个词用错了，还把"绝对"这个词错写成"决对"，这让我觉得很可笑，忍不住咯咯地大笑起来。接着，我又伸手去拿下一封信，并无意中在衣橱的镜子里瞟见了自己：只穿着胸罩和内裤，两腿间夹着斯蒂芬的秘密情书。镜子里的那个陌生人也盯着我：头发散乱，面孔扭曲，显得怪异而陌生。我想，自己以前可从没有干过这种事情，真恶心。我出什么毛病了？我过去从来没有乱翻过男友的任何东西。

我跑到床前，打开我的手机，发现时间已经过去了两个小时，而我感觉仅仅过去了几分钟。过了一会儿，偏头痛重新袭来，恶心的感觉也卷土重来。这时，我第一次觉得自己的左手有些异样，是那种被针刺到麻木的感觉。我将左手握拳，然后松开，试图缓解不适，可这反而使针刺的感觉更加严重。我跑到梳妆台前，把斯蒂芬的东西收起来，确保他不会注意到我窥探了他的隐私，也顺便把自己的注意力从针刺感上转移开。可是不久之后，我的左手就完全失去了知觉。

第3章　胡萝卜

左手的针刺感持续了好多天都没有减退，因为我还沉浸在周日那天早晨窥探斯蒂芬隐私的负罪感和不安当中，也没有特别在意这个问题。第二天上班后，我向我们报社专刊的编辑求助。我的这位朋友叫麦肯齐，一副一丝不苟、无懈可击的样子，活像是热播剧《广告狂人》里出来的人物。

"我干了件糟糕的事儿。"在报社大楼外，我瑟缩在一件不合身的冬大衣里，向她坦白，"我偷偷翻了斯蒂芬的屋子，发现了他前女友的很多照片，还把他的信都看了一遍。好像我是女主人似的。"

麦肯齐一边抛给我一个会意的浅笑，一边撩开肩上的头发。"仅此而已？那可没那么糟糕。"

"麦肯齐，这属于心理不正常。你觉得，会不会是我用避孕药导致了激素分泌的变化？"我最近开始用安全套了。

"哦，别这么说。"她反驳道，"所有女性都这么做，尤其是纽约的女性，苏珊娜。我们是争强好胜的女人。别对自己太苛刻了。下次尽量别再这么做就是了。"麦肯齐后来对我说，她在意的倒不是我偷窥本身，而是我居然对自己的行为有那么大的反应。

我发现保罗在附近吸烟，并提出了同样的问题。我指望他能够对我直话直说。

"没有啊，你并不疯狂，"他宽慰我道，"而且你也没必要那么在意。每个男人都会保留前任女友的照片或者其他东西，作为求偶大战的战利品。"他的解释倒挺有用。

我总是能从保罗那里得知男人的想法，因为他是个十足的男人：吃得多（一顿能吃一个大号加火腿的双层芝士汉堡，外加一份肉汁），赌得多（在大西洋城的百佳塔的二十一点扑克牌赌桌上，一局就输掉 12 000 美元），玩得多（赢的时候喝尊尼获加蓝方威士忌，输了就喝麦卡伦 12 年单一纯麦威士忌）。

我回到办公桌前，发现自己的左手又麻木起来——或者它一直就是麻木的？——而且，这种麻木已经扩散到了我的左侧身体和左脚趾。这让我有点儿不知所措，不知道自己是否该为此紧张。于是我给斯蒂芬打了个电话。

我在电话里说，"不知什么原因，我感觉麻木"。电话听筒快要贴到书桌上了，因为电话线纠缠得厉害。

"像那种针刺的感觉？"我听到电话那边传来他拨动吉他和弦的声音。

"可能是吧？我不知道。感觉很奇怪，我之前什么感觉也没有。"我说道。

"你感冒了吗？"

"没有吧。"

"嗯，要是情况没有好转，你应该去看医生。"

我翻了个白眼。这话居然出自一个多年不去医院的家伙之口，我需要的是别的主意。挂断斯蒂芬的电话之后，我把椅子转向安吉拉。

"你是不是打喷嚏或者弯腰的时候不小心扭伤了？"她姨妈最近就是因为打喷嚏，让脊柱的一个骨节错了位，导致双手麻木。

"我想你应该去检查一下。"另一位记者从工位上探出头来，说道，"或许是我看太多《神秘诊断》剧集了，可是，里面确实有很多吓人的东西。"

当时，我对他的说法只是一笑置之，可是此后，我脑袋里一直充满了怀疑。

虽然我的同事们在职业上善于夸大其词，但是，他们语气中的担忧，让我重新反思自己不以为然的态度。那天午间休息的时候，我最终决定给我的妇科医生艾力·罗斯坦打个电话。他对我而言，与其说是医生，不如说更像是朋友，甚至在我妈妈怀我的时候，他就给我妈妈看过病。罗斯坦多数时候都非常随和，我还年轻，通常都很健康，所以也习惯了他每次跟我说我一切正常。

可是，这次我跟他讲述自己的症状的时候，他语气中的温和却不见了："我希望你尽快去找神经科医生看看。而且，我希望你立刻停止使用避孕贴片。"那天下午，他就替我安排了一位有名的神经科医生问诊。

受到他反应的影响，我叫了辆出租车赶往市里，汽车在晚高峰前的车流里穿进穿出，最后把我放在上东区一栋富丽堂皇的大楼前面，宽阔的大理石大厅里站着几个门童，一个门童把我引到右边一个没有标牌的木门前面。入口处巨大的水晶吊灯和灰暗的办公室显得有些不协调，我感觉自己仿佛一下子跳进了 20 世纪 70 年代。

会客室里摆着 3 张不成套的花呢椅子，和一个浅棕色的法兰绒沙发，都是提供给访客的座位。我坐在沙发上，努力让自己不至于陷进去。周围的墙上挂着几幅油画：第一幅是一个留着白胡子的圣人的素描，他手里举着一个像是手术针的器具，第二幅是田园风光，第三幅是宫廷弄臣。房间里的陈设实在是杂乱无章，以至于让我不禁怀疑，这个房间里的一切，包括那些家具，都是从居民二手交易市场或者路边的淘汰旧物中淘来的。接待前台处悬挂着几个醒目的标识：请勿在大厅中打电话或等候病人！看病就诊之前必须付清所有医疗保险分摊付款费用①！

"我来找贝利医生。"我说道。前台接待没有微笑，甚至都没有看我一眼，就扔给我一个记录板。"把它填好，等着。"

我三两下就把表格填完，再也没有比我这个更简单的病史了。服用过任何药物吗？没有。对任何东西过敏吗？没有。先前有过任何病史或者做过任何外科手术吗？我在这里停顿了一下。大约 5 年前，我的背部被诊断出有黑色素瘤，由于发现早，只需要做一个微创的小手术把它摘除，没有做化疗，其他就都没有了。我把这一条写下来。虽然曾经有过这种癌症前期的征兆，但我依然满不在乎。有人会说我对自己的健康太不上心，但至少你能看出，我绝不是一个有一点儿小病就疑神疑鬼的人。

通常，都是我妈妈给我打好几次催促电话来，我才会遵循跟医

---

① 医疗保险分摊付款费用（Copay），又称 Co-pay，是 Co-payment（也作 Copayment）的缩写。是美国医疗保险中的一个专有名词，指在门诊就医和取药时，由保险受益人分摊的费用。此项费用是固定的小数额付款，每次看病和取药都会产生。——译者注

生的约定去看病，所以，我自己不等别人督促，主动跑来看医生，绝对算是大事了。妇科医生一反常态的震惊语气让我感到不安，我迫切想要得到答案。

为了保持冷静，我把目光聚焦在那些古怪的色彩斑斓的油画上面——其中一幅画上有一个用黑色勾边、以明亮的基本色的色块填充的人脸，红色的瞳孔、黄色的眼珠、蓝色的下巴，和一个像箭头一般的黑色鼻子。

虽然没有嘴唇，却能看出他在微笑，眼睛里有一种疯狂的神情。这幅油画深深映在我的脑海，并在未来的几个月里反复重现。它那种杂乱无章的、非人化的扭曲，有时让我反感，有时却让我感到欣慰，甚至在我最黑暗的时刻成为一种激励。后来我才知道，这是著名画家米罗在1978年创作的一幅作品，叫《胡萝卜》。

"卡赫兰！"护士粗声粗气地叫道，她叫错了我的名字。这个错误很常见，而且也可以理解，所以我继续跟着她往前走。她把我带进一间空无一人的检查室，然后递给我一件绿色的睡袍。

几分钟后，一个男中音在门后响起："敲门，敲门。"索尔·贝利是一个像祖父般慈祥的老人，他一边介绍自己，一边向我伸出手。我的小手握着他肉乎乎的大手，感到柔软却有力。

他语速很快地说："那么你就是艾力的病人喽，快跟我说说到底是怎么回事。"

"我真的不知道是怎么回事，就是有种奇怪的麻木的感觉。"我冲他挥挥左手比画道，"还有左脚。"

"嗯。"他一边读着我的病历表，一边问道，"你以前得过莱姆病吗？"

"没有。"他问话的语气使得我想跟他确认，于是我说道，"没有，我没病。"他的问话让我急于证明自己不是一个负担。

他点了点头。"好吧，我来看看。"

他进行了一次典型的神经系统检查。这将是我未来接受的上百次检查的第一次。他用锤子测试我的膝跳反射，用手电查看我的眼睛，用手猛推我的双臂，来测试我肌肉的力量，然后让我闭上眼睛，把手指伸到鼻子跟前，来测试我的协调性。最后，他记下"检查正常"几个字。

"我想抽些血，做一次常规的检查，我还希望你去做一下核磁共振，虽然我没看出你有任何异常的地方，但出于稳妥的考虑，我希望你能去做一下。"他补充道。按过去一贯的风格，我一定会拒绝做核磁共振，但今天，我决定听从医生的建议。接着，一位年轻的、身材瘦长的医师，看起来刚刚三十出头，在实验室的候诊室里迎接我，然后把我领到更衣区。

他把我带到一间私人更衣室，递给我一件棉长袍，并要求我脱掉所有衣服，摘下所有首饰，免得它们干扰机器。他走后，我脱去衣服并叠好，然后把我的幸运金戒指摘掉，把它放进一个密码箱。这只戒指是继父送我的毕业礼物——它是14K黄金，上面点缀着黑色的赤铁矿猫眼石，在某种文化里，它可以抵御恶灵的侵扰。

医师在更衣室外面等着我，微笑着把我带到核磁共振室。他把我扶上检测台，在我头上戴了一个头盔，并拿了条毯子盖在我裸露的双腿上，然后走出去，在另一个房间里控制检查过程。机器里面闷响了半个小时之后，我听见医生总结道："表现不错，我们做完了。"

检测台从机器里伸出，我摘下头盔，掀掉毯子，站了起来。只穿着医院的袍子，就这么暴露自己的身体，让我感到有些不自在。

医师对我咧嘴一笑，然后身体靠着墙，问我："你是做什么工作的？"

"我是一名报社记者。"我答道。

"哦，真的吗，哪家报社？"

"《纽约邮报》。"

"不会吧！我以前可从没在现实生活中见过记者。"我们朝更衣室走去的途中，他对我说道。我没有接话。

在更衣室里，我以最快的动作穿上衣服，然后冲到电梯前，以逃避跟医师的对话。我感觉他的这种调情让我尴尬，因为这样的经历，核磁共振反而没有给我留下太多印象。

可是，关于这次就诊，尤其是和医师无意中的几句交流，却在我脑海中停留了很久，就诊之后很久都没有忘记，就像那张名为《胡萝卜》的画作一样。随着时间推移，那位医师温和的搭讪被我混乱的大脑赋予了一种奇怪的恶意。

直到几个小时之后，我漫不经心地想把戒指戴到依然麻木的左手上时，才意识到，那烦人的一天真正的悲剧在哪里——我把自己的幸运戒指落在了那个密码箱里。

"我的手一直有刺痛的感觉，这是不是很糟糕？"第二天上班的时候，我又问安吉拉，"感觉它麻木得简直不像我自己的。"

"你会不会染上了流感？"

"我感觉很不舒服，我想我是发烧了。"我一边说，一边瞟了眼自己没戴戒指的左手。对自己身体状况的焦虑丝毫不亚于丢失戒指的焦虑，我一直对把它弄丢耿耿于怀，但又没法让自己打起精神。我只是很不理性地抱有一丝渺茫的希望：还是不知道比较好。我就这样说服自己。我也知道，自己病得已经没法在晚上长途跋涉去看斯蒂芬的"太平间"乐队的表演了，他们会在布鲁克林绿点的一间酒吧演出。一想到这里，我心里更难受了。

安吉拉望着我说："你看起来好像烧得不算太厉害，我陪你走回家吧？"

要是以前，我一定会拒绝她的提议，特别因为这是星期五晚上，是交稿的时间，我们一般要在办公室加班到晚上10点，甚至更晚。可是，我实在是感觉恶心，很难受，而且还生自己的气，于是就让她送我回家。本来只需要5分钟的路程，我们却走了半个小时，因为我几乎每走一步都要停下来干呕一番。等我们回到我的公寓，安吉拉坚持要我打电话给医生，问问到底是怎么回事。"这太不正常了，你病的时间那么长。"她说道。

我拨打了非工作时间的热线电话，很快就接到了罗斯坦医生的回电。

"我正想让你知道这个好消息。昨天的核磁共振结果出来了，一切正常。我们已经排除了你患有中风或者血栓的可能，我一直担心你会因为使用避孕贴片患上这两种病。"

"太好了。"

"不过，出于安全的考虑，我希望你停止使用避孕贴片。"他说道，"核磁共振显示出的唯一一个小异常，是你颈部的部分淋巴结有一些肿大，所以我怀疑可能是某种病毒感染。可能是单核细胞增多症①，不过，我们没有验血，还没法证明这个推断。"

我差点儿大声笑出来，我才20多岁，就患上单核细胞增多症？

---

① 单核细胞增多症，也被称为"接吻病"。一种传染病，通常是通过唾液、飞沫散播。——编者注

等我挂断电话，安吉拉充满期许地望着我。我告诉她："单核细胞增多症，安吉拉，单核细胞增多症。"

　　她脸上的紧张顿时舒缓，然后笑道："没开玩笑吧？你得了这种接吻病。你才多大？ 13 岁？"

第 4 章 《摔角王》

单核细胞增多症。听到这个词，我的困扰缓解了不少。不过，星期六的时候，我在床上躺了一天，为自己感到难过。第二天晚上，我打起精神，跟斯蒂芬、他大姐茜拉和姐夫罗伊一起到附近的蒙特克莱看一场雷恩·亚当斯的表演。表演开始之前，我们在当地的一间爱尔兰酒吧碰头，一起坐在用餐区，头顶是一个低垂的古董吊灯，发出昏暗的光芒。我点了鱼和薯条，可是，一想到菜的样子，胃里就会泛起恶心。

斯蒂芬、茜拉和罗伊随意聊着天，我则沉默不语。我跟茜拉和罗伊只见过几次面，也懒得去想自己给他们留下了什么印象，而且，我现在也没有精力加入他们的对话。他们一定会觉得我这个人很没意思。我的鱼和薯条上来之后，我立刻后悔自己点了这些菜。鳕鱼上裹着厚厚的油炸面浆，简直像要流出来似的。上面的油反射着吊灯的黄光。炸薯条也油腻得令人恶心。我悄悄把食物推到盘子旁边，希望没有人会注意到我其实什么也没吃。我们提前来到演出现场，但音乐厅里已经人满为患。

斯蒂芬希望尽可能接近舞台，于是他挤过人群往前走。我努力跟上他，可是，我站到 30 多个男人当中，感觉愈加头晕和恶心。

我对斯蒂芬大声喊："我过不去！"

他放弃了挤到前面的打算，回到我身边，我们站在舞台后方的一个柱子旁边。我靠在柱子上，感觉自己的手包像是装了 40 磅① 的东西那样重，我努力把它托在肩膀上，因为太挤，我周围的地上根本没有空间放包。

背景音乐响起。我很喜欢雷恩·亚当斯，试图跟大家一起欢呼，可是只能无力地拍手。乐队后面的背景上悬挂了两朵 5 英尺② 高的尼龙做的蓝色玫瑰，让我觉得十分刺眼。我感觉到众人的狂热。我左边的一个人点燃一根大麻烟，那种甜兮兮的烟味让我想吐。我后面的男人和女人呼出的热气灼烧着我的脖子。我根本没法把注意力集中在音乐上，看表演对我来说是一种折磨。

后来我们挤进茜拉的车，让她开车送我们回斯蒂芬在泽西城的公寓。他们 3 个人大谈着这个乐队是多么神奇，我依然没有作声。我的羞涩让斯蒂芬很诧异，他觉得很奇怪，要知道，我可从不是一个把观点憋在心里不说的人。

"你喜欢这个演出吗？"斯蒂芬一边小声问，一边去握我的手。

"我有点儿记不得了。"

那个周末过后，我又连续请了 3 天假。这对报社任何人，尤其

---

① 1 磅约为 0.45 千克。——编者注
② 1 英尺约为 30 厘米。——编者注

是对一位新来的记者来说，显然是太长了。过去，为了肉库区的一篇稿子，我即便一直加班到凌晨4点，第二天早晨还是会准时到办公室上班，我也从来没有请过病假。

最后，我觉得应该把诊断结果告诉母亲。自从听说我手脚麻木，尤其是只有半边身体麻木之后，她一直很担心。我向她保证，这都是因为单核细胞增多症的关系。我父亲在电话里没那么紧张，但是，在我病假第三天的时候，他亲自赶到曼哈顿来看我。我们在时代广场的一家AMC剧院碰头，赶上早场的《摔角王》，不过没什么观众。

"我曾经试着忘记你。"[1]兰迪，也就是剧中的"兰姆"——憔悴的米基·洛克扮演的一位精疲力竭的职业角斗士——对他女儿说道，"我曾经假装你不存在，可是我做不到。你是我的小女孩。现在，我老了，成了垮掉的一摊肉，孤苦伶仃，我这是咎由自取。我只是不想让你恨我。"滚烫的泪水从我脸颊上滚落。

尴尬的是，我努力控制自己胸部的起伏，可这种情绪的外泄只是让自己感觉更加糟糕。没跟父亲打声招呼，我就从座位上跑到剧院的洗手间，躲在小隔间里面痛哭起来，直到那种感觉渐渐淡去。过了好一会儿，我才调整好情绪，走出来清洗自己的手和脸，完全不顾旁边洗手池旁那个脖子上满是皱褶的金发中年妇女关切的表情。她走后，我盯着镜子里的自己。触动我的真的是米基·洛克吗？还是剧中父女之间发生的全部故事？我父亲可没有剧中的爸爸那样感情丰富，他总是避免说像"我爱你"这样的话语，甚至对自己的孩子也不例外。这种不善表达感情的特点是遗传的。他唯一一次亲吻我祖父，是在祖父去世后。现在，父亲从百忙之中抽出时间，跟我一起坐在一间空荡荡的剧院里。对，让我难受的原来是这个。

打起精神来，我对自己说道。你的行为太荒唐了。

我回到父亲身边，他似乎并没有注意到我刚才的感情爆发，我也静静地坐到电影结束，没有再次崩溃。结账以后，父亲坚持要走路送我回去，并说要帮我检查一下公寓，看有没有臭虫吓唬我。当然，我的公寓已经没有臭虫了，他主要还是关心我的身体，想跟我多待一会儿。

"他们说你得了单核细胞增多症，是吗？"他问道。母亲得知这个消息后，把《纽约》杂志上列出的最佳医生的名单认真研究了一遍，而父亲却截然不同，他对所有医学机构都不信任。我点点头，然后耸耸肩。

可是，走近公寓的时候，我身体里忽然充斥着一种莫名却熟悉的恐惧感，我忽然意识到，自己并不希望他进去。跟多数父亲一样，他在我小时候也曾经因为我房间太乱而打过我，不过，那时的我对此习以为常。可是今天，我却觉得很惭愧，仿佛房间就是我乱七八糟生活的一个象征。一想到父亲马上要看到我过着怎样的生活，我的心就惶恐不安起来。

"那是什么味道？"我开门的时候，他问道。

糟糕。我一把抓住门边的杜安－里德药妆店的塑料袋。"我忘了扔垃圾了。"

"苏珊娜，你得让自己过得有条理一些。你不能像这样生活。你已经是一个成年人了。"

我们都站在门口，看着我的房间。他是对的，里面好脏。脏衣服散落在地板上，垃圾桶里的垃圾都放不下了，在屋子闹臭虫、有人来检查之前的那段时间打包的垃圾袋，已经开始散发臭味，它们已经被放在那里有 3 个星期了，散落得到处都是。检查之后，我再也没有发现过臭虫，也没有再被臭虫咬过。到现在，我才相信臭虫灾害已经过去——甚至脑子里会隐隐怀疑它们是否存在过。

第5章　冷玫瑰

第二天，我回去上班。那天是星期四，我还有足够的时间写完一则报道，再改两篇稿子。可是，这几篇稿子都没有达到要求。

"请你先去 LexisNexis（世界著名的数据库）查询一下。"史蒂夫在那两篇经我润色的稿子上写道。

我告诉自己，不安全感是工作的一部分。记者总是处在一种持续性的自我怀疑的状态中：有时，当报道的稿件无法通过，或者人们不肯透露消息源的时候，我们的日子就会变成灾难；有些时候，那些我们自己都不大看得上的稿子，却可能成为撒手锏；有时候，我们觉得自己是行业里干得最好的；有时候，我们又会觉得自己是个蹩脚记者，应该着手去找一份稳定的办公室工作才对。不过最后，甚至连这些起起落落的情绪都没有了。为什么我的一切突然变成这样？几个星期以前，我还对自己的记者职业感到满意，现在居然变成这样。一想到这里，我就害怕起来。

我对自己的拙劣表现深感沮丧，于是再次跟上司提出想早点儿下班，希望这都是由于单核细胞增多症的关系。也许一夜好眠能够让我回归正常的自我。

那天晚上，我辗转反侧，心中满是对自己生活的担忧。第二天早上闹钟响起的时候，我一边按下静音按钮，一边决定再请一天病假。又睡了几个小时，我才醒来。经过这样的休息，我感觉自己平静了许多，仿佛那个单核细胞增多症只是一场遥远的噩梦。现在，周末已经在地平线向我招手。我给斯蒂芬打了个电话。

"我们去佛蒙特吧。"这是一种通知，而不是商量。几个星期之前，我们曾经计划要去佛蒙特，在我堂哥的家里住几天，可是，自从我生病之后，这个计划就被我们心照不宣地搁置下来了。斯蒂芬似乎感觉到我并没有恢复以前的状态，列举出好几条理由，来说明我们为什么不应该急于开始这次旅行。

这时，我的手机显示有另一个来电，是罗斯坦医生。

"血液检测的结果出来了，你的单核细胞增多症检查结果并不是阳性。"他说道，"你现在感觉怎么样？"

"好多了。"

"哦，那一定是跟花园有关的某种病毒，现在，它已经不在你的身体里了。"

我兴奋地给斯蒂芬打回电话，坚持说我们应该收拾好行李出去度个周末。他答应了。那天下午，我们借了母亲的黑色斯巴鲁汽车，往北驱车 4 个小时，来到佛蒙特的阿灵顿。那是一个完美的周末：星期六和星期天的早晨，我们一起去当地一家名为"起来吃早餐"的餐厅吃饭，然后去奥特莱斯购物，去滑雪（或者说是：斯蒂芬去滑单板，我则在小屋里看《远大前程》）。

星期天，一场暴风雪来袭，我们很高兴有理由在这里再待一天，这意味着又要多请一天假。最后，我答应跟斯蒂芬一起出去滑雪。他把我带到一座小山顶上。过去我曾经滑过几次，并没有觉得中级道很难，当然，我也算不上一位专家。

可是这一次，当冷风夹杂着雪片，把脸颊吹得生疼时，我忽然觉得这座山显得比以往任何时候都要陡峭得多。脚下的雪道又长又窄，充满挑战。我忽然觉得非常无助，内心恐慌起来。我曾读过关于内心深处的飞行恐惧症的文章，但自己从未经历过。

"准备好了吗？"斯蒂芬的声音在咆哮的风中显得很遥远。我的耳朵能听见自己的心脏怦怦直跳，一边滑着，一边想到更加可怕的场景：万一我再也爬不起来怎么办？万一斯蒂芬把我留在这里怎么办？万一他们再也找不到我的尸体怎么办？

"我做不到！"我大喊道，"我不想滑了，请别逼我。"

"来吧！"他说，可当他觉察我的焦虑时，就不再逗我了，"没关系的，我向你保证，你不会有事的。我们会慢慢滑。"

我紧张地跟着斯蒂芬，沿着中级道往下滑。我慢慢加快速度，感觉自己刚才被吓成那样真是太傻了。几分钟后，我们平安到达山脚下。这时我意识到，刚才的恐慌绝不仅仅是对高度的恐惧。不过，我还是什么都没有对斯蒂芬说。

星期一晚上，回到母亲在新泽西的房子，我还是很难入睡，感觉自己真是想家了。我翻看了以前的旧衣服，发现大学时期只能提到大腿的裤子，现在居然正好穿上。我高兴地想：自己总算是做了件对的事情。

我将很快亲身体会到，这种病的特点就是时好时坏，使得患者相信最糟糕的时候已经过去，但其实它只是暂时被削弱，很快又会反弹发作。

第 6 章　全美通缉令

星期二早晨上班的时候，我办公室的电话响起，是史蒂夫打来的。他似乎已经原谅了我近来频繁请假和工作松懈的状态，或者，他只是决定再给我一次机会："我想让你去采访约翰·沃什，他明天早上会去参加福克斯电视台的访谈。他正在筹拍一部关于潜水艇贩毒的新剧集，我想这可以成为导刊上一篇有意思的文章。"

"好的。"我说，试着想象自己会像过去那样一听到任务就自然而然地流露出热情。能够采访《全美通缉令》一剧的导演，当然是件令人兴奋的事情，可是，我却怎么都集中不起精力来。我需要做的第一项工作是查阅他以前拍过的影片，于是我给《纽约邮报》的图书管理员丽兹打了个电话。她白天是一名研究人员，晚上则是专事现代巫术的女祭司。鬼使神差中，我居然并没有要她帮忙查找资料，而是请她帮我用塔罗牌算一卦。

"来吧。"她懒洋洋地说道。

丽兹的现代巫术使用的是蜡烛、咒语和定位法。她最近刚刚被提名为三级高级女祭司，这就意味着她有资格收徒传艺。她穿着印有成排的五角星的衣服，在冬天也披着一件黑色的斗篷。她身上有着熏香和广藿香的香味，低垂的小狗般的眼睛让人天然地产生信任。虽然我对所有巫术和宗教都有与生俱来的怀疑，但还是被她的气场所吸引。我发现自己就是想要相信她。

"我需要你的帮助。"我说道，"我的情况不太好，你能用塔罗牌算一算吗？"

"好。"她一边说着，一边把一沓塔罗牌一字排开。"嗯。"她把每个音节抽出来。"嗯，我看见的是好的东西，积极的东西。你将经历某种工作的变动，有一个在《纽约邮报》以外自由职业的工作。最终……我看到的都是好的东西。"

当我把注意力集中在她说的话上，一种平静在全身上下蔓延开来。我需要有人告诉我，我一定会好起来的，而这些奇怪的挫折，只是我人生中的几段小插曲罢了。现在反思起来，我从丽兹那里寻求安慰，其实是找错了人。

"哦，男人。我觉得他们太轻浮了。"丽兹说。

"是的，我也有同感。"我确实有同感。

我回到办公桌前，安吉拉看起来情绪低落。一个《纽约邮报》的男记者，一个报道了《纽约邮报》许多重大事件、对报社复兴功不可没的人，因黑色素瘤而去世。全报社的人都在转发一封电子邮件，上面写着本周五那位记者葬礼的安排。他只有53岁，这让我想起自己也曾被诊断出患有黑色素瘤，那天剩下的时间，我本应该好好去研究约翰·沃什，却始终没法把这个难过的消息抛开。

第二天早晨，在经历了又一个不眠之夜以后，我本该用剩下不

多的时间准备采访，可我不自觉地又在谷歌上搜索起黑色素瘤的发
病率来。时间到了 9：50，我完全没有准备，但还是出门，按照约
定，在大厅尽头的一间空荡荡的办公室跟沃什见面，心里希望自己
能蒙混过关。在走廊里，我看到《纽约邮报》头版的照片都被装进
相框，挂在墙上，它们的标题开始伸展扩张。

> 比尔骗我！
> 宇宙飞船在空中爆炸，7 位宇航员全部丧生
> 戴安娜死亡
> 国王和我
> 希拉里

我看见那些页面都在呼吸，在我周围吸气和吐气。我的视野变
得狭窄，仿佛是通过取景器在看走廊。荧光灯忽明忽暗，周围的墙
壁开始收缩，让人产生幽闭恐惧之感。墙壁深处，天花板延展到天
空那么高，我感觉自己仿佛身处一座教堂之中。我把手放在胸口，
想让自己狂跳的心平静下来，并告诉自己，要深呼吸。我并不害怕，
那种感觉更像是沿着摩天大楼的窗口往下张望时产生的震撼与冲动，
但你知道自己并不会掉下去。

最后我来到跟沃什约定见面的办公室，他已经在里面等我了，
脸上还带着接受福克斯新闻采访时化的妆，演播室的强光让他的妆
稍微有点儿花。

"嗨，约翰，我是苏珊娜·卡哈兰，《纽约邮报》的记者。"我刚
看到他，心里就萌生出一个古怪的问题，沃什是否会想起他惨遭谋
杀的儿子亚当。亚当于 1981 年在一间百货商店遭到绑架，后来被人
们发现时，已经身首异处。我微笑着站在他和他那精心装扮的公关

人员面前的时候，心里想的却是这个恐怖的问题。

"哦，你好！"那个公关人员的话语打断了我的思绪。

"哦，嗨！我叫苏珊娜·卡哈兰。我是记者，负责报道这个故事的记者。您知道的，关于贩毒，贩毒的事——"

沃什打断了我："潜水艇，对。"

"他只有5分钟时间，所以我们恐怕得立刻开始。"公关人员说道，她的语气透出一丝不耐烦。

"许多南美洲的毒贩都在自制潜水艇。"沃什说道，"嗯，事实上，它们并不是真正意义上的潜水艇，只不过是看起来像潜水艇的、具有下潜功能的船罢了。"

我快速记着笔记："哥伦比亚"（原话），"自制""运输大约10……""运毒船，我们必须组织船……"我渐渐跟不上他说的话，于是只是记下一些凌乱的词汇，显得自己听得很专注的样子。

"非常狡猾。"

这个时候，我很不合时宜地笑了一声，而且也不明白自己为什么会觉得这个词很可笑。公关人员很不解地看了我一眼，然后说道："对不起，我不得不打断采访，约翰得走了。"

"我送您出去吧。"我紧张而热情地说着，并准备把他们送到电梯口。可是，一走路，却发现自己很难保持平衡，一不小心撞到走廊的墙壁上，好不容易跟跟跄跄走到门边，想帮他们开门，却怎么也抓不住门把手。

"谢谢您，谢谢您。我是您的狂热粉丝，狂热粉丝，狂热粉丝。"等电梯的时候，我突然蹦出这句话。

沃什善意地微笑了一下，似乎接受了我古怪的唠叨，可是，他哪里知道，我平时采访绝不是这种风格。

"很荣幸。"他说道。

至今我也不知道——或许永远也不会知道——沃什对我这个奇怪的《纽约邮报》记者真实的想法是什么，尤其是在这篇报道一直没有见报的情况下。这是我接下来7个月内做的最后一次采访。

第 7 章　再次上路

　　我不记得自己在采访后是怎样回到家里的，也不知道自己接下来的几个小时是如何度过，如何又犯下一个职业错误的。我只知道，接下来又是一个不眠之夜——我已经有一个星期没有睡过完整觉了。我走到办公室。

　　这是 3 月的一个美妙的早晨，太阳出来了，但是温度很低，只有零下 1 摄氏度。半年来，我每天都要穿过时代广场两次，可是今天，我刚走到广场中央的广告牌下面，就被它们花哨的颜色所震撼。我试图看向别处，让自己不被这些颜色的冲击波晃到眼睛，可我没有做到。

　　箭牌口香糖亮蓝色的广告牌发出的电子涡流让我脖子后面的毛发都要倒立起来。我能感觉到投影在脚趾上的颜色在震动。酷炫的光波让人既兴奋又恐惧。不过，这种恐惧只持续了一小会儿。我左边的"欢迎来到时代广场！"的移动广告牌吸引了我的注意，而且让我很想跑到马路中央去呕吐。M&M 巧克力豆的一个动画广告牌在我左前方旋转，让我的太阳穴剧烈疼痛起来。巨大的冲击让我感到异常无助，我用戴着露指手套的双手捂住眼睛，跟跟跄跄地走上第 48 大道，仿佛刚刚结束一场翻滚过山车的惊险死亡之旅。好不容易来到报社，那些炫光还在眼前晃动，只是不那么刺眼了而已。

"安吉拉，我得告诉你一件奇怪的事。"我压低声音说，担心旁边的人听到，以为我疯了。"我看到鲜艳的颜色，就会感到特别刺眼。"

"什么意思？"她问道，微笑中带着担忧。

我的行为变得越来越不稳定。但到今天早上，我的错乱开始惊吓到她。

"时代广场，那些颜色，那些广告牌，它们太亮了，比我以前看到过的都要亮。"

"你一定是喝多了。"她紧张地笑了起来。

"我没喝酒。我想我都要疯了。"

"如果你真的不放心，你应该回去看医生。"

我一定是出了什么问题。这简直是疯子的行为。

我对自己无力清楚表达所发生的情况而感到绝望，只好把两手拍在电脑键盘上。明亮的电脑屏幕愤怒地盯着我。我看了眼安吉拉，想看看她有没有看到我的奇怪表现，不过她正忙着查看电子邮件。

"我不能这样做！"我喊道。

"苏珊娜，苏珊娜。嗨，发生什么事了？"安吉拉问道。我的爆发让她十分吃惊。我以前从来没有像这样歇斯底里过，现在每个人都在盯着我，我感到很丢人，很惭愧，滚烫的泪水沿着脸颊流到衬衫上。

"你怎么哭了？"

我没有回答她的问题，同时也是对自己莫名出现的各种症状感到难以启齿。我也不知道自己为什么会变成这样。

"你想出去散散步吗？去喝杯咖啡？"

"不，不，我不知道我是怎么了。我感觉糟透了，我也不知道自己为什么要哭。"想哭的感觉主宰着我的整个身体，我就甘愿沦为它的奴隶。而且，越是告诉自己要停下来，那种想哭的感觉就越强烈。我为什么会变得如此歇斯底里？我努力搜索脑子里的所有内容，把生活的所有片段，所有不确定的部分进行拆解。我工作干得很糟。斯蒂芬不爱我。我崩溃了。我疯了。我太蠢了。此时，许多同事已经回到办公室，他们刚参加完那个记者的葬礼，都是一身黑衣。我没有参加葬礼，因为自身的问题已经让我招架不住了。这就是我哭泣的原因吗？我根本就不认识那个人呀。我是在为自己而哭吗？觉得自己有可能成为下一个早逝的人？

另一个记者坐在安吉拉对面，突然转过身来问道："苏珊娜，你还好吗？"

我讨厌被人关注，于是狠狠瞪了她一眼，带着深深的厌恶说道："别问了。"

泪水继续顺着脸颊流下，但我惊讶地发现，自己不再悲伤。我很好。不是好，是开心。不是开心，是美妙的感觉，比我上半生经历过的任何时刻都要好。眼泪一直在往下流，可是现在，我却在大笑。我的后脊处涌起一股暖流。我想跳舞，想唱歌，就是不想坐在这里吞咽想象中的悲苦。我跑到卫生间，用水冲了冲脸。冷水在流，卫生间的那些隔断在我眼前忽然显得陌生起来。文明已经发展到这样的地步，为什么我们排泄的时候还要跟别人挨得如此近？我看着那些隔断，听着马桶冲水的声音，简直无法相信自己以前曾经用过它们。

回到办公桌前，我的情绪相对平静下来，就给麦肯齐打了个电话，问她几个星期前谁来打听过我，并说好在楼下跟她碰面。对于近来发生的事情，我想听听她的意见。当我在新闻公司大楼后面找到她的时候，发现她也穿着黑色的衣服，也是刚刚从那位记者的葬礼上回来。我忽然对于自己如此沉迷于个人事务感到羞愧。

"非常抱歉在你难过的时候打扰你。"我说道，"我知道我现在这样的行为实在是太自私了。"

"没关系。发生什么事了？"她问道。

"我只是，只是……你曾经有过觉得自己不像自己的时候吗？"

她大笑起来。"我从来没有觉得自己像自己过。"

"可这不一样，真的出问题了。我一看见鲜艳的颜色，就会无法自控地哭起来。我没法控制自己。"我重复着，一边擦去哭肿的眼睛下残留的泪水。"你会不会觉得我是精神崩溃了？你会不会觉得我要发疯了？"

"瞧瞧，苏珊娜，这已经不是你自己能解决的问题了。你真的应该去看看医生。我想你应该把所有的症状都写下来，就像你要写一篇报道那样。不要遗漏任何内容。你知道的，哪怕最小的细节也可能产生最重大的影响。"

天才的办法。我几乎小跑着离开她，上了楼，然后开始写。可是等我回到办公桌前，却只写下如下的内容：

然后我开始涂鸦，我也记不得自己当时到底画了什么，也不知道为什么会这样画：

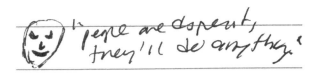

"当一个人感到绝望的时候，他什么事情都做得出来。"

"当一个人感到绝望的时候，他什么事情都做得出来。"我写道。

突然，我停下来，并且把办公桌上的所有东西都清空——所有的水瓶、半空的咖啡杯，还有那些我不会再读的、被打入"冷宫"的文章。我把那些自己不知出于什么原因收集的一大摞书籍，全部扔进地板上的垃圾筐里，把它们全部抛弃，仿佛这就是我曾经是个囤积狂的证据。我突然感到自己现在又可以控制身体的每个部分了，那种轻松愉悦的感觉又回来了。可是，即便在那个时候，我也能意识到，这是一种危险的愉悦。我担心自己如果不好好珍惜它，不把它表达出来，这种感情来得快，去得也快，转瞬就会消失得无影无踪。等我回到办公桌前，我用两手拍着办公桌。

"一切都会好起来的！"我大声说道，无视安吉拉惊愕的表情。我跑到保罗的办公桌前，高声宣布我创造的全新的、简单而伟大的生活哲理。

"咱们到楼下抽根烟吧！"

"你看起来好多了。"在电梯里，保罗说。

"谢谢你，保罗。我真的感觉好多了。我感觉又是我自己了，我还有好多话要跟你说呢。"我们点燃香烟。"你知道吗？我现在终于知道是哪里出了问题。我想写更多报道，更好的报道，更有分量的报道，而不是那些垃圾故事。是真正有内容的东西，真正打动人的调查。"

"嗯，那太好了。"保罗说，但他似乎也想知道我到底怎么了。"你还好吗？你在 1 分钟里说了一车的话。"

"对不起。我就是太兴奋了！"

"我很高兴听到你很兴奋，你知道，因为有些人告诉我，你在办公桌前很不安，而你在上个月病得也很厉害。"

"那已经结束了，我已经认真地把它弄明白了。"

"嘿，你最近跟你妈妈聊过吗？"保罗问道。

"是的，前几天聊过。为什么这么问？"

"只是好奇而已。"

保罗正在脑海里建构着一幅画面，跟安吉拉一样，他感觉我的这些症状都是精神即将崩溃的迹象。之前，他也在另一个他很在意、但是濒临崩溃的记者身上看到过这些症状。当时，她开始化鲜艳得不得体的妆容，行为也很古怪，后来她被诊断患有精神分裂症。

跟我瞎扯了 10 分钟后，保罗回到大楼，给安吉拉打了个电话。"得有人给她妈妈或者别的人打个电话，事情不对劲儿。"

保罗上楼去跟安吉拉细聊，我则留在楼外面。如果当时有人看到我，一定会以为我陷入了沉思，或者正在脑子里构思一篇报道——并无反常之处。可事实上不是这样。钟摆再次摇摆起来。现在，我感觉摇摇晃晃，恶心得厉害，就像那天在佛蒙特山顶上时一样，只是没有那么害怕而已。我漂浮在新闻大楼外面的人群上方，我看见自己的头顶，那么近，我简直可以碰到我自己。我看见丽兹，那个图书管理员，并感到我"自己"重新进入我的躯体当中。

"丽兹，丽兹！"我喊道，"我需要跟你谈谈！"

她停下来。"哦，嘿，苏珊娜。你好吗？"

我没有时间寒暄。"丽兹，你有没有感觉到你在这里，但实际却不在这里？"

"当然，总是这样。"

"不，不，你不明白，我说的是我可以从上面看到我自己，就像是漂浮在上面向下看。"我绞着手指说道。

"这很正常。"她说。

"不，不，就像你在躯壳外面看自己一样。"

"当然，当然。"

"就像你在自己的世界里，而不在这个世界上。"

"我知道你在说什么。它可能只是昨天我们占卜之后给你残留的印象而已。我想我可能当时把你带到另一个王国里面去了，很抱歉。试着放松点儿，去拥抱这种感觉。"

同时，安吉拉出于对我古怪行为的担心，在保罗的鼓励下，准备带我到附近万豪酒店的酒吧里去喝上一杯，并诱导我讲出更多最近的反常表现。回到报社后，安吉拉要我收拾好东西，跟她一起步行前去。我们穿过酒店的旋转门来到前厅，站在一群等着乘坐透明观光梯去8层酒吧的游客旁边，可是，那些游客让我不安起来。周围的人太多了，我感到无法呼吸。

"我们乘坐滚梯可以吗？"我恳求安吉拉。

"当然可以。"

每边装饰着十几个发光灯泡的滚梯，只是增加了我的不安。我试图忽视心跳的加速和额头上的汗珠。安吉拉站在几级台阶上面，显得很关切。我能感觉到自己胸膛里升起的恐惧，突然，我又哭了起来。

到3层时，因为啜泣得实在太厉害，我不得不先下滚梯调整一下。安吉拉把胳膊搭在我肩膀上。结果，一共8层的电梯，我下来了3次，调整自己因为哭泣而失控的情绪。

最后我们到了酒吧，地毯看起来像是《阿拉伯的劳伦斯》里面那种前卫设计的产物。它在我面前卷曲起来。我看得越认真，上面的图案就显得越抽象。我努力不去看它。拥有百余个座位，可以鸟瞰时代广场的酒吧空荡荡的，只有几个商人围坐在入口旁的椅子上。

我们进去的时候，我还在哭。其中几个端着鸡尾酒杯的商人抬起头来，诧异地看着我，这让我感到自己更糟糕、更可怜。泪水一直在流，可我却不知道原因。我们走到酒吧中央，在高脚椅上坐了下来，远离其他客人。我不知道自己想喝什么，于是安吉拉给我点了一杯苏维翁白葡萄酒，她自己则点了一杯蒸汽啤酒。

"到底发生什么事了？"她一边问，一边喝了一小口琥珀色的啤酒。

"太多事情。工作，我干得一塌糊涂；斯蒂芬，他不爱我了。一切都糟透了，都很没意思。"我说道，手里握着酒杯，像是一种安慰自己的习惯行为，没有去喝里面的酒。

"我理解。可你还年轻，工作有压力，又刚交上新男友，这些都有不确定性，让人害怕。不过，这些事儿让你这么难过吗？"

她是对的。我一直在想所有的一切，可是很难找出一个细节能够解答所有的问题，就像要把各种零散的、互不相干的碎片拼成一幅图一般。

"还有别的事。"我承认道，"可我不知道是什么。"

那天晚上7点，我到家的时候，斯蒂芬已经在家里等我了。我并没有告诉他自己跟安吉拉一起出去，而是谎称自己在加班。我说服自己，不能让他知道自己的复杂行为。虽然安吉拉极力劝说我要把真相都告诉他，但是，我并没有对他发出预警，说自己感觉不像自己，或者自己失眠的事情。

"别担心。"他说道，"我开一瓶葡萄酒，这样有助于你睡个好觉。"

我看着斯蒂芬把围裙系在腰上，有条不紊地搅拌着意大利虾酱面，一种负罪感油然而生。斯蒂芬是一个天生的熟练而有魅力的厨师，但我无法享受他今晚的娇宠，起身走开。我的思想如万马奔腾，从自责转为爱慕，又转为排斥，然后循环往复。我无法阻止它们，于是只好移动身体，想让心绪平复下来。最重要的是，我不想让他看到这种状态下的我。

"你知道吗，我有好长时间没怎么睡过觉了。"我说道。事实上，我都不记得自己上次睡觉是什么时候。我已经至少有 3 天没有真正合过眼，而失眠的症状已经反复折磨了我好几个星期。"我可能也会影响你睡觉。"

低头做意大利面的他抬起头来，微微一笑。"别担心，有我在旁边，你会睡得更好的。"

他递给我一盘意大利面和一份有益健康的帕尔马干酪。刚一尝到虾，我的胃就翻腾起来，差点儿没呕吐。他大嚼特嚼的时候，我把意大利面推到边上，看着他，努力掩饰自己的恶心。

"怎么了，你不喜欢吗？"他问，有点儿受伤。

"不，不是。我只是不饿。这些菜真棒。"我故作愉快地说道，而身体却在努力控制自己不要跑到公寓外面去。

我脑子里有个挥之不去的念头，我的心里充满着各种各样的绝望情绪，特别是还有种想要逃离的愿望。最后，我好不容易让自己放松下来，跟斯蒂芬一起躺到沙发床上。他给我倒了一杯葡萄酒，可我却把它放在了窗台上。也许我只是隐隐感到酒只会令我的状况更加糟糕。取而代之地，我不停地抽烟，一根接一根，直到把它们都抽成烟蒂为止。

"你今天晚上成了烟鬼啊。"他掐灭了自己的香烟后，说道，"也许正是因为这个原因，你才不饿呢。"

"是啊，我应该戒了，感觉我的心脏都要从胸腔里面蹦出来了。"

我把电视遥控器递给斯蒂芬，他翻看频道，最后锁定 PBS（美国公共广播公司）。慢慢地，他粗重的呼吸变成响亮的鼾声，电视上是"西班牙……再次上路"的节目，一档关于格温妮斯·帕特洛、马里奥·巴帝利和《纽约时报》美食评论家马克·比特满周游西班牙的真人秀节目。我想，天哪，不要看格温妮斯·帕特洛，可是自己也懒得更换频道。当巴帝利吃着油腻腻的鸡蛋和肉的时候，帕特洛则把玩着一瓶山羊酸奶，他给她尝了一口自己的菜，她则露出嫌恶的表情。

"早上 7 点吃这个太好了。"[1] 她讽刺地说道。观众很容易看出她对他的口味有多么嫌弃。

当我看着她吸酸奶时，我胃里又开始翻腾起来。我这才想起自己过去一周都没有好好吃过东西。

"等一下。"巴帝利反驳道，"在那匹高高的大马上，我都看不见你了。"

我大笑起来，接下来，一切都开始变得模糊。

格温妮丝·帕特洛……

鸡蛋和肉……

黑暗。

第 8 章　灵魂出体的经历

　　斯蒂芬后来跟我描述了那天晚上噩梦般的经历，他被我一连串的低声呻吟夹杂着电视机里的声音吵醒。一开始，他以为我是在磨牙，可是当那种声音变成一种高频的摩擦声，就像砂纸刷金属一样，然后变成一种深沉的、像打呼噜一样的声音时，他意识到情况不对。他觉得我可能存在睡眠问题，可是，当他转过身来面对我时，发现我正直挺挺地坐着，大睁着眼睛，却是一副什么都没有看到的样子。

　　"嘿，怎么了？"

　　我没有反应。

　　他建议我放松一下，我转身面对他，呆呆地盯着他的后方，像被控制了一样。我的双臂突然直直地在身前举起，像一具僵尸，我的眼珠来回转动，身体僵硬。我喘着气，但只是不停吸气，却不呼气。血和泡沫开始从我紧闭的牙关间涌出。斯蒂芬吓得尖叫一声，他呆若木鸡地盯着我开始颤抖的身体。

最后，他跳起来——虽然以前从来没有见过癫痫病人，但他知道该怎么做。他让我躺下，并让我的脑袋侧向一边，以防止我窒息，然后跑去拨打了911急救电话。

我永远也记不起那段癫痫发作的经历，也不记得接下来发生的事情。此时是我第一次失去意识，也是理智与非理智的分界点。虽然在接下来的几个星期里，我偶尔会有清醒的时间，但我再也不是过去的那个我了。这是我病中最黑暗的一段日子的开端，我开始处在介于真实世界和由幻觉和妄想组成的模糊的臆想世界之间的炼狱中。从这一刻起，我开始越来越依赖外部因素重构这段"遗失的时光"。

后来，我发现，癫痫只是我之后经历的一系列失控行为中最有戏剧性、最易于辨认的一种症状。最近几个星期里，我身上发生的每一种症状，都是我的大脑最基本层面一种更大、更激烈斗争的体现。

健康的大脑是由1 000亿个神经元构成的一部交响乐，每个独立脑细胞的活动需要融入整个大脑机能中，这样才使得人的思想、活动、记忆，甚至只是一次打喷嚏成为可能。可是，只要有一个部件出现损坏，就会让整部交响乐不再和谐。当神经元由于疾病、外伤、肿瘤、缺乏睡眠，甚至戒断酒精而突然开始持续失调，一种糟糕的结果就是癫痫。

对于一些人来说，结果会是斯蒂芬亲眼看到的我的"强直—阵挛发作"，其特征是意识丧失或肌肉僵直，以及身体出现奇怪的、同步的、不由自主的舞动——我可怕的僵尸运动。另一些人则可能出现轻微的症状，其特点是呆视、意识模糊和重复的嘴部或身体运动。癫痫长期得不到治疗引起的后果，包括认知缺陷，甚至死亡。

癫痫发作的类型和严重程度取决于神经功能失调是否集中在大

脑：如果它是在视觉皮层，人会出现视觉上的扭曲，如视觉幻觉；如果是在运动区的额叶皮层，人会表现出奇怪的僵尸般的动作。

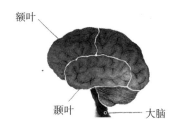

额叶

颞叶 —— 大脑

伴随着剧烈的强直—阵挛发作，我也经历了由于颞叶过度刺激导致的复杂的部分癫痫。[1] 颞叶通常被认为是"大脑中最怕痒"的部分。大脑中的颞叶、海马体和杏仁体结构，负责情绪和记忆。这种发作的感觉，类似"圣诞节早晨"的幸福感，[2] 或性高潮，或宗教的体验。[3] 许多人表示曾经历过类似的感觉，这叫作熟悉感；而跟它相反的感觉，叫作陌生感，即一切看起来都是陌生的，比如我对办公室洗手间的陌生感，看到的灯光和世界都跟之前的感觉很不相同（就像《爱丽丝梦游仙境》里那样的感觉）。我去采访约翰·沃什的时候，体验到的就是陌生感；还有畏光，对各种光线极度敏感，就像我在时代广场上的经历那样。这些都是颞叶癫痫发作的常见症状。

一小部分颞叶癫痫患者[4]——5%~6%——报告他们有过灵魂出体的经历，这种感觉被描述为觉得自己从躯体中离开，（通常是从上方）能够看见自己。

当时我躺在一个担架车上。

当时我正被送进救护车，斯蒂芬握住我的手。

我进入一家医院。

我在这里，漂浮在上方，俯瞰自己。我很平静，没有恐惧。

第9章　疯狂初现

重新醒来之后，我看到的第一件事情就是几英尺外，在病房明亮的灯光下，一个无家可归的男子正在呕吐。在一个角落，另一个浑身带伤、血迹斑斑的男子被铐在床上，身体两侧站着两名警察。

我死了吗？我的内心升起一种对周围环境的不满。他们怎么可以把我放在这里？我太生气了，甚至都没有害怕，于是我爆发了。几个星期以来，我一直感觉自己不是自己，但是，对我人格真正构成损害的东西也已经浮出水面。回顾这一段时间，我知道自己已经开始对疾病投降，听任自己过去珍视的各种品格——耐心、善良、礼貌——蒸发消失。我成为自己失控大脑的傀儡。我们终究是身体各个器官的总和，当身体崩溃的时候，我们珍惜的各种品格也随之消失。

我还没有死。但是我就要死了，因为他，因为那个实验室技师。那个技师给我做核磁共振的时候，可能是在跟我调情，我说服自己，这就是导致这一切的幕后黑手。

"把我从这间屋子里弄出去，现在！"我命令道。斯蒂芬握住我的手，被我专横的声音吓了一跳。"我不要待在这间屋子里。"

我不要死在这里。我不要跟这些怪胎死在一起。

一位医生来到我的床边。"是的，我们会立刻把你带走。"

我胜利了，为自己新发现的力量而欣喜不已。我说话终于有人听了，我终于不用担心自己的生活会失控了，我开始把注意力聚焦在任何让我感觉自己强大的事情上。

一名护士和一位男护工把我的病床推出房间，推进旁边的一间私人病房。病床移动的时候，我紧紧攥着斯蒂芬的手。我为他感到难过，他还不知道我就要死了。

"我不想让你难过，"我轻声说道，"但是我就要死于黑色素瘤。"

斯蒂芬看起来很疲惫。"别说了，苏珊娜。别说这种话。你不知道发生了什么事。"

我注意到泪水在他的眼眶里打转。他承受不住的。突然，愤怒重新回到我身上。

"我知道出了什么问题！"我吼道。"我要告他！我要让他得到应得的报应。他以为可以调戏我，把我弄死吗？他做不到。不，我要到法庭上把他打倒！"

斯蒂芬迅速抽回他的手，好像被我灼烧到一般。"苏珊娜，请冷静。我不知道你在说什么。"

"那个操作核磁共振的家伙！他调戏我！他没有染上黑色素瘤。我要告他！"

一位年轻的住院医生打断了我的咆哮。"这是你回家以后需要调查的事情。如果你需要一位好的皮肤科医生，我可以给你推荐。不幸的是，我们只能为你做这些了。"

医院已经给我做了 CT（电子计算机断层扫描），这是一项基本的神经检查，还给我验了血。"我们只能让你出院，建议你明天一早就去看神经科医生。"

"出院？"斯蒂芬插话道，"你就这样让她走了？但你还不知道她得的是什么病呢，而且她的症状还会复发。你怎么能这样就让她走呢？"

"我很抱歉，但是癫痫发作相当普遍。有时它们会发作，有时又永远不会复发。这是一间急诊病房，我们不能留她在这里看病。我很抱歉。我建议你们明天早上第一时间去看神经科医生。"

"我要起诉那个家伙！"

医生耐心地点点头，然后离开，去检查其他病人了——被枪打伤和吸毒过量的两个家伙。

"我必须打电话给你妈妈。"斯蒂芬说。

"你不用这样做。"我坚持道，我的声音几乎立刻变得跟过去的那个我一样柔和。躁狂症状来得快，去得也快。"我不想让她担心。"

母亲天生就是个爱担心的人，我不能让她知道自己目前正在发生的状况。

"我必须这样做。"他坚定地说道，并且劝我向他透露了她的电话号码。他到走廊里拨通了电话。电话那边，铃声响了两声之后，我的继父艾伦拿起电话。

"你好。"他用他那厚重的布朗克斯口音轻声说道。

"艾伦，我是斯蒂芬，我在医院。苏珊娜得了癫痫，但她现在没事了。"

背景里，我的母亲喊道："艾伦，什么事？"

"她会好起来的。他们正在让她出院。"斯蒂芬继续说道。跟母亲的恐慌截然不同，艾伦依然保持着冷静。他让斯蒂芬先回家去睡一觉，他们会在早上赶过来。他挂断电话，和我母亲互相望着对方。当时是星期五，13 号①。

母亲有种不祥的预感，她开始控制不住地哭起来，当然，确实有严重的事情发生了。在接下来那可怕的几个月里，这是她第一次，也是最后一次，任由自己完全屈服于情绪。

第二天一大早，艾伦开车在街上寻找停车位，母亲来到我的公寓门口，看起来像往常一样严厉。当然，她慌乱的样子还是一眼就能看出来。过去，哪怕在收音机上听到癌症这个词，她都会害怕，现如今，她不得不面对自己亲生女儿神秘发作的癫痫。我在床上看着她搓着她的纤纤玉手，这是我最爱看的画面，而母亲则对斯蒂芬提出一个又一个问题，想知道昨天晚上到底是怎么回事。

"医生们做出任何解释了吗？给她看病的是什么样的医生？他们给她做核磁共振了吗？"

艾伦来到她的身后，按摩着她的耳垂，看来这是他安抚爱人的一个习惯动作。他安抚她的时候，她放松了一些。艾伦是她的第三任丈夫，排在我父亲之后。母亲的第一任丈夫是一位建筑师，他们的婚姻破裂是很多原因导致的结果，其中一部分原因在于我母亲，她是典型的 20 世纪 70 年代的女权主义者，不想要孩子，而是想把精力集中到她在曼哈顿地区检察署的工作上。至今她依然在那里工作。

---

① 西方人忌讳数字"13"，也忌讳星期五。如果 13 号恰逢星期五，则被称为"黑色星期五"，是最不吉利的一天。——编者注

　　当她遇见我的父亲时，就离开了第一任丈夫，并与我父亲生育了我和弟弟詹姆斯。虽然一起有了孩子，但他们的关系从一开始就注定没有好结果。两人的脾气都很大，都很倔强，不过，他们坚持了将近20年才离婚。

　　我的母亲和艾伦在30年前就在地区检察署见过面，比她嫁给我父亲的时间还要久远。艾伦以他朋友般的忠贞和投入赢得了她的芳心。他最终成为她在检察署内外最要好的知己，并陪她一起度过跟我父亲离婚的那段日子。艾伦的弟弟患有精神分裂症，这导致艾伦后来变得内向，圈子里的朋友也越来越少，终日活在自己的世界里。他在挚爱的人面前显得很活泼，经常手舞足蹈地说笑，把快乐传递给别人；在外人面前，他则是一个沉静、寡言，甚至近乎冷酷的人。

　　然而，事实证明，接下来的几个星期，他的平静、温暖，还有他在精神疾病方面的经验，对我具有无与伦比的价值。在我癫痫发作以前，他和我母亲仿佛知道我的古怪行为，而且发明出一套理论来解释。他们怀疑我是因为工作的压力和独立生活的负担而出现了神经衰弱，不过，癫痫跟这种假设并不吻合。现在他们更加关心我的状况。经过一番争论之后，他们认为最稳妥的办法是我跟他们一起回他们在新泽西萨米特的家去住，这样他们就可以照顾我。

　　斯蒂芬、我母亲和艾伦采用各种策略让我下床，但我拒绝让步。对我来说，最重要的是不管发生什么事情都要待在自己的公寓里。去父母家会让我觉得自己像个孩子，那是我最不需要的帮助。然而，在他们共同的劝说下，我还是离开公寓，上了母亲的斯巴鲁汽车。

　　萨米特，被《金钱》杂志评为美国最宜居的地方之一，[1] 是距离曼哈顿 20 英里①的一片富庶的郊区，是美国白人和华尔街银行家们的天堂，他们聚居在 6 平方英里②范围内的一个个乡村俱乐部中。1996 年，我们从布鲁克林搬到这里。虽然这是个有利于孩子成长的好地方，但我们的家庭似乎一直没有完全融入这里。在一片全是白色别墅的社区里，母亲把我们的房子漆成薰衣草那样的灰紫色，我六年级的同学评论道："我妈妈说，你们还会在上面画上圆点！"最后，我母亲只得把颜色改成不那么显眼的灰蓝色。

接下来的几天，我住在萨米特的别墅里，不仅没有感到怀旧和放松，反而更加强烈地怀念起曼哈顿的生活来。星期天下午，我开始沉迷于修改一篇延期未交的稿子，故事十分简单，是关于一群非百老汇派舞者的故事，他们都是身患残疾的表演者，并自称为"瘸子"。"他们并不是你熟悉的那种舞者。"我写道，对这个标题感到不满，又把它删掉了。

接下来的半个小时，我写了删，删了写，不断重复着同一个句子，最终放弃，然后开始走动，想让自己从作家的思维停滞中解脱出来。我走进客厅，母亲和艾伦正在看电视，我急切地想告诉他们自己新出现的问题是词语障碍。但等我走到那里，却想不起自己为什么要过去。

电视里播放着他们喜欢的电视节目——医学剧《房子》——的主题曲。几秒钟之后，沙发的暗绿色在我眼中变得异常刺眼。

接着，房间开始搏动呼吸起来，就像当时办公室的走廊一样。

我听见母亲颤抖的声音从远处传来："苏珊娜，苏珊娜，你能听

---

① 1 英里约为 1.6 千米。——编者注
② 1 平方英里约为 2.6 平方千米。——编者注

见我说话吗？"

　　我知道的下一件事，就是母亲坐在我旁边的沙发上，不停摩擦着我的双脚，它们因为痉挛而变得僵直。我抬起头，无助地望着她。她说道："不知道是怎么回事，感觉你就像在梦游一样。"

　　我母亲和艾伦担忧地互相对视了一下，然后拨通了贝利医生的电话，看看他能否为我安排一次急诊。他说，最早可以约急诊的时间是星期一。

　　我整个周末都待在萨米特，同事和朋友们打来的问候电话都没有接听。我实在羞于将自己无法解释的尴尬状况说给他们听，而且也被一种想要远离平素那些亲朋好友的奇怪冲动所左右——过去的我绝对不会产生这样的想法。不知什么原因，我倒是拿起过一次电话，因为那是我的朋友朱莉打来的，她是《纽约邮报》的摄影师，也是我认识的最粗心大意的人。

　　也许是因为我知道她母亲是一位精神病学家，刚一开口，我就把所有事情都说给她听：癫痫，奇怪的想法，幻视。等我说完以后，才知道她已经把我的事情说给她母亲听了。

　　"她认为你正在经历一个躁狂的阶段，你可能患有躁郁症。不管怎样，你都应该去看看精神科。"她建议道。

　　躁郁症。如果是在其他时候，我听见这个词一定会很郁闷，但现在听来反而觉得释然。这有道理。我快速用谷歌搜索了一下，美国国家精神健康研究院专门出版过一本小册子来介绍这种病症："一种导致情绪异常波动的大脑失调"[2]（是），"通常在青年晚期或成年早期发病"（是），"有一种完全欢乐的状态被称为躁狂期，一种非常悲伤无望的状态被称为抑郁期"（是，是，这意味着一种混合的状态）。另一个网页则用很大篇幅罗列出可能患有躁郁症的一些名人：金·凯瑞、温斯顿·丘吉尔、马克·吐温、费雯丽、贝多芬、蒂姆·波顿。[3]名单一直往下延伸。我有了很多病友。亚里士多德说："世界上没有哪个伟大的灵魂是跟疯狂毫无关系的。"我在一种狂喜的状态中度过一夜。我终于知道自己患上的是哪种病症，那3个字那么轻易就能说出口，听起来也那么甜蜜，而且能够说明一切。我甚至不想被"治愈"。我现在已成为一群独一无二的"创意家"俱乐部中的一员。

母亲和艾伦则对我的自我诊断很不以为然，星期一，也就是3月16日，他们开车把我送回贝利医生的办公室。米罗的油画看起来不再那么邪恶，它跟我的情绪失调正好相配。贝利医生立刻叫我们进去，这一次，虽然他在整个过程中都保持着善意，语气却远没有上次那样轻松和慈祥。他再次把所有神经检查的结果认真看了一遍，然后写下"正常"两个字。可在那个时候，我并没有感觉正常。他一边问我问题，一边在平板电脑上做着记录。后来，我才发现，很多细节都被他遗漏了，我第一次癫痫发作的时候，他记下我是"在飞机上"。

谈起癫痫，贝利医生的语气变得很轻，接着，他把眼镜从鼻梁上摘下来，声音突然变得严肃。

"你的工作压力很大吗？"

"是的，我想是的。"

"你有时会感到不知所措吗？"

"当然。"

"老实告诉我，"他说，仿佛让我准备好向他泄露一个天大的秘密，"没有要评判对错的意思，我只是想知道，你每天会喝多少酒？"

我必须好好想想。在过去的一个星期中，我滴酒未沾，不过，通常情况下，酒能帮助我放松，所以，许多夜晚我都喜欢喝上一点儿。"坦白说，每天晚上大概两杯红酒吧，我通常会跟我男朋友一起喝掉一瓶，不过他喝得比我要多。"他把这些记在他的表格上。我不知道的是，医生通常会把这些数字乘以 2，甚至乘以 3，因为患者通常不会诚实地说出他们的小毛病。所以，他认为我每晚的饮酒量不是两杯，而是接近 6 杯。

"你使用过任何毒品吗？"

"没有，好多年没碰过了。"我又迅速补充道，"我针对双重人格失调做过一些调查，我真的觉得自己得的是这种病。"

他笑了。"我在这个领域没有任何经验，但是存在这种可能性。接待员将给你介绍一位非常出色的精神病学家，他对这方面问题更有经验。"

"太好了。"

"那么好吧，我觉得其他方面都没有问题。我会给你开一种抗癫痫药开浦兰。吃了这种药，一切都会好起来的。两个星期以后再见吧。"他说着起身把我送到等候区。"如果你不介意，我想跟你母亲说几句话。"他挥手示意她到办公室来。

他关上房门后，转过来对她说："我觉得这件事非常简单，简单而且直接，苏珊娜参加的派对太多了，睡眠不足，工作又太累。请确保她不要再喝酒，并且服用我开的开浦兰，一切都会好起来的。"

母亲大大地松了一口气，这正是她想听到的答案。

第 10 章　混乱时期

艾伦开车把我们带到纽约上东区一栋"二战"前的褐色砖石楼房跟前，精神病学家莎拉·莱文就在这里工作和生活。母亲和我走到门口，按下门铃。一个卡洛·凯恩（美国女演员）般的假声在通话器中响起："请进来，在接待区就座。我这就过来。"

莱文医生的接待区有白色的墙壁、各种杂志，以及堆满各种文学经典的书架，就像是伍迪·艾伦①的电影中的场景。见到精神病专家，我感到很兴奋，希望她能够一劳永逸地确诊我自己诊断的躁郁症，而且，我觉得能够见到精神病学家，这件事情本身也很有趣。在上一次发作之后，我已经拜访过 3 位不同的精神病学家了，也对他们进行了测评。这个小小的测评是我自娱自乐，主要是受到 HBO

---

① 伍迪·艾伦，美国电影导演、编剧、演员、喜剧演员、作家、音乐家和剧作家。——编者注

（美国一家有线电视网络媒体公司）剧集《扪心问诊》的启发。第一位是一个颇有魅力的男同性恋，他表现得像我最好的朋友，给予我鼓励；第二位是个呆萌的精神病学家，他先是安慰我，然后立即询问我跟父亲的关系如何；最后一位是个老财迷，试图用一根塑料棒来催眠我。

"进来吧。"莱文医生出现在门口。我笑了，因为她看起来也像卡洛·凯恩。她示意我坐在一把皮椅上。

"希望你不会介意，我通常会给我的患者拍些照片，来追踪每个人的病情。"她一边说，一边冲着自己手中的宝丽来相机点点头。我想起，我的朋友扎克曾经在几年前我刚参加完一档关于迈克尔·德夫林的电视节目后对我说，"要用眼睛来微笑"，于是我尝试着这样做。

"跟我说说你为什么要来这里吧。"她一边问，一边擦拭着自己的眼镜。

"我有躁郁症。"

"对不起，"她说道，"再说一遍？"

"我有躁郁症。"

她点点头，似乎表示同意。"你因此接受过任何治疗吗？"

"没有，我并没有被正式确诊。但是我知道，我的意思是，我比任何人都更加了解自己，不是吗？所以，我知道自己有没有这种病。"我说道，这种病影响了我的说话模式。

她再次点点头。

"跟我说说，你为什么有躁郁症。"

我以自己古怪而跳跃的逻辑讲述着自己的病例，她则在两页宽格子稿纸上写下对我的印象。"自称有躁郁症，难以定论。"她写道，

"一切都非常生动，开始于几天前，无法集中注意力，容易走神，一直失眠却不疲倦，不进食。有很多想法，没有幻觉，没有偏执妄想。总是被动。"

莱文医生问我以前有没有过这样的感觉，并且写道："她一直有躁狂的症状，总是保持高能量。有消极思想，但从未想过自杀。"

莱文医生的意见，是我正在经历一段混乱时期，也就是既狂躁，又抑郁，这是躁郁症的典型症状。她把办公桌上的几本厚书移开，找出自己开药用的平板电脑，然后在上面写下"再普乐"，这是一种用来治疗情绪和思维障碍的抗精神病药物。

当我在莱文医生办公室时，我的母亲给我弟弟詹姆斯打了个电话，他是匹兹堡大学的大一新生，虽然只有 19 岁，但已经是个有智慧、思想老成的小伙子了，我经常会向他寻求安慰。

"苏珊娜癫痫发作了。"她告诉詹姆斯，并努力不让自己的声音颤抖。詹姆斯惊愕地说不出话来。"神经学家说她喝了太多酒。你觉得苏珊娜是个酒鬼吗？"母亲问他。

詹姆斯态度坚决地说："苏珊娜绝不是酒鬼。"

"好吧，苏珊娜坚持说她得了躁郁症。你认为有这种可能吗？"

詹姆斯这次考虑了一下。"不是，至少目前不是。这不是苏珊娜。当然，她有时会激动，会情绪化，但她不抑郁。她很坚强，妈妈，我们都知道的。她要应对很多压力，但她处理得比我认识的任何人都要好。我认为她不可能会得躁郁症。"

"我也是这么觉得。"母亲说道，"我也是。"

第 11 章　抗癫痫药开浦兰

次日晚上，我有了一个顿悟：忘了躁郁症吧，罪魁祸首是抗癫痫药开浦兰。一定是开浦兰导致了我的失眠、健忘、焦虑、敌意、情绪化、麻木和味觉丧失。我开始吃这个药只有 24 小时，但这不重要。都是因为开浦兰。我在网上搜索的结果也证实了这一点。这些都是这个毒药的副作用。

尽管如此，母亲还是劝我吃药。"就算为了我，"她恳求道，"请你把药吃了吧。"于是我就吃了。即便在我差点儿认不出自己的时候，我还是吃了，因为苏珊娜的影子还在，那是一个在意自己家人和朋友的想法，不想给他们带来痛苦的人。回首往事，我想这就是为什么我心中极其不乐意，但最终还是屈从于家人坚持的原因。

那天晚上，我床上的闹钟在半夜响起，我抬起头，心里想着：该死的药丸，他们正在接管我的身体。我要疯了。开浦兰。我需要把它从我的体内赶走。

"把它扔了，把它弄出去！"一个声音高喊道。我踢开被子，跳下床。开浦兰，开浦兰。我来到走廊的洗手间，打开水龙头，蹲下身子，跪在马桶前。我用手指抠自己的喉咙，不停搅动，直到自己干呕起来，我继续搅动手指，吐出了稀薄的白色液体，没有固体，因为我都不记得自己吃过东西。该死的开浦兰。我冲了马桶，关上水龙头，走出洗手间。

接下来我所知道的，就是我在三层，也就是母亲和艾伦睡觉的那一层。我和詹姆斯十几岁的时候，他们就搬到了三层，因为他们在晚上听见我们走来走去，就会担心。现在，我站在母亲的窗前，看着熟睡的她。月光洒在她身上，她看起来是那样无助，像一个初生的婴儿。我轻轻俯下身子，靠在她身边，抚摸着她的头发，却把她吵醒了。

"哦，天哪。苏珊娜？你还好吗？"

"我睡不着。"

她整理着凌乱的短发，打了个哈欠。

"我们到楼下去吧。"她低声说着，牵着我的手，把我带回我的卧室。她躺在我旁边，用美丽的双手梳理着我的头发。大约一个小时后，她睡着了。我听着她的呼吸，温柔而低沉，一呼一吸，我试图模仿她，但还是睡不着。

第二天，也就是 2009 年 3 月 18 日，下午 2：50，我写下了一系列文字记录中的第一篇，算是这个阶段一种临时性的日记。文章揭示了我越来越分散、越来越不稳定的思维过程。

> 我基本上是个躁郁症患者，这种病使我成为现在这个样子。我必须控制自己的生活。我爱工作，我爱它。我必须跟斯蒂芬分手。我能够很好地看透别人，只是我自己太过混乱，任由工

作占据了自己的绝大部分生活。

那天早些时候，我跟父亲讨论了我的未来，我告诉父亲，自己想重回校园，尤其是伦敦政治经济学院，虽然自己以前并没有学习过商科。父亲睿智而温柔地要我把这些划过脑海的想法都记录下来，所以接下来的几天，我都照做了：

> 父亲建议我给杂志写稿，这样必然会对我有帮助。他让我找拼图来玩，这是个聪明的办法，因为他自己的思维也是拼图式的（把零碎的事物拼接到一起）。

我写下的有些句子显得不连贯，而且混乱，有些句子则异常富有启发性，让我对自己以前从未关注过的生活领域有了深入的思考。我也写下了自己对新闻行业的感情："安吉拉洞察到我内在的一些东西，因为她知道要干好新闻工作有多么不易，但这就是新闻，这是一份艰难的工作。也许它并不适合我，因为我有非常强大的直觉。"我继续写了自己多么需要有秩序的生活，而这种生活已经迅速裂成了碎片："日常秩序对我非常重要，没有秩序，我就会感到有些失控。"

在撰写这些语句的时候，我感觉自己正逐字逐句地拼接出自己的问题所在。但我脑子里的思想，就像首饰盒里纠缠在一起的项链一样，就在我觉得自己刚刚解开一串时，我才意识到，它还牵连着另一串未解开的。如今，几年过去了，这些文档比任何不可靠的记忆更让我难以忘怀。

也许正如托马斯·摩尔①所说的那样："只有经过神秘和疯狂，

---

① 托马斯·摩尔，美国当代卓越的心理治疗师、顶尖畅销书作家。——编者注

灵魂才得以展现。"

那天晚上,我走到客厅,对母亲和艾伦宣布:"我已经搞清楚了,是斯蒂芬给了我太多压力,太多了,我还太年轻。"母亲和艾伦点头表示同意。我离开房间,可是,刚走出门口几步,另一个想法涌上心头。我折回去,说道:"事实上,是《纽约邮报》,我在那里一点儿也不开心,是它让我疯狂。我需要回到校园去。"

他们又点了点头。我离开,然后又径直转身回来。

"不,是我的生活方式,是纽约市。对我来说太难以承受。我应该搬到圣路易斯或者佛蒙特,或者某个安静的地方去。纽约不适合我。"

可是这次,他们都瞪着我,脸上的关切之情不见了,不过他们还是继续机械地点着头。

我再次走出去,在客厅和厨房之间来回溜达。这一次,我找到了,这一次我终于把它找出来了。这一次,一切都有了答案。

东方地毯刮着我的脸颊,椭圆形的血滴染花了上面的图案。母亲惊叫起来。

我已经倒在地上,咬着自己的舌头,像一条离开水的鱼那样抽搐着,我的身体在剧烈地抖动。

艾伦跑过来,把手指放进我嘴里,但是在痉挛中,我狠狠地咬了他一下,他的血混合着我的血流了出来。

过了一会儿,我恢复了意识,听见母亲在给贝利医生打电话,显然是想知道答案。他坚持要我继续吃药,并且星期六去做脑电图,检测我大脑的活动。

两天之后,是个星期五,斯蒂芬来萨米特看我,并建议我们一起走出房子，去吃点儿东西。我父亲已经跟他说了我恶化的病情，以及现在高度警戒的状况，但是他知道，带我离开房子，保留一点儿成年人的感觉，对我来说是很重要的（因为癫痫发作的危险，我不能开车）。我们来到新泽西枫树林那边的一家爱尔兰酒吧，我过去从没有来过。酒吧里充斥着各色家庭和年轻人。人们围在女招待的吧台周围，等着预订座位。我立刻意识到这里的人太多了。

他们都盯着我。他们彼此耳语说："苏珊娜，苏珊娜。"我能听到。我的呼吸变得急促，开始出汗。

"苏珊娜，苏珊娜。"斯蒂芬重复道，"她说要等40分钟。你想等着还是离开？"他指着女招待，问我。事实上，那个女人并没有好奇地看我。

"嗯。嗯。"那个戴假发的老人似乎在嘲笑我。女招待扬起眉毛。"嗯。"

斯蒂芬抓住我的手，带我离开餐厅，来到自由而清冷的空气中。现在我又可以呼吸了。

他开车把我带到附近的麦迪逊，来到一家叫作"穷赫比"的餐吧，这里不需要等位。一位60多岁的女招待烫着卷曲的金发，穿着灰色的靴子，站在餐桌前，左手搭在臀部上，等着我们点餐。我只是盯着菜谱。

"她要鸡肉三明治。"斯蒂芬说，显然认为我自己不能做出这样重大的决定。"我要一份鲁本三明治。"

食物来了，我只能把注意力集中在斯蒂芬的咸牛肉三明治那油腻的法式配料上面。我低下头，绝望地看着自己的三明治，怎么都不想拿起来吃。

"它太……灰了。"我对斯蒂芬说道。

"可你都还没尝一口呢，如果你不吃这个，那只有回家去吃鱼丸和鸡肝了。"他试图调节下气氛，用艾伦奇怪的饮食习惯开个玩笑。斯蒂芬把自己的鲁本三明治吃个精光，但我却碰都没碰一下我的鸡肉三明治。

我们走到车里，两种矛盾的冲动在我脑海里斗争：我要么现在就在这里跟斯蒂芬分手，要么第一次向他坦白自己爱他。两个选择都可以，两种冲动同样强烈。

"斯蒂芬，我真的需要跟你谈谈。"

他奇怪地看着我。

我结结巴巴地说，脸越来越红，终于鼓足勇气讲话，虽然我还不知道自己嘴里会冒出什么话来。他此时此刻或许也有点儿希望我能够跟他分手。"我只是，我只是，我真的爱你。我不知道，我爱你。"

他温柔地握住我的手，说道："我也爱你。你只需要放松一下。"我们俩都没有预料到会出现这种交流，这不是你会向孙辈回忆起的那种场景，但它的确发生了。我们相爱了。

那天晚些时候，斯蒂芬注意到我经常舔自己的嘴唇，以至于母亲开始用凡士林唇膏来防止我的嘴唇干裂出血。有时我的话说了一半就突然中断，盯着某个地方看了好几分钟之后，才继续谈话。这种时候，偏执性的进攻行为让我退化成小孩的状态。这段时间是大家最紧张的时期，因为我坚持自给自足，像婴儿那样执拗。那时候我们还不知道，这些都源自复杂的器官病变，更加细微的癫痫导致我重复舔嘴的行为和意识模糊的状态。我的情况每天——甚至每小时——都在恶化，但是没有人知道该怎么办。

3月21日凌晨3：38，斯蒂芬在楼上打着呼噜，我则在电脑上写日记：

好吧，不知道该如何起笔，但必须要写，对吗？不要说"哦，我不知道该怎么说"之类的话。

我有一种冲动，要去照顾斯蒂芬，而不是让他来照顾我。我已经让父母照顾了那么久。

我有一种母性的本能（当我把他搂在怀中时），我感觉陪在他身边时，思路能顿时清晰起来。我能找到电话，能记起事情。

跟父亲的交谈让我深有体会。我母亲太喜欢照顾我，因为她总是责怪自己让我变成这个样子。但是她不应该自责。她是一位伟大的母亲，她应该知道这一点。

她不在乎别人怎么看我。

每当有人对我不好的时候，我都会去找斯蒂芬：他让我理智。他也非常聪明。可是，不要被他的谦卑所蒙蔽，好吗？因为他，我才走到现在这个十字路口，我应该永远对此心怀感激。所以，要好好对他。

看这些文字，就像在窥探一个陌生人意识深处的隐私。我简直认不出屏幕上的另一个自己。虽然她迫切想要通过自己的写作去跟更深处那个更黑暗的自己交流，但即便对我而言，她依然是难被理解的。

第 12 章　阴谋诡计

　　星期六早晨，母亲试图劝我回到贝利医生那里去做脑电图检查。我有了两种典型的癫痫症状，而且仅仅在上周就又出现了许多令人担忧的新症状。我的家人需要一个答案。

　　"绝对不行。"我一边咕哝着，一边像两岁小孩那样跺着脚。"我没事。我不需要做这个。"

　　艾伦走出去发动车子，斯蒂芬和母亲都在恳求我。

　　"不行，不去，不去。"我重复道。

　　"我们得走了。拜托，来吧。"母亲说。

　　"让我跟她谈谈。"斯蒂芬对我母亲说。

　　他领我到外面。"你妈妈只是想帮你，而且，你让她很难过。拜托你去一下好吗？"

　　我想了一会儿。我爱我的妈妈。好的，好吧，我去。

　　片刻之后——不！我不可能离开。

又经过半个多小时的劝说后，我终于和斯蒂芬一起坐在了车子后座。当我们的车子开出车道，来到街道上时，艾伦开口说话了。我能清楚地听见他在说什么，虽然他的嘴唇根本就没有动。

你是一个婊子。我想斯蒂芬应该知道。

因为愤怒，我全身颤抖起来，我把身子探向驾驶座，颇具威胁性地问："你说什么？"

"没什么。"艾伦说，声音听起来既惊讶又疲惫。

那是最后一根稻草。我迅速解开安全带，打开车门，准备头朝下跳出车子。

就在我即将飞出去的一刹那，斯蒂芬抓住我衬衫的后襟，把我拉了回来。

艾伦猛踩刹车。

"苏珊娜，你到底在干什么？"我母亲尖叫起来。

"苏珊娜，"斯蒂芬用高频的声音说道，我以前从来没有听过他用这种声音说话，"这样不好。"

我再次变得服从，关上车门，双臂交叠在胸前。但是，听到儿童锁啪的一声锁上，我再次开启恐慌模式。我撞向锁着的车门，喊道："让我出去！让我出去！"一遍又一遍地喊着，直到自己精疲力竭，说不出话来，然后把头靠在斯蒂芬的肩膀上，瞬间打起盹来。

当我再次睁开眼睛时，我们已经驶出了荷兰隧道①，正在进入鱼龙混杂、游客攒动、兜售假冒手包的市场。这种肮脏的场景让我恶心。

---

① 荷兰隧道，位于美国纽约州纽约市，穿越哈得孙河下，连接纽约市的曼哈顿与新泽西州的泽西市。——编者注

"我想喝咖啡，给我买杯咖啡。我饿了，给我吃的。"我不耐烦地要求道。

"你就不能等我们到达城里吗？"母亲问道。

"不行，就现在。"它忽然变成了世界上最重要的事情。

艾伦一个急转弯，差点儿撞到一辆停着的汽车，然后沿着西百老汇向美食广场开去，这里是纽约市最后一个真正的交通餐厅。艾伦不知道该怎么打开儿童安全锁，于是我跨过斯蒂芬打开他那边的车门，想趁他们不注意的工夫跑出去。斯蒂芬满心怀疑地跟着我。我因为跑不远，就冲进餐厅寻找咖啡和鸡蛋三明治。

这是星期天早晨，买早餐的队伍很长，但是我不能等。我粗鲁地把一个挡在前面的老妇人推开，找到一张空桌子，坐了下来，然后很招人嫌恶地冲着不知什么人喊道："我要咖啡！"

斯蒂芬坐在我对面的座位上："我们不能待在这里。你就不能排队吗？"

我不理他，然后打了个响指。女招待过来了。

"一杯咖啡，一个鸡蛋三明治。"

"外带。"斯蒂芬说道。他都要被我的行为弄疯了。我曾经意志坚定过，但他从来没见我如此粗鲁过。

幸运的是，柜台后面的那个一直聆听我们谈话的男子喊道："马上来。"他背对着我们，在煎鸡蛋。一分钟后，他端着一杯刚煮好的咖啡和一个装在棕色纸袋里、涂了奶酪的鸡蛋三明治走了过来。我大摇大摆地走出餐厅，纸质咖啡杯非常烫，灼烧着我的手指，但是我并不在意。我搞定了，我真强大。我打了个响指，人们就赶紧执行。虽然我无法理解自己为什么会变成这个样子，但是我至少可以控制周围的人。我把一口没吃的鸡蛋三明治扔到车座下。

"我以为你饿了呢。"斯蒂芬说。

"现在我不饿了。"

母亲和艾伦在前排对视了一下。

进城方向的车子不多，所以我们很快就到了贝利医生那里。

我走进他的办公室，却发现这个地方跟以往不同，显得古怪而陌生。我感觉自己就像《恐惧拉斯维加斯》中丢失致幻药的刚左，觉得一切都变得不一样，一切都具有一层悲剧性的意味。在接待区等候的另一位患者像是从荒诞漫画里走出来的一样，具有非人的色彩，将接待员和我们隔开的那面大玻璃显得异常俗气，米罗依然用那种扭曲的、不自然的笑容俯视着我们。我们等着，不知等了几分钟还是几个小时——我对时间没有概念。后来，一位中年女技师把我叫进一间检查室，她身后是一辆推车。她拿出一个装满电极的箱子，先把我干燥的头皮摩擦几下，然后把箱子里的 21 个电极逐一贴在我的头皮上，之后用某种胶把电极固定在我头上。她关上灯。

"放松，"她说道，"闭上眼睛，我让你睁开的时候再睁开。深呼吸，吸气，呼气，每两秒钟深呼吸一次。"

她数着我的呼吸，一，二，呼气；一，二，呼气；一，二，呼气。然后加快，一，呼气；一，呼气；一，呼气。持续进行。我的脸涨红了，开始头昏眼花。我听到她摆弄着什么东西穿过房间，我微睁眼睛，看到她拿着一个小手电筒。

"睁开你的眼睛，直视手电筒。"她说。手电筒的脉动就像一个闸门，但没有明显的节奏模式。她打开灯，把电极逐个拔下来，开始跟我讲话。

"你是学生吗？"

"不是。"

"你是做什么的？"

"我是个记者，为报社写稿。"

"压力很大，是吗？"

"当然，我想是的。"

"你没有毛病。"她一边说，一边把那些电极放回箱子里，"我已经见过这类案例不下几十次了，主要是银行家和华尔街那些家伙们，压力太大了。他们没有什么病，都是自己想出来的症状。"

这都是我自己想出来的症状。她关上门后，我笑了。

这种微笑变成了一种大笑，是那种因为苦涩和怨恨笑得肚子痛的大笑。这说得通。这一切都是一个阴谋，设定好的阴谋，用来惩罚我糟糕的行为，然后告诉我，我突然痊愈了。为什么他们要这样逗我呢？为什么他们要费尽心思安排这些呢？她不是护士，她是一个受雇用的演员。

接待室里只剩下我母亲，艾伦去开车了，斯蒂芬被我刚才在车里的行为吓到，打电话给他母亲寻求安慰和建议。我冲母亲咧开嘴大笑。

"什么事这么好笑？"

"哦！你以为我发现不了吗？操纵者在哪里？"

"你在说什么？"

"你和艾伦设计了这一切。你们雇用了那个女人。你们雇用了这里的每个人。你们告诉她该讲什么话。你们想要惩罚我，嗯，这不管用。我那么聪明，不会中你们的诡计的。"

母亲惊恐地张着嘴，但是我的偏执却将它解读成故意伪装的惊愕。

第 13 章　菩萨

待在萨米特的那段时间，我一直在请求家人让我回到曼哈顿的公寓去。我觉得自己一直处于家人的监控之下。所以，星期天，就在我做完脑电图检查的第二天，母亲在经历了一周的不眠之夜和持续监督之后，精疲力竭地放弃了自己的判断力，同意让我返回公寓，但有一个条件：我必须在父亲家过夜。虽然我的行为在一天天恶化，她依然很难放弃过去对女儿的看法：可靠、勤奋、独立，而现在这个新的女儿，则变得不可预知，充满危险。

我很快就答应了在父亲家过夜的条件——为了回到自己的房子，我什么条件都会答应。当我们到达那里时，感觉那里更安静了，我也觉得更接近自由。刚一看见站在大楼前面台阶处等候的父亲和吉塞尔，我就从车子里蹦了出去。母亲和艾伦没有跟着我下车，但直到我们三人安全走进大楼之后，他们才驱车离开。

回到自己的安乐窝，我感到很高兴。这是我的猫咪，土土，一只蓝毛的流浪猫，我不在的那几周，我的朋友扎克一直在照顾它。看到那些没洗的衣服，还有那些装满书籍、碎片和过期食品，满得都要溢出来的黑色垃圾袋，我都觉得很高兴。这就是我的家，甜蜜的家。

"那是什么味道？"我父亲问。自从他上次来后，我就没再打扫过房间，所以气味变得更糟了。斯蒂芬上次做饭时剩下的虾还在垃圾桶里，已经变质了。父亲和吉塞尔毫不犹豫地开始打扫起来。他们擦洗地板，并把所有地方都消了毒。可是我没有过去帮忙，只是在他们身边走来走去，看着他们打扫，假装在收拾我的东西。

"我太乱了！"我开心地抚摸着自己的猫咪，说道，"太乱，太乱，太乱！"

他们打扫完之后，父亲叫我跟着他走出公寓。

"不。"我漫不经心地说道，"我觉得我要留在这里。"

"绝对不行。"

"要么我收拾好几样东西之后，在布鲁克林跟你碰面吧？"

"绝对不行。"

"我不会走的！"

父亲和吉塞尔互相交换了眼神，仿佛他们对我的爆发早就有所准备。想必母亲已经就我的情况向他们敲过警钟了。

吉塞尔把清洁用品收拾好，朝楼下走去，以离开即将发生的不愉快的场面。

"快点儿，苏珊娜，我们去喝点儿咖啡，我还要给你做晚餐。那里既舒适又安静。快走吧。"

"不要。"

"拜托，就算是为我而去好吗？"他恳求道。过了半个小时，我终于妥协了。我抓起几件内衣和几件干净衣服。疾病似乎暂时消退，使得过去那个理性的苏珊娜得以暂时回归。我们三个人一边聊着天，一边朝第42大道的地铁站走去。可是，平静持续的时间不长。就在我穿过第九大道的时候，偏执开始控制我。父亲拿着我的钥匙，我没法回到自己的公寓去，我是他的囚犯。

"不，不，不！"我在大街中间喊着，在红绿灯刚刚变绿的时候停了下来。"我不去。我想回家！"我感觉父亲紧紧抓住我的肩膀，把我往前推，让我离开即将到来的车流。

我继续尖叫。他招呼了一辆出租车。出租车停了，他把我推进车子，吉塞尔从另一边上车，所以我被他们夹在中间。他们决心阻止我再一次逃跑的企图。

"他们绑架了我。打电话给警察！打电话给警察！他们要强行把我带走！"我冲着那个中东裔的出租车司机喊道。他透过后视镜看了一眼，没有开车。"让我走，我要打电话叫警察！"

"出去，下车，现在。"司机说道。

父亲抓住防护栏，咬着牙说道："你最好立刻开车，不许停下。"

我不知道司机是怎么想的，因为此时的情景一定显得非常可疑，但是他终于还是屈服了。很快，他就加快速度，在布鲁克林大桥的车流中窜进窜出。

"我一下车就给警察打电话。你们等着瞧，你们会因为绑架而被逮捕的！"我冲着父亲喊道。司机透过后视镜，警觉地望着我们。

"你敢！"父亲恶狠狠地说道。吉塞尔继续保持沉默，只是望着窗外，仿佛要跟这个场面隔绝开来。接着，我父亲放缓声音问道："你为什么要这样做？你为什么要这样对我？"坦白说，我也不知道，但我就是觉得自己在他的看管下会不安全。

到达父亲和吉塞尔在布鲁克林高地的褐色石头住宅时，我已经精疲力竭，无力反抗。我一点儿力气也没有了，这并不奇怪，因为我这一个星期都没怎么吃东西，也没怎么睡觉。我们刚一进家门，父亲和吉塞尔就径直朝厨房走去。

他们开始做我最喜欢吃的食物：阿拉伯通心粉。我坐在客厅的沙发上，呆呆地望着父亲收藏的亚伯拉罕·林肯和乔治·华盛顿的半身像。父亲的房子就是美国战争的一曲颂歌，充斥着从美国独立战争一直到"二战"期间的古董和收藏品。有天下午，他甚至把书房和客厅之间的隔断空间称为"战争房"，里面摆放着美国南北战争时期用的火枪，从"一战"到对抗越南期间用的 M1 加兰德步枪，19世纪初的柯尔特左轮手枪，一把独立战争时期的佩剑和同时代的一顶士兵的帽子。在他跟我母亲离婚以前，他的这些藏品都放在我们萨米特房子的客厅里，结果吓跑了好几个我高中时期的男友。

他们摆开长桌，端上一道道让人眼花缭乱的菜肴，红色、绿色和黄色——番茄、罗勒、芝士和意面——装在一个蓝色铸铁锅里面。涂着血红色番茄酱的培根闪烁着不自然的光芒。我抑制着想要呕吐和想把铸铁锅朝墙上扔去的冲动，只是看着父亲和吉塞尔默默吃通心粉。

晚饭后，我到厨房去找水喝。吉塞尔正在里面收拾。她从我身边经过，把盘子放进水槽里，就在她走过的时候，我听见她说，"你是个被惯坏的小鬼"。那些话悬在我周围的空气里，像一袋烟。但我并没有看到她的嘴唇动。

"你对我说了什么？"

"没什么。"她说，看起来很惊讶。

我的父亲在书房里等着我，他坐在一把有图案的古董摇椅上，那是他姨妈的东西。对于吉塞尔刚才跟我说的话，我选择保持沉默。

"今晚跟我一起吗？"我首先问道，顺便坐在他旁边的皮沙发上。电视没有开，所以我们的谈话间充斥着令人尴尬的沉默。"我害怕一个人。"

"当然。"他说道。

紧接着就是："让我一个人待着！离开这间屋子。"

接着，又来一遍："对不起，你能留下来吗？"

这持续了好几个小时，从歇斯底里到控诉，然后又是道歉。除此以外，我不大记得那天晚上发生的其他事情，这或许是我的身体试图保留一点儿自尊的方式。没有人希望把自己当成一个魔鬼。我父亲也不记得发生过什么，虽然他更有可能是主动选择忘记这些事情的。我知道自己对他说过一些可怕的话——一些可怕到让父亲哭出来的话，我平生还是第一次见到父亲哭。可是，这不仅没有引起我的同情，反而让我扭曲的控制欲变本加厉。我要求他离开房间，上楼回到他自己的卧室去。

几分钟后，楼上传来一阵令人作呕的爆炸声，"砰砰砰"，我选择听而不闻。我走进他的战争收藏室，把那把独立战争时期的佩剑从架子上取下来，拔出剑鞘，然后把它放回去。接着，我听见吉塞尔的声音，她在恳求我父亲。"请不要伤害我，"她乞求道，"不要因为她而伤害我。"

接着，又是想象中的"砰砰砰"的声音。

我回到书房，坐在沙发上。

　　一幅画着《独立宣言》起草场景的油画开始活动起来。在壁炉上方，一幅巨大的画着铁路的油画也活动起来，火车散发出一股股煤烟。林肯的半身像上那凹陷的眼睛似乎一直盯着我。小时候，父亲特意为我布置的玩具室闹起鬼来。

砰砰砰。

这是拳头敲击一个坚硬物体的声音，像是在敲一个头骨。我可以清楚地看到，他在打她，因为他受够了我。

砰砰砰。

我需要找到一个出口，一定有出去的通道。我紧紧抓住房门，却发现它从外面上了锁。他把我锁在这里，是因为接下来要杀我吗？我朝门上撞去，完全不顾右肩的疼痛。我必须出去，让我出去。

"让我出去！让我出去！救命啊！"我尖叫道，拳头砰砰地砸在门上。我听到父亲沉重的脚步声，就在我头顶的楼梯上。我开始跑。到哪里？浴室。我锁上门，试图搬动沉重的 8 英尺宽的浴室柜，把它抵在门背后。从窗口往下看，有两层楼的高度，我觉得即便跳下去，也不会死。

"苏珊娜，你还好吗？把门打开。"

是的，我本可以跳下去的。但是，我看见了浴室台子上吉塞尔收藏的一尊小菩萨像，它在冲我微笑。我也冲它微笑。

一切都会好起来的。

第 14 章　查扣

第二天清早，母亲和艾伦过来接我。一看见那辆斯巴鲁轿车，我就从父亲的房子里跑了出去。"他们绑架了我，他们强行绑架我。那里有坏事发生。快开车！"我命令道。

父亲已经把昨晚发生的事情说给他们听了。在我说了那些可怕的话，并且非要他走开以后，他上楼来到一个通过薄墙可以监视我的房间里，我却不知道。他努力保持清醒，最后却睡着了。他一听见我撞门的声音，就跑下楼，发现我把自己锁在卫生间。他花了一个多小时才把我劝出来，让我坐到沙发上，他陪我坐在那里，直到黎明。他给母亲打了电话，他们一致同意应该送我到医院去。但是，有一点他们都很坚决，就是不能把我送到精神病院。

艾伦开车送我回贝利医生的办公室，我在后座上休息了一会儿，再次向命运妥协。

"她的脑电图是完全正常的，"贝利医生翻看着我的病例说道，

"核磁共振结果正常，测验结果正常，血液化验结果正常，一切都正常。"

"不，她不正常。"我母亲快速说道。我坐在那里，安静礼貌地把双手放在大腿上。母亲和艾伦打定主意，不从贝利医生那里要到住院证明，绝不离开他的办公室。

"她喝了太多酒，出现了酒精戒断的典型反应。"那些症状包括：焦虑、抑郁、疲劳、易怒、情绪波动、噩梦、头痛、失眠、食欲丧失、恶心、混淆、幻觉和癫痫。"我知道，对你们来说很难接受自己的女儿出现这种情况，但是真的，我能说的只有这些。她只需要吃药，然后不再去派对就可以了。"他说着，意有所指地冲我眨眨眼。

"酒精戒断？"母亲拿出一张早已准备好的划着红线的纸。"这些是她的症状：癫痫、失眠、偏执，而且这些都越来越严重。我已经有一个星期没有见她喝过酒了。她现在需要住院。不是明天，是现在。"

他看了看我，又看回她。他从未怀疑过自己诊断的正确性，但是，他知道争辩也没有用。

"我会打几个电话看自己能做些什么。不过，我必须重复的是：我的感觉是，这是一种过度饮酒的反应。"

他离开办公室一会儿，回来的时候告诉我们一个新消息："纽约大学有一个 24 小时的脑电图监控室。你们愿意去那里吗？"

"是的。"母亲说道。

"他们现在正好有一个床位。我不知道能保留多长时间，所以，我建议你们去纽约大学，立刻去。"

"太好了，"她一边说，一边收拾钱包，并把那张纸折起来，"我们这就去。"

我们通过旋转门，来到纽约大学朗贡医学中心新装修的、繁忙的大厅。

穿绿色制服的护士后面跟着穿紫色制服的助理护士，穿白大褂的医生们在走廊交叉口交谈，而病人们，有的绑着绷带，有的拄着拐杖，有的坐着轮椅，有的躺在担架车上被人推过，目光呆滞，一言不发。我怎么会属于这个地方呢？

我们好不容易来到住院处，一堆椅子围着一张小小的桌子，一名护士在那里把病人分派到这家巨大医院的不同楼层。

"我要去喝咖啡。"我说。

母亲看起来很不耐烦。"真的吗？现在？好吧，但是尽快回来。"母亲内心有一部分依然相信先前那个有责任心的我还在某个地方，她相信我不会逃跑。幸运的是，这一次，她是对的。

在卖咖啡和烘焙食品的一个小柜台前，我选了一杯卡布奇诺和一瓶酸奶。

"你嘴里吃的是什么？"我回来的时候，母亲问道，"你为什么要那样笑？"

我的上嘴唇上有奇怪的泡沫，像是香草和奶精的混合物。

到处都是白大褂。

医院冰冷的地板。

"她癫痫发作了！"母亲的声音在巨大的大厅里回响，3位医生跑过来压住我颤抖的身体。

从这里，从一进医院开始，我只记得一些片段，多数是幻觉。跟过去不同，这里少了过去那个可靠的"我"，那个过去24年里的苏珊娜。虽然在过去的几个星期中，我开始一点点迷失自我，我的意识和我的身体之间的关系却是从现在开始全面破裂的。从本质上说，我已经不在了。我希望自己能够理解自己的行为，和这段时间行为的动机，但是，这里没有理性意识的作用。当时我搞不明白，现在依然如此。

这是我迷失的疯狂岁月的开端。

第 2 部分　钟表

今天几号？

总统是谁？

每部交响乐都是一次延迟的自杀，对还是错？

每一片雪花都要为雪崩负责吗？

给你 10 分钟，你会做些什么？

痛苦的存在和它经常的消失，哪种情况更令人不解？

天上神明的数量是奇数，地下鬼魅的数量是偶数，还是正好相反？

你做过什么出格的事情吗？

你为什么要来？

——弗朗茨·赖特，《受理面谈》[①]，移动汽车旅馆

---

① 受理面谈，也叫预备咨询，是指对前来进行心理咨询的人所存在的心理问题及对此可能给予的心理援助进行判定的、正式咨询前的谈话。——编者注

第 15 章　卡普格拉妄想症

　　3 月 23 日下午，我住进了医院，距离那天观看 PBS 格温妮斯·帕特洛的节目时突然失去意识，已经过去了 10 天。纽约大学朗贡医学中心有着世界上最大的癫痫病治疗科室，不过，能容纳 18 位病人的那一层里，唯一空着的床位是在高级监控病房（AMU），是为"重病号"准备的那种四人间病房。那里的病人患有严重的癫痫，需要在脑部植入电极，这样，治疗中心就可以记录患者的脑电波活动，从而为他们选择合适类型的手术。有时候，像我一样的其他患者会因为床位不够而被安排到这里。这间病房有自己的护士站，每天都有医护人员 24 小时监控。

　　每张病床上方挂着两个摄像头，监控着这一层的每位病人，医院也可以掌握癫痫患者的身体状况和脑电波情况（病人出院的时候，大部分录像会被销毁，只有在个别异常情况下，医院才会保留癫痫患者的录像）。后来，当我试图重新建构这迷失的几个星期中发生的事情时，这些监控录像起到了非常重要的作用。

我在医院大厅突发癫痫之后，医务人员用轮椅把我推到癫痫科所在的楼层，我母亲和继父则在后面紧紧跟着。

我在两位护士的引导下进入 AMU。我一进病房，里面的其他 3 位病人就被我这个新来的室友所吸引，都安静下来。实习护士开始给我做健康记录。她写道，我基本配合，只是稍有延迟的迹象，她推测跟癫痫发作的后遗症有关。当我回答不出问题的时候，母亲攥紧手里装满文件的文件夹，忍不住替我回答。护士把我安顿在一张两侧带有防护栏的病床上，而病床本身已经尽可能地接近地面。接着，大约每隔一小时，就会有护士进来采集我的重要参数：血压、脉搏和基本神经检测的结果。我的体重位于正常值下限，我的血压位于正常值上限，我的脉搏稍快，但不算异常。考虑到进入新环境的因素，一项包含从肠蠕动到意识水平的全面评估的结果显示，我一切正常。

一位脑电图技师拉着一辆小车过来，打断了检测记录，他开始把一些五颜六色的电极——红色、粉色、蓝色和黄色，就像我在贝利医生办公室所做的脑电图检测一样——逐一拔下来。那些电线被装进一个灰色的脑电图小盒子里，大小和形状跟一个无线网络路由器差不多，盒子连着电脑，可以记录我的脑电波情况。这些电极可以沿头骨测量脑电活动，跟踪通电后神经元的振动情况，并把它们的活动转译成波动。

当技师开始使用胶黏剂时，我不再配合。由于我动个不停，他花了半个小时才把这 21 个电极放置好。

"请停下！"我甩着胳膊，母亲想要握住我的手，让我平静下来，但只是徒劳。我甚至比前几天还要善变。我的病情似乎在迅速恶化。

最终，我的狂躁减退了，空气中弥漫着新鲜胶水的味道，我却哭个不停。技师把电线收好，他离开病房之前，递给我一个小小的粉色背包，就像学前班的孩子背的那种。里面装着我的小"路由器"，这让我在到处走动的时候，也能够跟脑电波监控系统保持连接。

我很快明白，鉴于我刚入院的几个小时里在地板上冲探访者大喊，并对护士破口大骂的行为，我不会是一个好对付的患者。艾伦赶到以后，我又指着他大喊，并对护士说"让这个人离开我的房间"。同时，父亲来时，我又大声谴责他是一个绑架犯，并要求医护人员把他也屏蔽在病房之外。

由于我还是处在精神病的状态之中，许多检查都无法进行。

那天深夜，一位值班的神经科医生过来对我进行第二次基本病史记录。她突然注意到我变得"不稳定"，也就是情绪容易出现波动，和爱"打岔"，也就是没有明确转换，就会跳到其他话题上面。不管怎样，我还是把自己得黑色素瘤的病史讲了一遍，接着，我讲话变得越来越不合逻辑，访谈不得不推迟进行。

"那么你是在哪年被诊断出患有黑色素瘤的？"神经科医生问道。

"他在耍弄我。"

"谁在耍弄你？"

"我父亲。"

"你是什么意思？"

"他正在变成其他人。他变成了不同的人来捉弄我。"

神经科医生在她的查房表上写下"疑似幻觉"，并给我开了小剂量的抗精神病药齐拉西酮，这种药通常被用来治疗出现精神分裂症状的患者。

她还要求精神科的相关医护人员为我做进一步检查。

我不仅认为家人正在变成其他人（这属于偏执性幻觉的一种症状），我还坚持觉得父亲是一个骗子。这种幻觉有一个特定的名称：卡普格拉妄想症。这是法国精神病学家约瑟夫·卡普格拉在 1923 年命名的病症，当时，他遇到一位女子，认为自己的丈夫变成了"两个人"。[1] 多年来，精神病学家们认为这种症状是精神分裂症或其他类型的精神疾患持续恶化的结果，但近年来，医生们也把它归因于神经生物学方面的一些原因，包括脑病变等。一项研究显示，卡普格拉妄想症可能源于大脑结构和电路方面的并发症，[2] 例如，大脑中负责转译我们视觉所见内容的部分（"嗨，那个大约 5 英尺 10 英寸高、190 磅重的黑发男子看起来像我爸爸"）跟我们情感的理解（"那是我爸爸，他把我抚养成人"）不相吻合。这有点儿像那种熟悉感，我们对某种事物有着强烈的亲近和熟悉的感觉，但它其实跟我们过去实际经历过的事情并没有联系。当这种不吻合发生的时候，大脑会尝试通过创造出一种精心设计的、偏执的幻觉（"他看起来像我爸爸，但我不觉得是我爸爸，所以，他一定是个骗子"）来解释这种情感上的不吻合，就像电影《人体异形》里面的情节一样。

脑电图视频，3 月 24 日，凌晨 1 点，时长 6 分钟

我睡在床上，穿着绿色和棕色条纹 T 恤，戴着一项白色的棉帽子。白色的被单盖到我的喉咙处，带软垫的护栏被升至最高，从上面往下看，我的病床活像一个成人用的摇篮。我用一种胎儿的姿势睡着，抱着我的枕头。我偶尔醒来一两次，挠挠自己的帽子，显得不舒服的样子；右手拿起病人身份号牌，曲臂放在胸口，然后抓起自己的手机。

视频结束。

　　我要尿尿。我一把抢过我的粉红色背包，拔下连接线，来到公用洗手间。我把黑色打底裤和内裤脱到膝盖处，总觉得有人在窥视我。我看看自己右侧，一只棕色的大眼睛正通过门缝看着我。

　　"离我远点儿！"

　　我赶紧遮住私处，提上裤子，跑回病床上，用被子挡住自己的眼睛，然后给母亲打电话。

　　"他们企图伤害我，他们在取笑我，他们往我的胳膊上扎针。"我尽量压低声音，这样另外3位病人和监控站的护士就听不到我说话了。

　　"苏珊娜，千万保持冷静。我向你保证，不会有人想要伤害你的。"母亲说道。

　　"他们在偷窥我。我去洗手间的时候，他们在看我。"

　　她停了半晌，然后问道："是真的吗？"

　　"你怎么会这样问我？你觉得这都是我编造的吗？"

　　"我会跟他们说这件事的。"她的语气听起来也有些着急。

　　"你觉得他们会跟你说'是的，我们在虐待你的女儿吗？'你觉得他们会承认吗？"

　　"你确定这些事的确发生过吗，苏珊娜？"

　　"确定。"

　　我刚挂断电话，就听见沙沙的脚步声。一名护士走到我的病床跟前。"请不要在脑电图设备跟前使用手机，会产生干扰。而且，现在很晚了，大家都睡了。"

　　接着，她低声戏谑着说道："我在新闻上见过你。"可她的嘴唇却没有动。

"你说什么?"

"你为什么不让你爸爸进去?他是个好人。"护士说道,她的声音像蒸汽般萦绕在我周围,直到她消失在帘子后面。

大家都出来抓我,我在这里不安全,我抬头看着视频监控录像。他们都在看着我。如果现在不走,我就再也不可能活着出去了。我抓了一把电极,使劲儿一拽,一撮头发被它带了下来,不过我没感觉到疼。我呆呆地盯着自己染成金色的头发的发根,然后拽下更多头发。

那天晚上,我冲出病房,来到走廊,却被一群护士抓住,然后送回 AMU 病房。我用力反抗,一边踢一边喊。

这是我第一次企图逃跑,但不会是最后一次。

第 16 章　癫痫病发后愤怒症

德博拉·卢索，癫痫科的一位神经学主治医师，在我入院第二天过来看我，给我做另一次检查。她是在早上交班的时候，在一群医生、护士和几位医学院实习生的陪同下过来的。他们是一个"小组"。卢索医生得知我前一天晚上企图逃跑之后，特意对病房进行了检查，确认所有癫痫预警机制都在正常运转，接着，她开始对我进行基本的神经学检测：

"触摸你的鼻子，伸出你的舌头"等等，我打断了她的检测。

"你得让我从这里出去，我不属于这里。"我紧张地说道，"他们在讲关于我的坏话。"

"谁在说你？"

"电视上的人。"

卢索医生让我自己说了一会儿，然后改变了谈话的主题："你能跟我说说，你在来医院之前有什么感觉吗？"

"我感觉像消失了一样。"

"你能解释一下这是什么意思吗？"

"我感觉很累，直到今天以前都很累。"

卢索医生写下"片段化，无序，无法完整地陈述一件事情"，然后继续她的检测。"我要问你几个基本的问题，你要尽最大努力来回答它们，好吗？你叫什么名字？"

"苏珊娜。"我说着，却把脖子扭向电视机的方向。

"今年是几几年？"

"你没听见吗？他们在谈论我。看，看，他们现在在谈论我呢。"

"苏珊娜，你能试着回答我的问题吗？"卢索医生说着，示意护士关掉电视机。"今年是几几年？"

"2009 年。"

"总统是谁？"

"奥巴马。"

"你在哪里？"

"我要离开这里，我需要离开。我要走了。"

"我明白。但你现在在哪里？"

"医院。"我语气刻薄地答道。

卢索医生用一个小手电筒照我的瞳孔，检查瞳孔收缩和眼球运动情况。一切正常。

"苏珊娜，请对我微笑一下。"

"不可以。我不想再这样做了。"我说。

"这不会花很长时间。"

"我现在就要出去！"我尖叫着，从床上滚了下去。治疗小组等着我的爆发，但就在一刹那间，我又恢复了平静。我往前走，扯着我的脑电图引线冲向门口。"让我出去！"我对治疗小组喊道，并试图从他们中间穿过去。"让我回家！"

卢索医生几次试着把我拉回病床，并叫其他助理护士来帮忙。她给我开了一个单位剂量的抗精神病药氟哌啶醇，后来，她在护士工作站的电脑里写下对我的印象，"患者似乎精神失常，疑患精神病"。

她得出两个可能的诊断：首先显现出躁郁症，以及癫痫发作后的精神病（PIP）。

癫痫发作后的精神病，就是一系列癫痫症发作之后出现的精神失常行为，这种状态最短持续 12 小时，最长可达 3 个月之久，[1] 但平均时间是 10 天。1838 年，一位法国精神病学家把这种状态描述为"癫痫病发后愤怒症"。[2] 癫痫科约有 1/4 的医生专门负责治疗 PIP 患者。[3]

那天早上，第三位医生威廉·西格尔独自来到病房。他先向我做了自我介绍，然后又对我母亲介绍了他自己，而我母亲对他的声誉已经有所了解。一天前，她向她的全科医生提到了西格尔医生的名字，当时，那位医生说："你找到西格尔了，那你怎么不早说呢？"

西格尔是一位很有魅力、很平易近人的医生。在神经学检测之后，他把手伸向我母亲说道："我们会把这一切搞清楚，苏珊娜会好起来的。"母亲把这番话当作救生艇，并给西格尔医生起了个昵称"毕斯"①——她的医生"老大"。

---

①　毕斯（Bugsy）是同名制片《一代枭雄毕斯》的主角，他在影片中是一位叱咤风云的黑道杀手。——编者注

第 17 章　多重人格障碍

头脑就好比圣诞树上彩灯的电路。正常运转的时候，所有灯泡都会发光，而且，这种回路具有一定的适应性，即便有一个灯泡熄灭，其他灯泡还可以照常发光。但是，这种适应性取决于破坏发生的位置，有时，一个爆炸的灯泡，会让整串灯泡全部熄灭。

我们见到"毕斯"医生的第二天，精神科的萨布里那·坎恩医生来到病房，并向斯蒂芬和我做了自我介绍。她是加入治疗小组的第四位医生，而且已经听说过我两次企图逃跑的"事迹"：一次是在早晨，另一次是在下午卢索医生来查房的时候。坎恩医生在病情记录里，把我描述成一个略显邋遢和不安分的病人，穿着"暴露的睡衣"（我穿着紧身打底裤和一件透明的白衬衫），总是在玩弄交缠在一起的脑电图引线。对她来说，表现出与精神病症状相匹配的外表特征，也是很重要的，因为我这种邋遢的、带有暗示性的外表，可以成为疯癫的一个表征：那些高度疯癫的患者，往往放弃自我修饰，表现得更加冲动和失控，并且出现一些自毁性的行为，如性滥交等。虽然我过去没有精神病史，但我已经处于精神病易发的年龄范围内，[1]一般来说，十几岁到二十几岁是精神病的高发期，但对女性来说，爆发的时间常常会推迟一些。

就在她记录的时候，我突然开口："我有多重人格失调症。"

坎恩医生耐心地点点头。我选择了精神病领域最具争议的一种病症，现在被称为"分离性身份识别障碍"（DID），[2]这种病人会表现出几种截然不同又相互独立的人格特质，而病人通常意识不到其他"自我"的存在。一些医生认为存在这种情况，而有的医生则认为根本就不存在（尤其是在新闻上曝光这种病症的代表人物其实是经过伪装之后）。许多患者的DID是与诸如精神分裂症等其他类型的精神疾病混合在一起的。不管怎样，我显然搞不明白这些情况。

"你曾接受过任何精神科医生或心理学家的治疗吗？"她轻轻地问道。

"是的。一位精神科医生说我患有躁郁症。"

"你有没有服用过任何药物？"

"我拒绝吃，我把它吐了出来。我要离开这里，我不属于这里。我属于精神科病房，属于贝列佛医院。这里不安全。"

"为什么这里不安全？"

"每个人都在议论我。他们都在说我，在我背后取笑我。在贝列佛，他们可以治疗我的紊乱。我不知道我为什么会在这里。我能听到护士们是怎么议论我的。我能听到他们的思想，她们说的都不是好话。"

坎恩医生写下了"偏执的臆想"几个字。

"你能听到他们的思想？"她重复道。

"是的。整个世界都在取笑我。"

"你还能听到什么？"

"电视上的人也在议论我。"

坎恩医生写下"参考意见"：患者认为报纸上的文章、电视上播放的歌曲或节目都是直接指向自己的。

"你的家庭成员有精神病史吗？"

"我不知道。说不定我的祖母就患有躁郁症。但他们都疯了。"我大笑着说道，然后我转向她，"你知道我有权自己签字出院，对吗？我可以从这里走出去。从法律上讲，你们不能违背我的意愿，把我关在这里。我不想再说话了。"

坎恩医生写下她的分项诊断，包括"情绪失调，指向不明确"和"精神失调，指向不明确"。她关注的是，鉴于我癫痫发作和黑色素瘤的病史，他们可能要去寻找神经方面的原因。

如果没有潜在的疾病可以解释我为什么会突然患上精神病，她建议把躁郁症作为一种可能的解释。I 型躁郁症以狂躁或狂躁与抑郁相混合为特征。在从 1（许多极端病例）到 100（无症状）的程度范围内，[3] 我得到 45 分，这意味着"症状严重"。坎恩建议院方给我安排一个安保，进行一对一的监控，以防我未来再尝试逃跑。

我再也听不到他们的声音了。她的皮肤很光滑。我看着医生的颧骨和漂亮的橄榄色皮肤。我使劲看，使劲，再使劲。她的脸在我面前旋转起来，头发一缕缕变成灰白色。皱纹先是爬上她的眼睛，然后扩散到嘴和脸颊，最后蔓延到整个脸部。她的脸颊开始下陷，牙齿变黄。她的眼睛开始下垂，她的嘴唇失去了形状。漂亮的年轻医生在我眼前迅速老去。

我转过身看着斯蒂芬，他盯着我。斯蒂芬的胡茬突然从棕色变成暗灰色，他的头发变得像雪一样白。他看起来像他的父亲。我用余光看着医生，现在她一秒秒变得年轻起来，脸上所有的皱纹变得平滑，眼睛变成充满活力的椭圆形，脸颊上重新有了婴儿肥，头发变成深棕色。她看上去像 30 岁,20 岁,13 岁。

我有了一项特异功能，我可以用意念决定别人的年龄。我很强大，比我人生中任何时候都要强大。

第 18 章　爆炸性新闻

那天晚上，第五位医生加入治疗小组。我的病例引起了伊恩·阿斯兰医生的兴趣，他是一位精神病药理学家。他身高 6 英尺，看起来更像一个年老的嬉皮士 [①]，而不是医生。由于他对"垮掉的一代" [②]（beat generation）的作家们有着特殊的兴趣，而且以使用抽象的医学术语跟人交流而著称，所以，一位同事称他为"垮掉一代的行走词典"。

他已经对我尝试逃跑和偏执性妄想的行为有所耳闻，所以，他先找到我的母亲，要她把过去几个星期里我的古怪行为都回顾给他听。接着，他询问了我父亲。对我进行了简短访谈之后，他就已经刻画出一幅生动的关于我精神失调的图景了。他还搜集了医护人员

[①]　嬉皮士，英文为 hippie，本意指西方国家 20 世纪六七十年代反抗习俗和当时政治的年轻人。后来也被用作贬义。——编者注

[②]　垮掉的一代，也被称为"疲惫的一代"。指"二战"之后出现于美国的一群松散结合在一起的年轻诗人和作家的集合体。——编者注

对我的评价，甚至还给贝利医生打过电话。阿斯兰医生的笔记写着，贝利医生告诉他，我"饮酒过量，每天晚上要喝掉两瓶酒"。贝利医生对我缺点的评估似乎明显超出实际情况。

在综合上述所有观点之后，阿斯兰医生写下了两条他想要特别关注的病症：癫痫病发后愤怒症和分裂情感性精神失调。他并没有把第二条告诉我父母，怕他们会因此而担心。

分裂情感性精神失调被首次提出，是在 1933 年发表的一篇题为《分裂情感性精神病》的论文中。该篇论文之后被多次引用，文中说："如同天空上的一道闪电，爆发的幻觉会突然打破一个完整理性心灵固有的平衡……而且这种爆发没有任何先兆……"[1]

另一版更新的定义将它描述为：当作为躁郁症显著特征的各种情感症状，跟精神病交叠在一起，就会出现像精神分裂这样的思维紊乱。美国精神病学协会的《精神失调病症诊断统计手册》IV-TR版，也就是我住院期间医务人员使用的版本，将这种失调症定义为"在一个不间断的病期内，病患要么处于极度抑郁的状态，要么处于狂躁的状态，或者两者交叠混合的状态"。[2] 被诊断患有这种疾病的患者，通常具有两种或者两种以上的症状：一些积极的症状，如幻觉，妄想，胡言乱语；还有一些消极的症状，如失语或惯常的冷漠。

脑电图录像，3 月 24 日，夜里 11 时 06 分，时长 11 分钟

"1279 病房的患者按下按钮，1279 病房的患者按下按钮。"一个录制的声音说道。

可以看到我的病号服从脖套中露出了一角，我把一台手机拿到耳边，对着话筒绘声绘色地说着什么，不知道电话那边有没有人。我拿起医院提供的电视遥控器，对着它说话。显然，并没有人在另一端听我说话，我愤愤不平地指着摄像头，对它做各种手势，然后受挫地把双手放在头顶。

"哦，我的天哪！"我在哭着击打呼叫护士的按钮。

"需要帮忙吗？"话筒那边一名护士问道。

"不，不用，没问题。"

"夫人？女士？小姐？我这就来。"另一名护士插话道。

现在，我开始自言自语。"我不知道发生了什么事，我现在要把手机关上。"我把手机扔到床脚。一名护士带着一些药丸赶了过来，我毫不犹豫吞下这些药丸，如同把一杯龙舌兰酒一饮而尽。"我不能把它带在身上，我都上新闻了。"

护士说了句什么，但是声音很轻，视频没有录到。

我开始大喊，踢着腿，抓住护士的呼叫器。"求求你，求求你，求求你，我要疯了，我要疯了。"

"1279病房的患者按下按钮，1279病房的患者按下按钮。"

"请把电视放回去。请把电视放回去！"

护士并没有理会我的爆发，而是扶了扶我病床两边的护栏，确认它们牢固在位。

"你没有看见吗？我上电视了，我上新闻了！"我抓起电视遥控器，再次对着它说起话来。接着，我用两只手抱住头，前后摇摆起来。"求求你，求求你，求求你，我的天哪，我的天哪！请给我找一位医生，请给我找一位医生。求求你，求求你，求求你。"

护士离开病房，传来冲厕所的声音。我直挺挺地盯着天花板，仿佛在祷告一般。

视频结束。

"我们将会调查目前就读于纽约大学的新闻记者苏珊娜·卡哈兰身上究竟发生了什么。"一位发型奇特的女主播宣布。

我上整点新闻了。

"我上新闻了!"我大喊道。没有人回应。

"她父亲最近因为谋杀妻子而被警方逮捕。"随着女主播的话音,镜头切换到我父亲戴着手铐,从一大群拿着相机的狗仔队和拿着笔记本的记者中走过的场景。

我太傻了,我根本就不应该接听这些同事打来的电话,他们悄悄把我说的话记录下来。他们知道我在报社里哭了,他们会把这些加进关于我的报道里。"《纽约邮报》记者在父亲杀死妻子后揭露真相。"

"我上新闻了!"我抓住急诊护士的呼叫器。他们需要知道整个过程。他们要知道,不能让任何人进来。"他们要来采访我!"我冲着手机尖叫道。我的额头上冒出豆大的汗珠,我抬手把它们擦去。

我听见左边那个病人的笑声,那是一个南美裔的妇女,整天跟她的西班牙——或者葡萄牙探视者聊天。现在,她在嘲笑我,或许她一直都在嘲笑我。我听见她的假手指敲击手机按键的声音。她还在讲西班牙语之类的什么语言,可是现在,我能听懂了。

"我旁边的床位上是一个《纽约邮报》的女孩。我打算用手机把她录下来,我会把一切信息都发给你,你可以把它给《纽约邮报》,告诉他们这里有来自医院的独家消息。"她再次大笑起来。

"这个女孩是个疯子,相信我。相信我,这是好东西,我保证。我们可以用它赚到很多钱。哈哈哈，快给电视台打电话，我会把一切都告诉他们。只要确保我们能从中赚到钱就行了。哈哈哈。"

嘶嘶嘶嘶……

那是什么？

嘶嘶嘶嘶……

我又听到了。

嘶嘶嘶嘶……

过来。

我把头转向左边。南美裔女人已经停止狂发短信，她拉开了帘子，我可以看到她的脸。

"这里的护士不好。"她轻声说。

"什么？"我问，不知道自己是不是听清楚了，或者她到底有没有在说话。

"嘘，她们能听到你。"她指着摄像头，小声说道，"这里的护士不好。我不相信他们。"

是的，是的，奇怪的西班牙女人，的确如此。但这个便衣特工为什么要告诉我这些呢？她把帘子拉上，留下我一个人。

我要离开，现在。我又一次抓住头上的电线，把它们一根根从头发里拽出来，然后扔在地板上。瞬间，我就来到门口。我穿过去，心脏怦怦直跳，我感到它就要跳到我的肺里去了。保安没有注意到我。我冲到红色的出口标志跟前。一名护士跑到我旁边。想办法，想办法，想办法，苏珊娜。我躲闪着进入一道走廊，并且跑起来，快跑，快跑，快跑——径直跑到另一名护士的怀里。

"让我回家！让我走！"

她抓住我的肩膀。我踢她，尖叫，对着空气乱咬。我必须离开，我必须走。让我走。冰冷的地板。一个穿紫色衣服的女人抓住我的脚，另一名护士按住我的胳膊。

"求求你们，求求你们。"我试图透过紧闭的牙关说，"请让我走。"

黑暗。

第 19 章　大块头

两次逃跑的企图，让我有了一个专属的护卫。现在，在第三次企图逃跑之后，护士无意中向我父亲透露，如果我一直拔掉那些电线，一直企图逃跑，医院就不能让我继续待在这里了。"如果她不停止这种行为，她将会被转到另一个地方，在那里，她可享受不到这么好的照顾。而且，她也不会喜欢那个地方的，我向你保证。"护士对我父亲说。

我父亲听得出，这是个明显的威胁：如果我继续沿着这条路走下去，我将会被送到精神病区。他下定决心，无论发生什么事情，都会站在我这一边。他和我母亲离婚以后，跟我待在一起的时间不多，现在，他想要弥补一下。他刚刚从银行辞职，有充分的时间和自由来陪我。他想让医护人员知道，有人在替我着想。

他知道，人们经常会害怕他——虽然他只有中等身材，但我的保姆西比尔总是唤他为"大块头"——如果这一点对我有帮助的话，他决心强化这个特质。因为我不让他进入病房，而且还相信他谋杀了吉塞尔，他决心在走廊里发挥自己的能量，于是开始读一本书。

在这个过渡期内，卢索医生在她对我每日病情的记录中，把主要的病症由"癫痫"修改为"精神病、疑似癫痫"，最后又改成"精神病"。癫痫病发后愤怒症不再是主要病症，因为自从我住院以后，就没再突发癫痫。既然没有发作，由它引起的精神病也不会继续加重。而引起精神病的甲状腺功能亢进症的检测结果也恢复了阴性。不过，他们暂时还不能做其他检测，因为我的症状还远不能接受精神病的其他侵入性的检查。

然而，卢索医生还是在她的记录后面，添加了一句没写过的话："如果精神病科认为该患者符合要求的话，就转到精神病科。"跟阿斯兰医生一样，她也选择不让我的父母知道这个新的建议。

虽然我和家人都不知道这些结论，但显然，我已经越来越不适合待在癫痫科了，正如护士警告我父亲的那样，因为我的癫痫症状已经消失，而且我是这么难对付的一个病人。父亲也感觉到他们这种态度愈加外现，对我的看护级别也在上升，于是，他信守自己的诺言，开始每天早上第一个赶到病房。他知道，我凭自己一个人的力量是无法打赢这场战斗的。

母亲每天也会过来，一般是在午饭时间，只要工作可以抽身，她就会来，然后，在下午 5 点以后，她会再来一次。她拿着一张写满问题的清单，逐一去做那些医生和护士的工作，虽然多数问题一直得不到回答，她也没有放弃。她搜集详细的笔记，记下一个个医生的名字和家庭住址，还有那些准备去查询的陌生的医学术语。尽管我父母的关系不怎么友好，但他们还是建立起了一套日志系统，这样，就算另一个人不在，他们也可以就我病情的进展进行交流。

他们离婚已有 8 年，但共处一室对他们二人来说仍然是困难的事情，这本一起记录的日志，成为他们为我的生命共同奋斗的基础。

斯蒂芬也扮演着一个重要的情感角色。别人告诉我，每次他都带着皮质公文包来到病房，里面装着《迷失》①的 DVD 光盘和自然纪录片。我们一起观看的时候，我看上去都会放松不少。

不过，在住院的第二个晚上，我攥着他的手说道："我知道这对你来说很难承受，如果你不回来，我可以理解。如果我再也见不到你，我也可以理解。"他后来告诉我，就是在那个时候，他对自己做出了一个跟我父母一致的承诺：如果我在医院，他也会在那里。没有人知道我还会不会变回原来的那个我，或者我能不能挺过这次灾难。未来不重要——他在意的是，在我需要他的时候，他能陪在我身边。他不会错过每一天，而他的确也做到了。

入院第四天，第六位、第七位、第八位、第九位医生加入治疗小组：一位是传染病专家，他让我想起父亲的吉米叔叔，他在"二战"的诺曼底登陆战役后被授予紫心勋章，一位是头发花白的风湿病专家，一位是语气温和的免疫学专家，还有一位是内科专家杰弗里·弗里德曼，一位 50 岁出头、精神矍铄的医生，虽然在严峻的条件下工作，依然保持乐观。

弗里德曼医生被请来，专门针对我高血压的症状进行诊疗，他一来，立刻对我产生了同情——他的女儿跟我年龄相仿。他走进病房，发现我蓬头垢面，一脸茫然，坐立不安地待在床上，斯蒂芬则坐在我旁边，试图安慰我，却徒劳无效。我看起来呆滞而狂躁。弗里德曼医生想先了解一下我的基本病史，但是偏执的我完全沉迷于

---

① 美国 2004 年上映的一部科幻悬疑电视连续剧。——编者注

"别人在看我"的臆想之中，都没有办法说一句连贯的话，于是，他直接跳过这一步，开始给我测量血压，一量吓一跳：我的血压值为180/100，单凭这个血压值，就可能引起大脑出血、中风，甚至死亡。他想，如果她是一台电脑，我们就该重启她的硬盘了。他建议立刻给我服用两种不同的降压药。

弗里德曼医生离开病房的时候，认出了我父亲，当时父亲正坐在等候区看书。两人聊起了我生病前的情况，我父亲把我描述成一个积极的孩子，一直都是优等生，很容易跟别人成为朋友，学习刻苦，工作也很努力。这个形象跟现在这个混乱的年轻女子判若两人。弗里德曼医生刚刚给我做过检查，他径直望着我父亲的眼睛说道："请保持乐观。治疗需要时间，但是她会好起来的。"

当弗里德曼医生拥抱他的时候，父亲崩溃了，这是他的一次小小的真情流露。

第 20 章　直线的斜率

自我开始出现奇怪症状的几个星期以来，父亲花了比以往多很多的时间来陪我。他决心给予我尽可能多的支持，但这也为他带来了负面的影响：他开始脱离自己的生活，甚至包括吉塞尔。自从我在他家崩溃之后，他自己每天也开始记日记，记录的内容跟他和母亲一起记的那本日记不同。这不仅帮助他了解我的病情进展，还能帮助他打发时间。在我第二次企图逃跑之后，他写下了一篇令人心碎的日记，祈求上帝不要把我带走，而是带他走。

他记得，在一个寒冷、潮湿的早春清晨，他开车跟吉塞尔一起去医院，两人都沉默不语。他知道，只要能分担他的痛苦，吉塞尔愿意做任何事情，但他还是显得很冷漠，像往常一样，把痛苦深埋在心里。

到医院，他跟吉塞尔吻别，然后挤进站满人的电梯。跟那些前往妇产科那一层的年轻爸爸们乘坐同一台电梯，是件痛苦的事情，他们有些人是激动地蹦跳出电梯的。对于这些人来说，生命刚刚开始。下一层是心脏病科，全都是忧心忡忡的面孔。最后一层，就是12层的癫痫科。他转身走出电梯。

当他走过一栋正在装修的翼楼时，他的目光跟一位中年建筑工人相遇，那人立刻尴尬地低头看着地板。每个人都知道，12层不会有什么好事。在过去的3天里，父亲每天有好几个小时待在人来人往的临时等候区，目睹了许多别人的故事。其中一个特别伤感的故事就发生在大厅对面，一个从升降机上摔下、导致颅骨严重受损的小伙子在接受治疗，他年迈的双亲每天都来看他，但是没人敢奢望他能康复。我父亲快速做了个祷告，祈求上帝保佑，我的命运不至于像那个小伙子那样，他一边深呼吸，一边准备来看看我今天早上是什么状态。我刚刚被转移到一间小的单人病房，这似乎是在朝好的方向前进了一步。在前往我的病房的路上，他注意到另一位患者在跟他打招呼。

"那是你的女儿吗？"那个女人指着我的房间问道。

"是的。"

"我不喜欢他们对她的所作所为。"她低声说，"我不能说，因为我们正在被监视。"

这个女人有点儿古怪，父亲感觉自己的脸有点儿发热，对这场交流感到尴尬。

不过，他还是耐着性子听那个女人把话说完，特别是因为我偏执的胡言乱语似乎跟她的絮叨有吻合之处。

很自然，他会担心自己不在的时候，这个科室会发生什么事情。虽然他内心深知，这里是世界上最好的精神病科室，这些恐惧很可能是虚构的。

"给你。"她说着，把一张揉皱的纸塞给父亲，上面潦草地写着几个数字。"打电话给我，我会向你解释的。"

出于礼貌，父亲把电话号码放进包里，但他知道自己最好还是不要给她打电话。他推开我新病房的房门，不小心碰到用椅子抵住房门的保安。

这间新病房安静得出奇，透过几扇窗户，可以鸟瞰外面的东河和罗斯福路。驳船静静地沿着东河航行。

父亲对这次换病房感到高兴，因为他也日益感到，AMU病房的那些监控器、护士站，以及其他3位病人持续的活动，会加重我的焦虑。

我醒来时，望着他笑了。自从在他家度过的那个无法言说的夜晚，自从我住院以来，这是我第一次用温暖的表情迎接他。被我的新态度深深感染，他建议我们沿着地板走一走，让我活动一下。

虽然我答应下来走走，但不容易做到。我控制自己身体的能力像个老年人，僵硬地让自己往床边挪动，然后才把双脚搭在床边。父亲拿出一双青色的防滑袜套在我脚上，把我扶下床。他注意到，我的头上没有电极，但后来才知道，这只是因为前一天晚上我再次企图逃跑的时候，把它们都拔掉了，而医务人员还没有来得及把它们重新安上。

虽然只是行走，对我来说也不是一件简单的事情。父亲一直是个走路很快的人（在詹姆斯和我小的时候，他经常在人潮涌动的街道上，把我们远远甩在后面），可现在，他小心地走在我身边，扶着我，看我吃力地抬起腿，又笨重地放下，就像在重新学习走路一般。看到我的行动如此迟缓，他一开始轻松的心情也沉了下去。我们回到病房，为了锻炼我的思维，他问了我一个问题。

"直线的斜率是什么？"他问道。我一言不发地望着他。

"是正值。"他强装乐观地说道，然后举起手臂画了一条斜线。"正值意味着什么？"

我的眼神依然茫然。

"意味着我们每天都在进步。"父亲说道。

我的身体每况愈下，但至少我的精神病症状有所减轻，也使得医生们能为我预约更多的检查。

我的症状每分钟、每小时都在忽起忽落，但医务人员还是越过这表面的进展，进一步给我安排了腰椎穿刺，这样他们就可以获得像海水一样清澈的脑脊髓液样本，大脑与脊髓都被包裹在脑脊髓液中。这项检查在过去对我来说太危险，因为腰椎穿刺需要病人的完全配合，一动不动才行，稍微一动就可能产生可怕的风险，导致瘫痪，甚至死亡。

虽然父亲明白腰椎穿刺是开展下一步治疗的必要步骤，但一想起检查的过程，他和母亲还是感到惶恐不安。詹姆斯还是个婴儿的时候，有一次发高烧，情况危险，需要做腰椎穿刺来排除脑膜炎的可能，我父母永远都无法忘记当时孩子那令人胆寒的痛苦尖叫。

第二天，3 月 27 日，是我来到医院的第五天，但仅仅是我第二次允许父亲进入病房。多数时候，我都是一副魂不守舍的样子，脸上没有任何表情，现在我的精神病已经完全被被动所取代。只是那些遥控传呼器时不时还是会响起，传来我呼救的声音。在我少有的清醒时刻（其他多数时候，我都迷迷糊糊、面无表情，完全活在自己的世界里），父亲能感觉到我的某个部分在向他呼唤，一遍又一遍地重复着，"我会死在这里，这个地方会杀死我，请让我离开"。这些内心深处的呼喊刺痛着父亲。他也非常想让我离开这个吸食灵魂的地方，但他知道，我没有别的地方可以选择。

那天上午，母亲也来探望我，但是由于工作的关系，她不得不在下午赶回城里，但她还是不放心，定时联系父亲，以了解我的最新情况。她没有让同事们察觉到自己的绝望，全心投入繁重的工作，但她脑子里想的全都是我。她想把精力集中到这一天的工作上去，但是没能成功，她一遍遍地告诉自己，不应该有负罪感，而且有父亲在那里照顾我。最后，一名年轻男护工来到病房，带我去做腰椎穿刺检查，他静静地把我从床上扶到轮椅上，然后推着我，父亲跟在后面。

当他们好不容易挤进拥挤的电梯时，护工小声问道："你们两个是亲戚吗？"

"我是她父亲。"

"她有癫痫吗？"

父亲干脆地说道："没有。"

"哦，我只是问问，因为我是癫痫科的……"护工抱歉地说道。他把我从一个电梯间推到另一个电梯间，中间要穿过一段像体育场那么长的通道，最后来到一间候诊室，里面还有其他 5 张担架床，每张上面都躺了一名患者，旁边都有一位护工。父亲站到我前面，用身体挡住我的视线，以防我看见他们，会把自己的命运跟他们做对比。她跟这些人不一样，他一遍遍对自己说道。接着，护士叫我独自进去。父亲知道我只是要做腰椎穿刺，但是他脑子里忍不住浮现出更加险恶的场景。是这种地方使然。

第 21 章　被中断的死亡

　　我住院已近一周，但在医院里，时间仿佛不存在一般。斯蒂芬把这里的氛围比作大西洋城①，只不过这里没有老虎机（一种赌博机器），只有一台台嘀嘀作响的血压监测机；这里没有悲伤病态的赌徒，只有悲伤病态的患者。像赌场一样，这里没有时钟和日历。这是一种凝滞固化的环境，唯一表明时间存在的是护士和医生们无休止的动作。

　　家人渐渐看出，我开始对其中两名护士产生了感情：爱德华和阿德琳。爱德华护士，是一位永远带着温暖微笑，身材魁梧的小伙子，也是这一层唯一的男护士，也正因为此，他经常被误认为医生。他很自豪地接受了这一点，并保持着开朗的性格，经常跟我开些关于扬基队（美国一支棒球队）和《纽约邮报》的玩笑。相反，阿德

---

① 1976 年，美国第一家合法赌场在此开放。——编者注

琳护士是一位菲律宾中年妇女，严厉、高效、直来直去，总是有效捍卫着秩序。显然，她对我也有一种安抚的效果。

到现在，我的家庭已经发展出一套常规。因为现在我已经适应了父亲的存在，所以父亲都是早上过来，喂我吃早餐酸奶和卡布奇诺咖啡，陪我玩扑克，迷迷糊糊的我通常都跟不上他的节奏。接着，他会为我大声朗读书籍或者杂志，或者只是静静坐在我身边，阅读詹姆斯·乔伊斯的《一个青年艺术家的画像》。每天，他都会带来自家做的美食，如我最喜欢的甜点、草莓大黄蛋糕，等等，不过，我经常会把父亲带来的食物交给斯蒂芬，因为自己现在还是没什么食欲。父亲小时候一直看着祖母做菜长大，祖母是一名爱尔兰护士，在急诊室倒休期间，经常会在家烹饪一些精致的小菜，跟她一样，父亲也把做菜当作一种放松。这不仅帮他度过我住院的这一段时间，还能让他从低落的情绪中暂时抽离。

母亲则是在午饭和下班后过来看我，身边总是带着那一大堆问题的列表。她经常透过窗户眺望东河，看着那些船经过长滩城的百事可乐标志，然后搓着自己的双手（代表紧张的习惯性动作），陷入沉思。

有些时候，我们会看扬基队的比赛，母亲会给我讲述我们最喜欢的球员的近况。但多数时候，她会坐在我身边，确保我感觉舒适，而且最重要的是，会有最好的医生经常过来查房。

斯蒂芬会在晚上 7 点左右过来，一直待到深夜我想睡觉的时候。虽然探视时间早已结束，但护士们都默许了他的行为，因为有了他的安抚，我就不会企图逃跑。每天晚上，斯蒂芬和我会看一个小时的 DVD，是雷恩·亚当斯在奥斯丁音乐节的演出，这已经成了一个惯例。他走的时候，会让它继续播放，高音的乡村民谣《离别之吻》

《艰难的坠落》，还有类似弦乐摇篮曲那样的曲子一遍遍播放，直到夜班护士过来看见我已经睡着，才把电视关掉。斯蒂芬认为，音乐能够或多或少地让我恢复原样。

其实，每次我观看这些 DVD，都像是第一次看一样。我的短期记忆已经被清除，问题源于海马体，这是一个类似存储记忆站点的组织。海马体主要"存储"构成记忆的神经元，然后把它们传导到大脑负责长期记忆的部分。这些记忆被大脑负责最初感知的部分所保存：视觉记忆被枕叶皮层中的视觉皮质保存，听觉记忆被颞叶皮层中的听觉皮质保存，等等。

要了解海马体对于大脑机能有多么重要，你只需要知道，当它被移除的时候会发生什么就可以了。医学中一个最著名的案例就是亨利·莫莱森（简称 H. M.）。1933 年，在康涅狄格州的哈特福德，7 岁的亨利·古斯塔·莫莱森在家附近被一辆自行车撞倒。[1] 在那次致命的事故之后，H. M. 多次出现癫痫症状，而且越来越严重。在1953 年，他 27 岁生日那天，他的医生决定移除他的部分脑组织，因为这些组织的病变被认为是他癫痫发作的核心原因，这个组织就是海马体。当 H. M. 从手术中恢复之后，癫痫症状消失了，但是他的记忆力也随之丧失。医生们注意到，他在手术两年以前的记忆是完整的，但是他无法记起新的东西。任何新的信息只在他脑海里停留 20 秒就会消失。H. M. 一直活到 80 多岁，但他一直觉得自己是20 多岁的年轻人，也就是接受手术之前的状态。

他独一无二的经历，使他成为医学史上最著名的研究案例之一，也帮助研究者们确定了顺行性遗忘症的存在，也就是无法保存新记忆的病症（电影《记忆碎片》就是根据 H. M. 的经历改编的）。他的案例也揭示了两种不同类型的记忆的存在：陈述性记忆（地点、名称、食物、事件等）和过程性记忆（那些通过习惯习得的记忆，例如系鞋带和骑自行车等）。

虽然 H. M. 无法保存新的陈述性记忆，但他还保留着他的过程性记忆，而且通过练习，这种记忆还在无意中得到了加强。

最近，一位名叫克里夫·韦宁的乐团指挥不幸染上致命性的单纯疱疹病毒性脑炎，病毒侵入他的大脑，破坏了他的海马体。跟 H. M. 一样，韦宁无法获得任何新的陈述性记忆，这也意味着世界对他来说总是新的。他认不出他的孩子，每次看见他结婚多年的妻子，他都会觉得两人是第一次相爱。他的妻子德博拉专门写了一本关于他的病例的书，并特意给书起名为《永远在今天》。她在书中写道："克里夫一直觉得他是从无意识状态下刚刚清醒过来，因为他脑海中从来没有自己曾经醒来过的印象。"[2] 韦宁自己也是一位多产的作家，他写下了长长的日记。但是，里面并非充满洞见和幽默，而总是这样的内容：

~~上午8：31分：现在我真的完全清醒。~~
~~上午9：06分：现在我非常、特别清醒。~~
上午9：34分：现在我超级、实在清醒。

德博拉引用丈夫的日记："我从来没有听过、看过、摸过、闻过任何东西，就像是死了一样。"[3]

虽然我的情况幸运地没有上面所说的这些严重，但我也丧失了大脑的部分关键机能。而且，很少有什么事情能让我开心：我每天期盼的，就是缓慢而蹒跚地走上几步，这样就可以免于每天打针，以防自己因卧床太久得上血栓。除此以外，我还有另外两项爱好：

苹果和清洁。不管是谁，只要问我想要什么，我的回答永远都是一样的："苹果。"我一直表现出对苹果的欲望，所以，每个探视我的人都会带苹果来：绿色的，红色的，酸的，甜的。我会把它们都吃掉。

我不知道这种执着源自何处，也许是因为"一天一苹果，医生远离我"的隐喻吧。

或者，这种冲动源于基本的生理需求：苹果含有类黄酮，我们都知道，它对身体有抗炎和抗氧化的功能。难道是我的身体在向思想传递某种信息——而我的医生们到目前还不了解这条信息？

我还坚持每天换衣服，并且保持衣服整洁。母亲相信这也是我下意识的行为，想把病毒赶出身体。我要求医护人员每天给我洗澡，虽然由于脑电图电线的关系，我的头发总是打结，我也要求天天洗头。两名牙买加裔的助理护士每天用热毛巾给我擦身，每天给我穿衣服，并轻声唤我作"我的宝贝"。在她们的照料下，我感到放松。看着每次擦洗的时候我满意的样子，父亲怀疑是不是因为她们的口音把我带回了婴儿时期，那时，西比尔就像我的第二个妈妈一样，细心照料着我。

第一个星期六，我父母允许一位新的访客——我的表妹汉娜——来探望我。虽然来的时候，汉娜被自己眼前的情景吓了一跳，但她还是走进房间，在我床边坐了下来，就像每天都来一样。病房里还有我母亲和斯蒂芬，所以汉娜立刻感觉踏实了不少，变得安静、内敛和热心。

"苏珊娜，这是你的生日礼物，当时我们没能见到你。"她轻快地说道，同时递给我一份包装好的礼物。我用僵硬的微笑呆呆地盯着她。汉娜和我在2月时曾计划一起庆祝生日，但由于我当时觉得自己得了病，便取消了这个计划。

"谢谢你。"我说道。汉娜迟疑地看着我用半握的拳头颤颤巍巍地接过礼物。我甚至连打开包装盒的动作都无法完成。我迟缓的动作和笨拙的话语，让汉娜想起帕金森病患者。她轻轻从我手中拿过盒子，把它打开。

"这是《被中断的死亡》，"她说道，"因为你喜欢《所有的名字》，所以我和妈妈猜想你也会喜欢这本书的。"大学期间，我曾读过何塞·萨拉马戈的《所有的名字》，并花了好几个晚上跟汉娜的母亲讨论这本书。可现在，我只是无助地瞟了眼书上作者的名字，说道："没看过。"汉娜笑着点点头，然后改变了话题。

"她是真的累了，"我母亲抱歉地说道，"她现在很难集中精力。"

脑电图录像，3 月 30 日，早上 6 点 50 分，时长 6 分钟

画面上是一张空床。我母亲穿着上班时穿的 Max Mara（麦丝玛拉，意大利时装品牌）西服，坐在旁边，若有所思地望着窗外。床头摆着鲜花和杂志。电视开着，里面播放着《人人都爱雷蒙德》的剧集。

我从画外进入，踉踉跄跄地坐回床上，没戴帽子，打结的头发垂下来，露出一根电线垂在背上，像一根鬃毛。我把床单拉到脖子上。母亲拍拍我的腿，把毯子给我盖上。我把毯子扯开，坐了起来，不停触摸着头上的电线。

视频结束。

第 22 章　美丽的怪物

第二周伊始，我身上突然出现了麻烦的新症状。深夜赶来的母亲发现，我吐字不清的毛病急剧恶化，仿佛我的舌头比嘴巴大了四五倍。这个症状，要比幻觉、妄想症和企图逃跑那些问题更加令她恐慌，因为这个症状是可以量化的，并且还在不断朝着糟糕的方向愈演愈烈。我说话的时候，舌头像打了结一般，还不停地流口水；我累了的时候，会伸着舌头，就像一条被热坏的狗；我讲话颠三倒四，一喝水就会被呛得咳嗽起来，导致我只能用汤匙一口口舀水到嘴里面。而且，我再也说不出完整的句子了，开始是莫名其妙地咕哝，到后来只能发出单个的音节，最后甚至像猪一样哼哼。神经学家卢索医生问道："你能学我这样说吗？'擦，擦，擦。'"可是，C这个摩擦音从我嘴里出来，便弱化成难以辨识的辅音，听起来更像"嗒，嗒，嗒"。

"你鼓起腮帮好吗？就像这样。"卢索医生闭着嘴，鼓起腮帮。

我撅起嘴唇，试图模仿医生的动作，可嘴巴总是没法把空气包住，总是漏风。

"你能把舌头像这样，朝着我的方向伸出来吗？"

可是，我的舌头只能伸到正常人的一半长度，即便如此，它还会因为伸直的动作而抖个不停。

那天之后，阿斯兰医生证实了卢索医生的新发现，并在病历报告中指出我说话不清的问题。同时，我不停做出咀嚼的动作，其夸张程度不亚于上个星期会议上舔嘴唇的动作。

现在，我又开始做怪相，两只胳膊一直僵硬地伸在身体前面，仿佛要去抓某个并不存在的东西。医生小组怀疑，我的这些行为，加上高血压和心率加快的症状，可能表示着我的脑干或者边缘系统出了问题。

人体脊髓顶部、大脑底端的部分就是脑干，[1] 是大脑最重要的部位之一，它是协助掌控基本生命功能的器官。脑干中有一簇拇指大小的神经束，叫作脑髓质，它掌管人的血压、心率和呼吸。脑髓质旁边一块突出的区域，叫作脑桥，在控制面部表情方面扮演重要的角色，因此，我的症状很可能源于这一区域的问题。

当然，其他部位也难辞其咎，大脑的许多区域都会参与这些天生的机能，可能存在病灶的区域包括：位于额叶和颞叶之间的岛叶皮质，它与人的情感和机体内部环境的维系有关；或者部分大脑边缘系统，比如与呼吸系统有关的杏仁体和扣带回。

回到圣诞节彩灯的类比，即便只有一片区域熄灭，许多其他部分的电路连接都需要更改。所以，通常我们很难说某种基本的身体机能和行为跟某个特定区域存在必然的联系，大脑其他部分也是如此，它是一个复杂的整体。或者，正如威廉·F.奥尔曼在《学徒的奇迹：神经系统内部革命》一书中所说："大脑是一个怪物，美丽的怪物。"[2]

阿斯兰医生前脚刚走，西格尔医生（母亲心中至爱的"毕斯"）又带来新的消息。"好吧，我们有重要发现。"他语速飞快地说道。

"重要发现？"母亲问道。

"她的腰椎穿刺结果显示白细胞轻度上升，这是存在感染或炎症的典型表征。"他说道。我每 1‰毫升脑脊髓液中有 20 个红细胞，而健康人应该只有 0~5 个。医生完全有理由产生怀疑，但导致白细胞上升的原因，还存在不同的解释。其中一种可能的解释，是由脑脊髓液本身的病变所导致。不过，它也暗示着其他异常的可能。

"我们还不知道这意味着什么。"西格尔医生说道，"还有几十项化验要做，我们会搞清楚的。我向你们保证，我们一定会搞清楚的。"

几个星期以来，母亲脸上首次浮现出笑容。诡异的是，最终证实，出问题的是我的机体，而非精神，这反倒让她松了一口气。她迫切需要一个解释，一个能把她的思绪转移到别的地方的解释，即便这条关于白细胞的线索并不清晰，甚至都算不上是线索。那天她回家后，一整晚都在谷歌上反复搜索，想弄明白这个指标究竟意味着什么。搜到的各种可能让她心惊：脑膜炎、肿瘤、中风、多发性硬化。

最后，一个电话打断了她专注的搜索。电话那边传来的我的声音，听起来就像个发育迟缓的小孩。

"我尿尿了。"

"怎么了？"

"我尿尿了。他们在喊。"

"谁在对你喊？"她能听到那边房间里的声音。

"护士。我尿床了，我不是故意的。"

"苏珊娜，她们并没有对你凶，我保证。收拾干净是她们的工作。她们知道你不是故意的。"

"她们冲我喊。"

"我向你保证，这不是什么大事，这种事经常发生。她们不应该大叫，这是个错误。"她分不清哪些是实情，哪些是我扭曲的精神臆想出的东西。艾伦认为这更可能是后一种情况，不管怎样，他们后来再也没听谁说起这次事件。

因为我对于工作还存在被害妄想症，而且似乎对自己的状态感到羞耻，所以，父母一直没把我住院的事情告诉任何人，甚至包括我弟弟。可是，就在星期二，3月31日，也就是我住院的第二周，父母第一次允许我的朋友——凯蒂——来探望我。凯蒂和我在大学里相识，因为都酷爱乡村女歌手洛丽塔·琳恩的灵歌（北美黑人的宗教礼拜歌曲，或北美白人演唱的民间赞美诗），都喜欢穿古董衫，都青睐浓烈的圣路易斯鸡尾酒，而成为好友。凯蒂非常活泼，又有点儿憨憨傻傻的，是一起干坏事的绝佳伙伴。她不知该带什么来看我，就拿了只毛绒玩具老鼠（这个凯蒂……居然不送泰迪熊，而送老鼠），一张黑帮说唱电影的 DVD 光盘和一张带字幕的法国电影光盘，可她想不到的是，我居然连字幕都没法读了。

凯蒂如今在女王小学当老师，给许多出现严重社交问题和学习障碍的孩子上过课。可是，她无论如何也想不到，病房里面的我居然变成这个样子。这个新的我，跟过去有着天壤之别：骨瘦如柴，脸色苍白，脸颊凹陷，眼神呆滞，两条腿瘦成麻秆。凯蒂知道，自己此刻的角色，就是把我的注意力从严重的病症上转移开，于是跟我聊起大学同学们的各种八卦来。可是，我们的谈话根本无法进行，因为我对一个简单的问题，要过好几秒后才能做出回应，而且说话很不清楚。要知道，过去的我可称得上是个专业的"侃家"，能把简单的对话聊得天花乱坠，而现在的我，甚至连最简单的句子都说不出来，多数时候，凯蒂根本搞不清楚我在说什么。

"咱们出去走走吧。"凯蒂建议道，又开了个玩笑，"别忘了你的朵拉探险背包①。"我过了好一会儿，才意识到凯蒂指的是装着我的脑电图描记器电线的粉红色小包，她冲我一笑。我们拖着步子走到休息区，在两把背靠窗户的椅子上坐了下来。凯蒂注意到，我的黑色打底裤显得十分松垮。

"你太瘦了，苏珊娜！"

过了半晌，我低下头看自己的两条腿，仿佛在探索自己身体新的部位。我笑着说道："这——是——我——的打——底裤！我的打——底裤！打——底裤！"

接着，我从椅子上站起身，开始傻乎乎地跳起爱尔兰吉格舞（一种活泼欢快的舞蹈）来。太奇怪了，我居然在跳舞，不过，凯蒂倒是把这当作了一个好的信号。

凯蒂之后来探望我的朋友，是我的同事安吉拉和朱莉。自上次在万豪酒店，我感情失控、痛哭不止的那个晚上之后，安吉拉就再也没见过我。后来，我曾在深夜给她打过几次电话，在电话里大声喘气，却什么也不说。朱莉则是有天给我打电话，暗示我有躁郁症，

---

① 《爱探险的朵拉》（*Dora the Explorer*）是北美系列动画片，主人公朵拉的经典形象就是背着背包。——编者注

在那以后，我们只讲过一次话，我能给出的回应，就是"我早餐吃的是馅饼"。

今天，当得知她们要来的时候，我提出一个要求：要一个芝士汉堡。两人带着汉堡和薯条走进电梯的时候，都想不到我会变成什么样子。

她们走进病房，发现我表妹汉娜正坐在床边陪伴我。见到她们，我显然很高兴，咧开嘴，僵硬地冲她们笑了一下，露出两排牙齿。她们看着头戴白帽子、浑身插满彩色电线的我，努力掩饰自己的震惊。安吉拉把芝士汉堡递给我，可我却把它放到床头柜上，碰都没碰一下，到晚上斯蒂芬来的时候，我把汉堡给了他。而从来不知矜持为何物的朱莉，则一下子跳到我旁边，从包里掏出手机，滑动屏幕寻找着照片。

"你想看一张照片吗？"她问道。病房里的4个女孩都围了过来，看着她找到的那张照片。"我的大便！"

除了我以外，每个人都倒吸一口气。

"泰迪出生以后，不照张照片，他们就不让我离开医院。太自豪了，我拍了一张这么好的照片。"一个月前，朱莉生下了她儿子。安吉拉和汉娜开始歇斯底里地大笑起来，而我却抓过手机，仔细看了几眼，几秒钟以后，才爆发出近似哭出来的大笑。她们三人则面面相觑，不明所以。

她们来探望之后，我的心情似乎好了一些。斯蒂芬注意到，我面对访客的时候，似乎能够或多或少集中一些注意力，可在她们走之后，我仿佛被掏空一般，往往几个小时都无法跟人交流，好像精力全部用尽了一样。

甚至我的记者朋友安吉拉也很快开始提出疑问："苏珊娜，你到底怎么了？"

"我……不……知道。"我结结巴巴地说道。过了一小会儿，我突然打断了她和别人的对话，我的声音变得清楚起来，但依然很小，"大家是怎么说我的？"

"别担心，没有人议论这件事。他们只是关心你而已。"安吉拉回答道。

"不，告诉我，我想知道。"

"没说什么不好的，苏珊娜。我向你保证，没人说你的坏话。"

"我知道高客网说过我的坏话。"我坚持道，我所指的是那个八卦博客网站。朱莉和安吉拉莫名其妙地互相对视一眼，"你说什么？"

"高客网，它说了我的坏话。他们把我的名字刊登在一个新闻标题上。"我说着，在床上坐了起来，一副异常认真的样子，"我应该给他们打电话吗？"

安吉拉摇摇头。"嗯，不用。这恐怕不是一个好消息。你为什么不在感觉好些的时候给他们发封邮件呢？"

大约一小时后，安吉拉和朱莉跟我告别，沿着走廊走到直梯前。她们按下下楼的按钮，一言不发地等着电梯。进电梯后，朱莉小声问道："你觉得她还能恢复成过去的样子吗？"这个问题问到了点子上。她们刚刚探视过的那个人，跟她们所熟知多年的那位朋友，俨然已经不是同一个人了。但是，我身上还是有不变的地方。虽然我无法集中注意力去阅读，但我仍然有写作能力，于是，父亲给我一本横格笔记本，让我把自己的感受记录下来，帮助我和前来探视的访客交流，也让他们更好地了解我的状况。

除了把自己遇到的困难记在笔记本里之外，那时的我也沉溺于感谢给我送花的各种人。我的病房里摆满各种各样的鲜花：白色的水仙、黄色的郁金香、粉色的玫瑰、橘色的太阳花，还有粉色和白色的百合（我的最爱）。我请求父亲帮我列一张清单，等我好一点儿的时候，要给他们发感谢信。在我太累而无法写东西的时候，父亲会帮我写下这些名字和简短的感谢话语。

但是，我一直没有机会寄出这些感谢信，因为我的病情迅速恶化了。

第 23 章　纳贾尔医生

　　来自疾病控制中心和纽约州实验室的血液检测结果出来了：各项指标均为阴性。现在，医生列出一长串不包含我的病症的名单，其中传染性的疾病包括：

- 莱姆病，通常由蜱虫叮咬引起
- 弓形虫病，通常由猫携带的一种寄生虫疾病
- 隐球菌感染，一种会导致脑膜炎的真菌
- 肺结核，会影响肺部
- 淋巴网状内皮细胞增生症，又称"猫抓热"

　　他们给我做的能查出几十种自身免疫性疾病的检测，化验结果也回来了，也是阴性，这些疾病包括：

- 干燥综合征，会影响泪腺和唾液腺的分泌机能
- 多发性硬化症，会影响包裹神经元的髓磷脂脂肪层

- 红斑狼疮，一种结缔组织疾病
- 硬皮病，一种皮肤疾病

　　没有什么异常的结果，甚至各种核磁共振和 CT 扫描的结果，也没有什么问题。如果化验师的那些检验结果可信的话，从化验单看，我应该是个完全健康的人。我的父母也感觉到，医生们开始怀疑，他们是不是没法查出我的病因。如果这不是一个可以治愈的、每个人都能理解的生理问题，那我的状况可能要糟糕得多——虽然没有人愿意承认这一点。所以，在这个非常时期，我的家人需要一个不管出现什么情况，都会相信我的人。我母亲跟医生打了那么长时间的交道，这也是她第一次盼望出现阳性的检测结果，因为这样，他们至少能有个答案。

　　我母亲开始每天盼着像爷爷一样的"毕斯"医生的出现，他不变的热情问候和善意话语，成为这段黑暗日子当中唯一的亮点。检查结果出来的那个下午，"毕斯"医生没有出现，她就开始担心起来，并到走廊里去找他。他刚走出走廊那边的一间医生办公室，我母亲就发现了他穿白大褂的身影。

　　"哦，西格尔医生。"她说着，声音忽然提高了。他一听到我母亲的声音，立刻快速转过头，严肃地问道："苏珊娜怎么了？有什么新情况？"

　　他的眼神里不见了平日熟悉的温暖和乐观。

　　"我不再负责这个病例了。"他面无表情地说道，然后转身离开。

　　"什么，什么？"母亲哽咽着问道，努力克制嘴唇的颤抖，"那我们怎么办？"

　　"我不知道该说什么，这不再是我的病例了。"他回答道，说完转过身快步走开。

母亲突然感到非常孤独，我生病期间已经带给她很多低谷期，但这一次被拒绝，算是最低的低谷。现在看来，这位全美在该领域最好的医生，也已经放弃我了。

她又深深吸了口气，压抑着心中的不平，回到我的病房。她觉得，之前没把我当作他的病人——当作一系列数字中的一员——是多么愚蠢。那天下午，卢索医生进来的时候，她都不敢站起来看她。现在，她是我们唯一的希望。卢索医生检查完毕以后，转过身来对我母亲说道："纳贾尔医生和我都认为，现在有必要再做一次腰椎穿刺。"

随着我病情的加重，之前觉得很吓人的腰椎穿刺，现在也显得无关紧要了。可是，我的母亲坚持要搞清楚这位新提到的医生是谁。"纳贾尔医生是谁？"

"他现在负责你女儿的病例。他是一位很优秀的医生。"卢索医生说道。

苏海尔·纳贾尔医生接到西格尔医生的电话以后，加入了我的治疗小组。他因成功治疗了几例用各种方法都无济于事的神秘病例而赢得了一定的声誉。现在，"毕斯"医生将要把手里最复杂的案例转交给他。

"我有点儿束手无策了。"西格尔医生对纳贾尔医生透露，"在这个病例上，我需要你的帮助。"

他罗列出了所有症状和各种互相矛盾的诊断结果。

精神病专家怀疑我的行为是由某种精神疾病导致的，白细胞上升意味着可能感染，但其他检查结果均为阴性。纳贾尔医生一开始猜测我可能得了某种病毒性脑炎，主要是由疱疹病毒引起的感染。他不认可情感分裂性躁郁症的理论，认为他们应该给我静脉注射一种抗病毒药阿昔洛韦。

可是，病毒检测的结果也都呈阴性。我没有感染 HIV（人体免疫缺陷病毒），引起疱疹性脑炎的 1 号和 2 号单纯疱疹病毒的检测也呈阴性，于是，纳贾尔医生停止了抗病毒药物的注射，算是尝试了实验性的免疫疗法，这一疗法在他的另一名脑部感染患者那里成功奏效，但在我这里还是不管用。他当时尝试的治疗还有类固醇、静脉内注射免疫球蛋白（IVIG）和血浆置换。

纳贾尔医生看到我的检测结果都呈阴性，说道："我想我们应该立即进行静脉内注射免疫球蛋白治疗。"

第 24 章　静脉内注射免疫球蛋白治疗

4月2日，护士开始对我进行第一轮静脉内注射免疫球蛋白治疗。我头顶上方的一根金属杆子上，挂着清澈的免疫球蛋白注射袋，里面的液体一滴滴地流进我的血管里。每个表面看起来平淡无奇的袋子里，都装着超过 1 000 名献血者的健康抗体，每次注射费用超过 20 000 美元。1 000 条止血带，1 000 名医生，1 000 根血管，1 000 块低糖饼干，这一切，都只为了治疗一位患者。

静脉内注射免疫球蛋白治疗包含一种叫作免疫球蛋白 G 的血清抗体（IgG），[1] 它是人体中最普遍的一种抗体。美国食品药品监督管理局批准使用静脉内注射免疫球蛋白疗法治疗器官移植、白血病和儿科艾滋病毒感染等症状，在规定范围内使用该疗法，通常被认为是一种"实验性治疗"，保险公司不负责理赔。

抗生素由人体的免疫系统产生，[2] 作用是抵御突然出现的外部物质进入人体。例如，当某种病原体——病毒、细菌、真菌或其他外部物质——进入人体时，就会让人体的基本预警系统启动一系列防御性反应。

这是人体的本能反应，是一劳永逸地迅速除掉身体中不速之客的机制。如果这套本能系统无法清除病原体，下一道抵御的环节就是"适应性反应"，也就是用白细胞和各种抗体组成兵工厂，来适应特定入侵者。这一过程需要的时间比本能反应长得多，一般本能反应只需要几分钟或几个小时，而适应性反应则需要 10 天左右。[3] 通常，这些内部斗争导致的一个附带结果，就是引发一些类似感冒的症状，如头痛、发热、肌肉酸痛、恶心和淋巴肿大等。[4]

噬菌细胞

"吞噬"病原体

一种叫作"噬菌细胞"的免疫细胞，会"吞噬"病原体

一种被称为"B 细胞"的白细胞，也能变身为产生抗体的浆细胞。[5] 在正常情况下，每个抗体都针对一种特定的病原体，就像灰姑娘的玻璃鞋一样。它们通过削弱或杀灭特定类型的病原体来阻止感染扩散。但是，如果每个人体内都存在的，在健康数量范围内的自身抗体开始破坏健康的器官组织（比如大脑），它们就可能演变成最邪恶的生物影子拳手。静脉内注射免疫球蛋白是将新鲜、健康的抗体，与病人免疫系统产生的"坏的""捣乱的"自身抗体相融合，从

而有助于中和这些自身抗体的作用,让它们变得无害。

"滴滴滴。"黑暗中,我右侧的一台巨大的机器发出滴滴的响声。一根线把我和悬空的白色液体袋子连接起来。我带上斯蒂芬的听筒式耳机,闭上双眼。感觉自己离这里越来越远,越来越远,重新成为我自己。

"下一首歌,送给我的一位朋友,她今天无法来到这里……"

一阵轻柔的吉他声,伴着轻柔的鼓点,音乐声渐渐增强。万圣节之夜,我在哈莱姆区的阿波罗剧院,瑞恩·亚当斯的音乐会上。我能看见他坐在舞台上,轻轻拨动着吉他的琴弦,可是,我却无法睁着眼睛看这一幕。我感觉自己被碰了一下,吓了一跳,接着听见一个声音。

"苏珊娜,该把脉了。"

音乐会不见了,消失在黑暗的病房里,我发现身边站着一名护士。我又回来了,回到这个既没有白天,又没有夜晚的地方。都怪这个女人,把我拉回这里。我心中突然升起一阵怒火。我抽回右胳膊,推了她的胸脯一下。她倒吸一口气。

第二天早晨,母亲坐在我床边的那个老位置——挨着窗户的一把椅子上,她的手机铃声忽然响起。是詹姆斯打来的。我父母一直没让他知道我的病情有多严重,不想让他担心,也不想影响他的学业。虽然我们相差5岁,但我们的关系一直很亲密。我父母明白,一旦詹姆斯知道我的情况有多糟糕,肯定会放下一切回家来看我。可是今天,母亲第一次下定决心把电话递给我。

"詹姆斯……詹姆斯……詹姆斯,"我说道,听见电话那头传来弟弟的声音,我继续说着,"詹姆斯……詹姆斯……詹姆斯。"

詹姆斯在匹兹堡的宿舍里泣不成声。我的声音太奇怪了,太不像他的姐姐了。他坚持说道:"我尽快赶回家来。你一定会好起来的。"

第二天,我开始进入静脉内注射免疫球蛋白治疗的第二阶段。精神病药理学家阿斯兰医生过来查房,发现我的语言问题又恶化了。他在进展报告中写道:

> 睡眠问题整晚困扰患者,而且语言问题有所恶化,担心后者可能是紧张症的初始迹象。昨晚,思瑞康的药效不如以前了。

"紧张症"这个术语第一次被提出,这种症状以无法集中注意力、能力丧失、无法行动为特征。

医生用来确诊"紧张症"的标准是"焦虑,有障碍":[6]

- 无法行动 / 昏迷
- 拒绝进食或饮水
- 亢奋
- 眼神迟滞
- 消极 / 负面的症状
- 缄默症
- 冲动
- 僵硬
- 模仿言语(自动重复他人的言语)
- 直视

紧张症是由神经元失灵导致的。那种"肌肉僵直",也被称为强直,是发生在病人对自己身体的认知,和舒适感与运动协调性之间的化学联系出现张力的时候。换句话说,紧张症患者无法感知自己身体的存在,因而无法协调自己的行动。结果是,我们会看见那个人以一种非常尴尬、不正常、不自然的姿势坐在那里。与持续的植物人症状相比,紧张症更接近前脑叶白质切除术失败的症状,因为患者的身体还能活动,但存在各种奇怪的、非应答性和不恰当的行为。

同时,斯蒂芬脑海里也反复回响着前一天晚上护士的那句议论。她是个年轻的亚洲移民,刚进纽约大学上学。给我做检查的时候,她毫不客气地问道:"她的动作一直这么慢吗?"

斯蒂芬使劲摇摇头,努力控制自己的情绪。

她怎么敢说这种话。苏珊娜行动并不迟缓,而过去也从未迟缓过。

次日清晨,斯蒂芬在走廊里碰见我父亲。一开始,他们聊了一些表面的事情——寒冷的天气,斯蒂芬的学业之类的。但话题很快就转到我身上来。

"她的本质还在。"斯蒂芬说道,"我能看见。她还在那里,我知道。"

"我也这么认为,这也是我们努力的目标。虽然医生和护士都看不到,但我们可以。"父亲说道,"为了她,我们必须坚强。"

"同意。"两个男人握着手说道。我父亲在他的日志里写下对斯蒂芬的新印象:"每天都来的那个朋友就是斯蒂芬,他太好了。第一次见到他的时候,我对他还不太感兴趣,但是,日子一天天过去,他赢得了我的欣赏和尊重。"

第 25 章　蓝色恶魔

4 月 9 日，医生对我进行了第二次腰椎穿刺。我已经在医院住了整整 18 天，病情不但没有丝毫好转，反而渐渐开始走下坡路。

斯蒂芬注意到我经常做出咀嚼的动作，我的胳膊像"科学怪人的新娘"（美国一部恐怖电影中的主角）那样僵直，目光迟滞，动不动就直勾勾地盯着某个地方。

脑电图录像，4 月 8 日，晚上 10：30，时长 11 分钟

电视上播放着"探索"频道的纪实片。

斯蒂芬坐在我旁边看电视，一只手搭在我腰上，而我则面朝他侧卧着睡觉。斯蒂芬看了我一眼，突然，我坐起来，开始快速吸气，却不呼气。他抚摸着我的头发，我的胳膊直直地举在身体前方，斯蒂芬快速摁下警铃呼叫护士。

斯蒂芬站在我跟前，惊恐地看着我对着自己的脸缓慢曲臂，动作迟缓得宛如定格动画。

　　一位护士赶了过来，她跟斯蒂芬说了几句话，但是，电视节目的声音盖过了他们的谈话。我一句话都没有说。斯蒂芬试图向她解释我的状况，模仿着我差点儿窒息的状态。就在他讲话的时候，我再次直勾勾地伸着两只胳膊，接着两只手向腰间弯去，看起来宛如一只霸王龙。斯蒂芬轻轻把我的手推回我的身体两侧，然后拍拍我的肩膀。但是，我的双手又在腰间伸展成45度角的姿势，仿佛是被绳子拉着一般。我开始快速移动双手，举起、放下，举起、放下。接着，我把双手放回脸上，然后僵硬地垂下来，直到一位值班的神经学家赶到。

　　斯蒂芬绷直胳膊，咬紧牙关，再次试图把我的症状演示给医生看。因为压力太大，加上被我吓坏了，他居然哭了起来。我把身边的一只泰迪熊扔到地上，对着空气挥舞手臂，仿佛在跟一个幽灵打架——可是，我的胳膊又是僵直的，所以看上去活像一个在战斗的芭比娃娃。医生问了我几个问题，声音像是从遥远的地方传来，都听不清楚，我也没有回答，只是直勾勾地盯着她，然后躺了下去。

　　接着，我又坐起来，试图从床上下去，但是护栏挡住了我。医生把护栏降低，递给我一个桶，或许因为她觉得我像是要吐的样子。我前后摇晃了几下，然后躺到床上，两腿之间夹着那个桶。医生把桶拿开，放到我的脑袋旁边。

　　视频结束。

　　每当遇到这样的情况，斯蒂芬都会想起3月13日的那天晚上。他问艾德琳护士："你觉得这是什么病？"

　　"或许她只是想要得到你的注意？"南方人把这种为吸引他人注

意而患上的病症，叫作"蓝色恶魔"，它生动地描绘出年轻女性易患的那种躁郁症或者焦虑症的症状。"或许这是某种焦虑症？"斯蒂芬不认可这个解释。到第二天晚上，同样的事情发生了。

"我……感……觉……不……好。"我说着，把腿从床上垂下去。斯蒂芬顺着我的动作，降低护栏，把我扶下床，让我坐在地板上。我又一次喘着气，哭了起来。斯蒂芬按下呼叫键。

"我……心……难受……"我捂住胸口，在医院冰凉的地板上痛苦地扭动着。"我……喘……不……上……气。"

一位护士跑了进来，她看了下我的体征指标，注意到我的血压轻微升高到155/97。她把我扶到一个两升的氧气机跟前，这台机器可以缓解心脏问题和震颤的情况。很快我就睡着了。几乎每天晚上，一到斯蒂芬来探视的时候，我就会以各种不同的形式上演同样的一幕，可别人来的时候却很少发作。没有人能解释其中的原因。

随着时间的推移，我的家人变得越来越疲惫，大家似乎都束手无策。所有检查的结果都是阴性，免疫球蛋白治疗似乎并不是大家期盼中的神药，没有人知道我那高居不下的白细胞指数究竟意味着什么。

更糟糕的是，"毕斯"医生现在不再管我的病例，而那位受到大家好评的纳贾尔医生则迟迟没有现身。如何才能使其他人不放弃我，不把我发配到精神病院或者看护所去？虽然我的家人还保持着乐观的态度，但他们也开始悄悄担心，如果情况继续恶化，他们会不会永远失去我。

第二天，腰椎穿刺的检查结果回来了。卢索医生带来的这个消息虽然令人震惊，但至少说明他们向答案前进了一步：我的每微升

脑脊髓液中含有 80 个白细胞，而上个星期只有 20 个。这意味着我
的大脑几乎算是发炎了，现在，他们只需要找到炎症的原因就可以。
刚来这里的时候，我的主要病症是做噩梦，后来变成精神病，现在，
卢索医生写下"不明原因导致的脑炎"。

　　神经学家对脑炎的通俗解释是"脑子坏了"，或者是由一系列原
因引起的大脑发炎。卢索医生来的时候，母亲正好不在，于是父亲
匆匆把这个消息记在两人公用的日志本上：

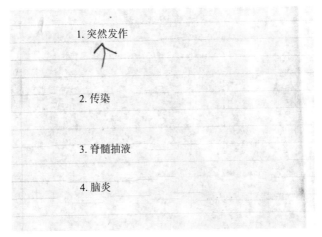

　　他试图把这个好消息告诉我，可是我却听不懂他在说什么。"你
不如把我写的抄下来，然后再写点儿我跟你说的其他内容。"他
说道。

　　我们想象着，有人来访的时候，我可以把这张纸给他们看，希
望他们能明白整个过程。可这个计划并没有持续多长时间：就在当
天，汉娜来探视的时候，我就找不到那个笔记本了。它消失在堆满
病房的鲜花和杂志中。"我……我……"我努力解释，汉娜在我身边
躺下来，用胳膊搂着我的脖子。

"我，我，我……"我说道。

"没事的，苏珊娜，丢了就丢了，你尽力了。"母亲打断我。

"不，我想……"我结结巴巴地说着，整个身体都变得紧张起来。"我……想……说……话！"

"你累了，甜心。你应该休息。"母亲说道。

我生气地呼出一口气，母亲明白，我因为自己像婴儿般无能，而感到深深的沮丧。汉娜感觉到我的愤怒，特意带了够我看一个月的《美国周刊》杂志，还有先前我求她帮我弄到的《麦田里的守望者》。因为我现在已经无法看书，汉娜就读给我听，直到我闭上眼睛睡去。可是，我突然又睁开眼睛望着她。

"倒到斯兰，"我说道，"倒到斯兰！倒到斯兰！"我开始一遍遍重复，急得脸都憋红了。

"没关系。"汉娜不知道我在说什么。

我使劲摇着头。"不，不，不！"

"倒到斯兰！"我喊道。汉娜弯下腰，靠到我脸跟前，可这样只是让我显得更傻。我开始指着门口。

"斯利芬，斯利芬！（斯蒂芬，斯蒂芬！）"

汉娜这才明白。她把斯蒂芬叫进来。一看见他，我立刻安静下来。

第二天，医生们开始根据我居高不下的白细胞指数，来查找感染的原因。等待我的是一套新的血液化验，于是爱德华护士过来抽血。斯蒂芬坐在我旁边，对我今天的行为感到诧异。

虽然我已经远不是过去那个我，但我昔日的幽默感似乎重新浮现出来了一些。我笑的次数更多，也更专注地观看扬基队的比赛，甚至对自己喜欢的投手安迪·佩蒂点评了几句。

　　"比赛如何？"爱德华护士问道。"纽约大都会队赢了吗？"他开玩笑道。我伸出胳膊，因为这个动作重复的次数太多，简直变成了机械性的行为。爱德华戴上手套，把一根止血带系到我的右前臂上，用手指轻拍我的血管，为抽血做好准备，然后弯下腰，把针头插进我的血管。可是，针头刚刺进我的皮肤，我就突然跳起来，针管从他手上脱落，血液飞溅出来。我笑着，假装很顺从地低下头，仿佛在自嘲，"哦，我做了什么呀？"对斯蒂芬来说，我显然是在表达，"见鬼"。有时，我似乎刚要表现得好一些，那种精神错乱的状况就会立刻回来。这把每个人都吓坏了。

　　"苏珊娜，请不要这样做了。你真的有可能伤到自己，说不定也会伤到我。可毕竟是你自己受伤更多呀。"爱德华尽量保持心平气和地说道。他再次消毒好针头，把它举到我伸出的胳膊跟前。

　　"好的。"我轻声说道。他把针头插进去，抽出几管血液，然后走出病房。

第 26 章　钟表

"哇哦。"我指着床边的一个粉色水瓶小声说道。纳贾尔医生今天终于能出现了，我们都很期待。我吧嗒着嘴唇，嘴角流下口水，这个坏习惯如今时常出现，甚至连睡觉时也不例外。父亲放下手中的扑克牌，拿起水瓶，到走廊里把水加满。他回来的时候，发现我双眼直勾勾地盯着前方，仿佛在睁着眼睛睡觉一般，还把舌头伸了出来。不过，他现在已经习惯了这个场景，并没有大惊小怪。为了不吵醒我，他静静地在那里读着《一个青年艺术家的画像》，直到母亲走进病房。

"嗨。"母亲愉快地打着招呼，走进病房。她把皮包放到床边的一把椅子上，然后俯身吻我。"今天终于跟那个神秘的纳贾尔医生见面了，我太激动了。你猜猜他是个什么样的人？"她继续说道，一双好看的杏眼中流露出喜悦之情。"他随时可能过来哦。"

今天早上，父亲可高兴不起来。"我不知道，罗娜。"他说道，"我们还什么都不知道呢。"

她对他耸耸肩，然后抽出一张纸巾，为我擦去脸上的口水。

"嗨，你们好啊！"几分钟后，纳贾尔医生大步走进我的病房——1276病房，洪亮的声音打破了房间里的安静。他步态均匀，有点儿驼背，导致他的头看起来在他身体前面突出了几英寸，很可能是因为他长期在显微镜前工作造成的。他厚厚的小胡子末梢微曲，应该是沉思的时候经常用手牵拉卷起所致。

纳贾尔医生伸出手跟母亲握手，母亲因为激动，握住他的手的时间比平时要长一些。接着，他对着父亲做了自我介绍，父亲也从床边的椅子上站起身来，跟他打招呼。

"开始治疗之前，咱们先一起回顾一下她的病史吧。"纳贾尔医生说道。他的叙利亚口音听起来节奏明朗，抑扬顿挫，"t"的音常常被发成"d"的音。他激动起来还会省掉介词，混淆一些词汇，仿佛他的话无法跟上他思想的速度。纳贾尔医生一直强调充分了解病人病史的重要性。（他总是对住院病人说："只有回顾过去，才能展望未来。"）我父母讲述我的病情的时候，他把那些症状一一记录下来：头痛、害怕臭虫、类似流感症状、麻木和心率加快，这些都是其他医生没有发现，至少没有完全掌握的症状。他把这些作为重大发现，快速记录下来。接着，他又做了一件其他医生没有做的事情：他调整了自己关注的方向，直接跟我交谈，把我当成他的朋友，而非病人。

纳贾尔医生最了不起的地方，就在于他那个人化的、推心置腹的床边对话。他对羸弱无力的病人充满同情，后来，他告诉我，这源于他小时候在叙利亚大马士革长大的亲身经历。那时，他学习不好，父母和老师都认为他偷懒。10岁那年，他在私立天主教学校的考试中接连失利，校长告诉他父母，这个孩子没救了。

"不是每个人都能受教育的。或许他最好的选择是去学做生意。"当时，他父亲气坏了，但是不想让他中断学业——教育太重要了——虽然他没能得高分，父亲还是把他送到公立学校就读。

在公立学校的第一年，一位老师对这个男孩产生了特殊的兴趣，经常制造机会来表扬他的学业，一点点培养起他的自信。那年期末，他带着一份亮闪闪的"A"得分的成绩单回到家。可他父亲却气得说不出话来。

"你作弊了。"萨利姆说着，要举起手惩罚自己的儿子。第二天早晨，他父母正好遇到老师，于是他们说，"我儿子不可能得到这种成绩的，他一定是作弊了。"

"不，他没有作弊，我可以向你们保证。"

"哦，你们办的是什么样的学校呀，能让一个笨孩子得到这样的成绩？"

老师停顿了半晌，然后才开口讲话。"您难道没有想过，您的孩子可能很聪明吗？我想您应该信任他。"

最后，纳贾尔以班上第一名的成绩从医学院毕业，后来移民到美国，他不仅成为一名享有盛誉的神经学家，而且成为一名癫痫专家和神经病理学家。他把自己成长经历的启示，应用到他的所有患者身上：他决心永远不放弃其中任何一个人。

此刻，在我的病房，他坐在我身边，说道："我会尽最大努力来帮助你。我不会伤害你的。"我什么也没有说，只是面无表情地看着他。"好吧，咱们开始吧。你叫什么名字？"

一阵长长的停顿后，我答道："苏……珊……娜。"

"今年是几几年？"

停顿。"2009 年。"他写下"讲话单音节"几个字。

"现在是几月？"

停顿。"4 月。4 月。"我在这里费了一点儿劲。他写下"冷漠"二字，说明我对什么都没有兴趣。

"今天是几号？"

我看向前方，面无表情，什么也没有说，眼睛都没眨一下。他写下"缺少眨眼"几个字。这个问题，我没能给出答案。

"美国的总统是谁呀？"

我顿了一下，然后双手僵硬地向上举起。他在表格里写下"身体僵硬"几个字。"啊？"我没有表情，也没有回答。

"总统是谁？"他写下"注意力涣散"几个字。

"奥……奥巴马。"他写道，"低声，发音单一，口齿不清。"我无法控制自己的舌头。

他从白大褂上取下几个工具。用一个反射锤敲击我的膝盖骨，它们并没有做出相应的膝跳反射。他用一个小手电照我的眼睛，注意到我的瞳孔位置不对。

"好的，现在，用这只手摸你的鼻子。"他碰了一下我的右胳膊，说道。我像机器人般，僵硬而缓慢地用几个不连贯的动作抬起胳膊，举到脸前，差点儿摸不到自己的鼻子。他想，这是严重的紧张症的症状。

"好的。"他说着，准备测试我执行两步指令的能力。

"用你的左手摸你的左耳朵。"他盯着我的左手，想要给我提示哪边是左，哪边是右，怀疑我自己会分不清楚。我没有动，也没有反应，只是叹了口气。他告诉我，忘掉这个步骤，直接进入下一个步骤。"我想让你下床，走几步让我看看。"我把两条腿垂在床边，犹豫不决地往地板上伸。他扶住我的胳膊，帮助我站起来。"你能走直线吗，一脚在前，一脚在后？"他问道。

我花了一分钟想了一下，然后突然开始走动，但是步伐有些迟滞。我向左侧倾斜——纳贾尔医生注意到，我表现出一些共济失调的症状，缺乏运动的协调性。我走路和说话的样子跟他的许多晚期阿尔茨海默病①患者十分相像。他们丧失了讲话和与环境进行恰当互动的能力，偶尔会爆发出一些失控和反常的行为。他们不笑，甚至很少眨眼，非常僵硬、不自然，仿佛不怎么属于这个世界。接着，纳贾尔医生想出一个主意：钟表测试。虽然钟表测试法早在 20 世纪50 年代就已产生，[1]但它直到 1987 年才进入美国精神病学协会的《精神障碍诊断与统计学手册》。它被用于诊断阿尔茨海默病和中风患者脑部的问题。

纳贾尔医生从笔记本上撕下一张空白表格纸递给我，说道，"你能给我画一个钟表，然后填上从 1 到 12 的数字吗？"我抬起头，不解地望着他。"苏珊娜，记得多少就画多少，不用画得很完美。"

我看着医生，又低头看了看白纸，然后用右手松松地夹起钢笔，仿佛这是个陌生的物件。我先画了一个圆，但因为线条弯弯曲曲，把它给画歪了。我又向医生要了一张纸，他撕下另一张递给我，我再次尝试。这一次，圆形的形状算是有了。但画圆需要的是一种过程性记忆（在著名的健忘症患者 H. M. 病例中依然存在），也就是说，这是一种熟能生巧的实践，就像系鞋带一样，患者只要反复练习，就会很少出错，所以，我第二次画得相对轻松，并没有令他感到诧异。我把圆圈画了一遍、两遍，然后是第三遍，这种行为叫作持续性书写困难，患者反复画线条或者写字母时出现的一种失调。

①　阿尔茨海默病，又被称为老年痴呆症。——编者注

纳贾尔医生满怀期待地等我写下数字。

"现在，在钟表上写那些数字吧。"

我迟疑着。他也看得出，我对于自己是否还记得钟表的样子感到很紧张。我把纸折起来，开始在上面缓慢地写了起来。我时不时停在一个数字上面，画上好几遍：又是持续性书写困难的一个症状。

过了一会儿，纳贾尔医生低头看着那张纸，几乎欢呼起来。我把从 1 到 12 的所有数字都写了出来，都写在了圆形的右边，这是一个典型的案例，把 12 个钟点的数字，写在 1 点到 6 点所在的位置里。

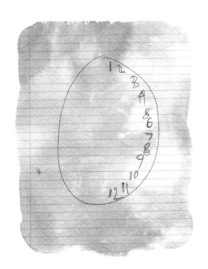

我画的钟表图

纳贾尔医生笑逐颜开地拿起那张纸，给我的父母看，向他们解释这说明了什么。他们倒吸一口气，半是惊恐，半是希望。这就是大家都在寻找的最终线索。既不需要神奇的机器设备，又不需要介入性的检查，需要的只是纸和笔。这个小测试，给纳贾尔医生提供了确凿的线索，我大脑的右半球出现了感染。

健康大脑的视觉技能是一个复杂的过程，需要大脑左右两个半球的参与。[2] 首先，特定受体在视网膜上被激活，信息通过眼球和视觉通路到达位于大脑后部的初级视皮层，在那里成为单一的知觉，然后进入顶叶和颞叶进行加工。顶叶给人提供这个图像"地点和时间"的信息，给我们提供时空定位。颞叶提供"人物、事件和原因"的信息，管理我们认识姓名、感觉和记忆的能力。但是，在受伤的大脑里，当一个半球无法正常工作的时候，信息流受到阻滞，视觉世界就会出现偏差。

大脑的工作具有对侧性的特征，也就是说，右半球负责左侧的视觉机能，左半球负责右侧的视觉机能。我画的钟表，数字全部写在右侧，这至少表明我负责主管左侧视觉机能的右脑半球出了问题，导致视觉缺失，但还没有到失明的地步。视网膜依然活跃，依然在向视觉皮质发送信息，只是这些信息没有得到正确的处理，未能使我们"看到"图像。有的医生用更确切的术语，将其称为"视觉冷漠"：大脑对它左半部分发生的事情漠不关心。[3]

钟表测试还有助于解释我的病症被人忽视的另一方面的问题：我左侧身体麻痹的状态一直没有得到重视。顶叶也会参与感觉机能，顶叶出现问题，可能导致感觉丧失。

一次简单的钟表测试，居然解答了那么多问题：它不仅能解释我身体的左半部分为何麻木，也能解释我为什么会出现偏执、噩梦和幻觉，甚至还能说明我为何会想象出有臭虫在"咬"我的左臂。这也排除了精神分裂症、癫痫后精神病和病毒性脑炎的可能。考虑到我做腰椎穿刺检测到白细胞居高不下，纳贾尔医生顿悟到，这种炎症很可能是我身体的自动免疫反应造成的结果。然而，是什么类型的自动免疫型疾病呢？有一个自动免疫型疾病检测组，只检测

100 种左右目前已知的自动免疫型疾病中的一小部分，那些结果都呈阴性，所以应该不会是那些疾病中的任何一种。接着，纳贾尔医生又想到，最近的医学文献提到一种罕见的自动免疫型疾病的几个病例，发病的多为从宾夕法尼亚大学毕业的年轻女性。我患上的会是这种病吗？

这又引发了其他问题：有多少人感染？我的大脑还有救吗？要回答这些问题，唯一的途径是做活体检查，纳贾尔医生不确定我父母是否会同意给我做这种检查。

给大脑做活体检查，意味着要从我的大脑上切下一小块组织来研究，谁会同意呢？可是，如果不立即采取干预措施，我的病情就不可能好转。拖延的时间越长，我痊愈的概率也越低。纳贾尔医生在反复权衡，一边下意识地捊着自己的胡子，一边在病房里走来走去。

最后，他坐到床上，坐在我旁边，对我的父母说道："她的大脑燃烧起来了。"然后用自己的大手拉起我的小手，俯身看着我的眼睛，说道，"我会尽自己最大的力量来帮助你，我保证，我会一直陪着你。"

他后来回忆说，那一瞬，我似乎又有了些活力。而我后来居然一点儿都回忆不起来这个关键的时刻，为此我一直感到很遗憾，这可是我人生中最重要的时刻。

纳贾尔医生看见我的眼角盈满泪水。我坐起来，用胳膊环住他。对他来说，这是我的病例中又一个重要时刻：他能够感觉到真正的我还在。然而，那只是昙花一现，在那次感情流露之后，我躺回床上，呼呼大睡起来，刚才短暂的宣泄已经让我精疲力竭。可是，他知道真正的我还在，他不会放弃我。他向我父母示意了一下，他们跟着他走出房间。

"她的大脑在燃烧。"他再次说道。他们瞪大眼睛，点点头。

"她的大脑正在遭受来自她自己身体的攻击。"

第 27 章　大脑活体组织检查

纳贾尔医生的解释并未就此结束。"我感觉，下一个阶段的治疗应该是类固醇治疗，不过在开始之前，我们需要确认一下感染的类型。"他说道。

"怎么确认？"我母亲问道。

"宾夕法尼亚大学有一位医生，专攻自身免疫性疾病，我相信他能给我们答案。同时，"他顿了一下，知道自己接下来要说的话可能会让我父母不高兴，"要想确认，有几种不同的办法，有类固醇检测法，有血浆分离置换法，有静脉内注射免疫球蛋白法。"

我父母再次不约而同地点着头，彻底被这位医生的说服力所折服。

"可是，我认为，目前最好的办法，"他压低声音说道，"是做一次大脑活体组织检查。"

"这是什么意思呀？"我母亲小声问道。

"我们需要看看她的大脑，采集一小片——"他举起两个手指，分开大约1厘米，"——她大脑的一小部分。"

我父亲故意说道："我不明白。"

"我向你们保证，如果她是我自己的孩子，我也会给她做大脑活体组织检查，不做这项检查的风险，比做这项检查的风险大得多。最坏的结果，就是现在这样。"

他们没有说话。

"我想周一做，最迟周二。"他说，"当然，这取决于你们。同时，我会跟治疗小组和外科医生讨论这件事。我再考虑一下，随时会让你们知情。"

纳贾尔医生走后，我母亲小声说道："他真是现实版的豪斯医生[①]啊。"

那天下午晚些时候，卢索医生过来和我父母确认，治疗小组决定对我实行大脑活体组织检查。母亲努力保持平静，但她内心感到极为无助。她对卢索医生示意，待会儿到走廊里单独谈谈，她有好多问题要问她，可是，听到的只有几个简简单单、让她胆战心惊的字：大脑活体组织检查。

忍耐了几个星期之后，她终于逼近心理的极限，开始啜泣起来。卢索医生两手交叉在胸前，站在那里，看到母亲哭泣，伸出手轻轻碰了下我母亲的胳膊。

"会好起来的。"卢索医生说道。

---

① 《豪斯医生》是一部美国电视医务剧，剧中主角豪斯医生带领他的医疗小组，专门解决各种各样的疑难杂症。——编者注

母亲擦干眼泪，深吸一口气，说道："我还是进去吧。"

等她回到病房，父亲埋怨地瞟了她一眼。

"我们听见你的声音了。"他说道。

虽然表面上显得波澜不惊，但父亲心里的在乎程度一点儿也不亚于母亲。正如他在日志里写到的："一听到'大脑活体组织检查'几个字，我可吓坏了，我甚至能听到我妈妈的声音，告诉我不能这么做。我能听到她对我说，绝对不可以让任何人动孩子的大脑。作为一名住院护士，她见过很多可怕的事情，她也不信任脑外科手术。我不得不提醒自己，这已经是许多年前的事了。"

钟表测试，大脑活体组织检查的消息，早上发生的各种事情让父亲精疲力竭，他从纽约州立大学径直走到第33大道，在公园大道南站搭乘地铁。在第一大道和第二大道之间，他看见圣心教堂，于是不由自主地走了进去，抬头仰望着教室的彩色玻璃和天使用胳膊环抱住一位伤者的巨幅油画。他双膝跪下，开始祈祷。

那天下午，母亲在曼哈顿区律师的办公室里，也在做着同样的事情。她的秘书艾尔西和同事丽吉娜，都是浸信会会员。她们三人闭上眼睛，手牵手围成一圈，丽吉娜的声音响起："主啊，请治愈这个年轻的姑娘。主啊，请倾听我们的心声，倾听我们的祈祷。我们祈求您，治愈这位年轻的姑娘，让她好起来。主啊，请倾听我们的心声，请倾听我们的祈祷。"我的母亲，一个来自布朗克斯[①]的犹太人，一位严肃的不可知论[②]者，此时在这里虔诚的祈祷，宛如感觉到上帝的存在一般。

---

①　纽约市最北端的一区。——编者注

②　不可知论与可知论相对，是一种哲学的认识论，除了感觉或现象之外，世界本身是无法认识的。——编者注

所幸的是，当时的我无法体会到父母的苦恼。我给自己大学的朋友，住在圣路易斯的林赛发了条信息："我要做脑检察（查）！""什么？你说什么？"林赛被我的拼写错误搞得一头雾水。

"他们要把我的大脑切一瓣（片）！"

那天，我的朋友扎克也打来电话。他跟另外一个朋友金杰一起做一份猫咪看护的工作。我告诉他这个消息的语气，就像在聊自己的午饭那样轻松。

"我要做（大）脑（活）体（组织）检查。"我说道。

"等等，苏珊娜。他们要给你的大脑动手术？"他问道，显然对这个消息十分关注。这是第一次有人直接对我表达出对这项手术的担忧。不知是因为害怕，还是因为困惑，我开始哭了起来，后来实在无法继续对话，就把电话给挂了。

到了复活节的周末。星期六，手术科的护士长来到我的病房，向我介绍了脑外科手术需要的相关准备。她似乎很乐观，努力把大脑活体组织检查说得轻描淡写，但这并没能缓解父亲的担心。护士长说，他们打算在提取切片的位置剃掉我的头发——我的右前额朝头顶大约 4 英寸的地方。我漠不关心地听着这一切，父亲对我的平静感到诧异。直到那天晚上，我才崩溃，看着我痛苦，父亲也潸然泪下。接着，他又听到我大笑起来。

"你哭的样子好滑稽。"我咯咯笑着说道。我们两人都大笑起来，接着又哭了起来。虽然流着泪，他还是让我想起了我们的座右铭。

"直线的斜率是什么？"

"嗯。"我想不起答案。

"正值。这是什么意思？"

"嗯。"我把胳膊举起来，想指出答案。

"对了，是每天越来越好的意思。"

第二天是复活节，早晨，父亲给我带了个复活节篮子，跟我小时候他给我的那个一模一样，里面装满了巧克力和软糖。他很高兴看到我又像个孩子一样，眼睛睁得大大的，准备跳起来冲向糖果。

星期一早晨，我父母特意比平时到得早一些，心里又激动，又害怕。我这边倒是显得异常平静，他们一定觉得我像一个地狱天使。最终，他们有条不紊地把我抬到一个担架上，推到手术室去。我父母犹豫了几秒钟，他们把这些年来的背叛、感情上的疏远和小冲突放在一旁，含着眼泪彼此拥抱了一下。

手术室俨然是一个工业化的医学实体，在这个无菌的环境里，一扇扇小门通向十几个操作间，走廊里的风景画和舒缓音乐消失之后，就进入严肃的外科手术环境中。我们在电梯前方的等候区，眼前是一面巨大的垂直幕帘。幕帘另一边的每个人都穿着手术服。

神经外科住院医师过来给我剃头发，她在我头上剃出了一片直径5英寸的区域。在这个过程中，我的意识很清晰，没有大喊大叫，也没有哭。父亲对我的这个进步感到很欣慰，不过，或许我只是没有意识到正在发生什么事情而已。我坐在床上一动不动，头上缠着一块毛巾，仿佛刚刚享受过一次SPA（水疗美容和养生）一般。

父亲强忍着泪水，在我身旁屈膝跪了下来。

"还记得我跟你说过的话吗，这个策略叫什么？"

"一步一步来。"

"直线的斜率是什么？"

"正值。"

神经外科医生沃纳·多伊尔戴上手套，准备开始手术。他走进手术室，手术台前已经站着一位手术助理护士，一位递器械的护士和一位麻醉师。虽然这个手术的程序相对安全，但是任何环节都有出错的可能：他们可能会选错切片的区域，而且任何类型的外科手术都会存在感染或失误的可能，更何况是这种开颅的脑部手术。不过，跟多伊尔医生多年来常做的癫痫手术相比，大脑活体组织检查还是要简单得多。

他工作站的办公电脑上安装了新的核磁共振成像系统，可以通过一套所谓无框架立体定向神经外科手术的程序来指导外科手术的进行，它包含三维和二维的大脑成像系统，能够让外科医生快速准确地定位大脑的特定区域——在我的病例中，就是脑皮质的右前侧。医生已经事先选定好一个区域，那里没有大的引流静脉，同时也是距离大脑负责运动机能的区域最远的地方。

我的担架床被推到手术台前，剃去头发的头顶已经被消过毒。接着，他们让我接受全身麻醉。

"从 100 开始倒数。"麻醉师对我说道。

"100……99……"

我闭上眼睛，他们把头架固定在我的太阳穴上，好让我不能乱动。多伊尔医生用手术刀画了一个 S 形的缺口，距离颅顶右前区的中线有 4 厘米。S 形的尖端一直延伸到我的发际线后面。他用尖锐的手术刀把皮肤割开，并用牵引器把刀口两侧的皮肤拉住。医生手里攥着一个高速钻头，像极了一个木匠，他把钻头压在我的颅骨上，打出一个"钻孔"，也就是在颅骨上钻了一个直径为 1 厘米的小洞。接着，他用一个开颅器和一个大钻头，把那一小块骨骼钻成粉末。他取出一片 3 厘米的骨片，让我大脑的硬脑膜——也就是大脑最边缘的那一层皮质保护层——暴露出来，然后取下一小片，跟大脑组织一起用于检验。

多伊尔医生拿着一把锋利的 11 号手术刀片和一把解剖器，切下几小块大脑组织，体积大约有 1 立方厘米，包括一些大脑白质（神经纤维束）和大脑灰质（神经元细胞体）。他把一些样本提取出来，供未来研究用，并特意多留了一份，准备冷冻起来备其他检查之需。

接着，他把脑组织清理干净，然后用医用棉球和高吸水性合成纤维给创口处止血。他非常小心地把硬脑膜缝合到大脑外层，重新把骨片放回去。他先把骨片拨到一边，让它跟其他骨头紧密贴合，然后用螺丝钉和一个小的金属片把它固定住。最后，他把我翻起的头皮复原到位，用几个金属钉把头皮固定住。整个手术持续了 4 个小时。

"从 100 开始倒数。"一个遥远的声音说道。

"100……99……98……"

眼前一片漆黑。

我把眼睛眨了 3 下。"我还醒着。"

还是一片漆黑。

拥挤的康复病房里，我孤零零一个人。我旁边是另一家人，他们中间躺着另一位患者。我的父母在哪里？

接着，我看见了他们：父亲和母亲。可是我的身体动弹不得。

然后，我看见斯蒂芬和艾伦，我努力想抬起胳膊跟他们招手，可感觉自己的胳膊足有 50 磅重。

又是一片漆黑。

"渴死了。"我声音嘶哑地说道，"渴死了。"

"给你。"一名护士一边厉声说着,一边把一块浸满水的海绵塞进我嘴里。"渴死了。"她又把另一块海绵塞进我嘴里。我听见临床的父母在给他们的孩子喂冰块。我抬起胳膊,也想要一些。我想要些冰块。一名男护士走过来。"冰块。"他拿来一些冰块,放在我的舌头上。我听见男护士跟旁边的女护士说,不要给我喝水。"她不能喝水,别管她。"

"水,水。"我呜咽道。

她走过来。"对不起,你不能再要了。"

"我要告诉所有人,你们是怎么对待我的。等我出去的时候,我要告诉所有人。"

"你说什么?"她的语气把我吓了一跳。

"没什么。"

又是一片漆黑。

我一个人待在这间小得让人得幽闭恐惧症的房间里,我要尿尿,我要尿尿,我的尿管没有插好,尿液洒得满床都是。我大喊着,一位护士闻声进来。

"我尿尿了。"

另一位护士也走了进来,她们给我翻身,让我侧向左边,把床上的寝具撤掉,用热毛巾给我擦拭,然后还用什么东西给我喷水。接着,她们把我翻向右侧,重复了刚才的动作。这让我感觉舒服多了,可是,我还是动不了,我努力地用我的大脑操控脚趾。我太用力,以至于头痛起来,可我的脚趾还是动弹不得。

"我的腿不能动!"我喊道。

手术后几个小时,晚上 11 点左右,护士通知我的父亲,说我已经从康复室进入重症监护室。其他人都在医生的坚持下回家休息，而父亲选择了留在医院等待消息。他们没有让他过去看我，但他还是一个人来到重症监护区门口。

重症监护区有好几间病房，每间病房有一个病人，这里到处都是护士，但没有人多看他一眼。他在每间病房门口张望，最后找到了我。

我躺在那里，处于半昏迷状态，靠在一个枕头上，头上裹着白色的绷带，就像生病的波斯公主。我身上连着许多监视器和机器，它们嗡嗡作响，我还穿着裸腿加压袜，以确保血压正常。他看到我的眼睛，我立刻认出他，这是很罕见的事儿。我们拥抱在一起。

"最坏的事已经过去了，苏珊娜。"

"妈妈在哪里？"我问道。

"你明天会见到她的。"他说。他能看得出，母亲不在，我有些不安。不过，那天晚上让她回家，却是一个正确的选择。接着，我确定地说道："爸爸，我感觉不到自己的双腿。"

"你确定吗，苏珊娜？"父亲吓得脸色发白，急忙问道。他早就担心，他们动我的大脑，会对我造成永久性的伤害。

"是的，我没法移动它们。"

父亲立刻叫来一名年轻的住院医生，他进入病房给我做了检查，然后把我送去做急诊的核磁共振。父亲默默地紧跟在我的轮床后面，握住我的手，直到核磁共振的医师把我推进检查室，并要父亲在外面等着。父亲后来承认，那等待的半个小时，感觉像过了 5 年一般。最后，年轻的住院医师出来告诉他，一切看起来都很好。

父亲一直陪着我，直到我睡着。接着，他回到家，坐在床上，开始祈祷，然后在不安中睡去。

第 28 章　影子拳手

　　手术后，我重新被分配到癫痫科的一间多人病房。我的室友是一位三十出头的女人，因饮酒而出现癫痫症状（虽然这种癫痫通常由酒精戒断导致，但有时饮酒也会导致癫痫）。她时常恳求医护人员让她喝点儿红酒，这样她们就能记录下癫痫发作的过程。但她们拒绝了她的请求。

　　我的大脑活体组织检查结果证实了治疗小组的推测：我的大脑发生了感染。纳贾尔医生的幻灯片显示，我的免疫系统中有大量愤怒的炎症细胞在攻击大脑的神经元，这是脑炎的一个症状。不久以前，神经学家一度认为大脑是免疫豁免的，也就是它完全独立于淋巴细胞的免疫系统之外，现在，医生们则采用更谨慎的术语"差异性免疫"。血脑屏障（BBB）是一个由血管紧密拼接而成的隔离层，就像一道门，管理着物质从血液进入大脑的通道，诸如细菌、化学物质和药物等。[1] 研究者们发现，血脑屏障会允许特定的 B 细胞和 T 细胞通过一种叫作"白细胞渗出"的过程挤进大脑，并经常对这一过程进行"检查"。但这并不是例行的检查。被放行的免疫细胞，本来的作用是保护机体，却处于大规模闪电战中。这就是纳贾尔医生需要的事实：我正是感染了某种类型的自身免疫性疾病。

现在，他们有了一个初步的诊断结果，医生们可以继续进行第一阶段的治疗——静脉注射类固醇，这是通过一种免疫疗法，来抑制机体免疫系统产生的炎症。我的床边挂着一个透明的塑料液体袋，里面装着甲泼尼龙，还有静脉注射类固醇。我要进行为期 3 天的密集治疗，每隔 6 小时接受一次静脉泵给药。这些类固醇被称为糖皮质激素，能够抑制炎症，并对免疫系统有镇静作用，从而降低了未来进一步感染的可能。[2] 当类固醇渗入我的机体时，它们会转化成一种消炎的化学物质，被称为细胞因子。纳贾尔医生认可的最高剂量为三天量，然后他会让我改成口服 60 毫克类固醇激素，这样可以更加和缓地让炎症随时间消退。

因为糖皮质激素会与血糖等其他物质相互作用，导致我出现暂时的 II 型糖尿病。

虽然医生调整了我的菜单，只提供无糖的果冻作为甜点，我的父母仍然无视危险，放任我吃了不少复活节软糖。自从我手术后被安置在病床上调养以来，护士使用大腿高压靴子，通过反复吹气和放气，来模仿体育运动时腿部的收缩。但这会使得我的腿一直发痒出汗，我把这种感觉解释给每个人听，并且在晚上把这种靴子踢掉。

尽管有新的密集的类固醇治疗，我的情况似乎没有改善。事实上，情况在恶化，反常夜间活动和莫名的恐惧发作的次数越来越多。

我父亲在他和母亲一起记录的日志上，记录下我的这些问题：

"她脸上有奇怪的傻笑的表情。她紧张起来，"他写道，"会伸直手臂，做鬼脸，浑身紧绷，并颤抖。"

但每逢访客到来的时候，我还能勉强振作起来。汉娜在手术结束后不久就来看我，她看到我那顶用奇怪的绷带组成的白帽子，还忍不住笑了出来。

我对此也自嘲起来。"我就要秃顶了！"我一边笑着说，一边把一颗复活节软糖塞进嘴里。

"你说什么？他们要刮掉你头骨上的头发吗？"

"秃顶！"

"或许你需要生发剂吧。"我们都大笑起来。

脑电图录像，4 月 12 日，上午 8 点 12 分，时长 7 分钟

我戴着白色的手术帽，两腿交叠躺在那里，仿佛在晒日光浴。我的粉红色背包里装着的脑电波盒子放在我的小腹上。我站起来，走到门口，动作相当迟缓。我抬起左臂。"是那个绿色的小按钮吗？"画面外的母亲问。她指的是病床两侧防护栏上绑着的癫痫／意外按钮。她进入画面，坐在窗前。

我回到床上。母亲起身扶着我，然后按下呼叫护士的按钮。很快，爱德华护士就走进病房，开始对我进行神经病学检查，并伸出手臂，希望我模仿他的动作。我跟着他的动作慢慢做着。他在我左手食指上敲了几下，要我闭上眼睛，用它摸自己的脸。过了一会儿，我照着做了。他在另一侧重复这个动作。

爱德华护士离开的时候，我抓住了床单，可是花了 10 秒钟才让自己躺下去。同时，母亲紧张地看着我。她不时翻看自己的提包，交叉双腿，然后又放下，可是整个过程中，目光始终没有离开过我。

视频结束。

在我搬到多人病房的第三个晚上，我旁边的女人癫痫发作了。不过，她还是说服医生让她喝点儿酒。因为他们已经得到了他们想要的东西，一份关于癫痫的物理记录，她不久就被允许出院了。

第29章　达尔玛病

那天晚些时候，卢索医生来到病房，向我们解释现在可以把哪些疾病从可能的疾病名单中勾除，它们包括：甲状腺功能亢进，淋巴瘤和视神经脊髓炎——这是一种症状类似多发性硬化症的罕见疾病。他们仍然怀疑我曾接触过肝炎病毒——这可以引起脑炎——但他们没有证据。

谈话结束后，我母亲跟着卢索医生来到走廊。"那么您认为是什么病呢？"母亲问道。

"事实上，纳贾尔医生打了一个赌。"

"什么赌？"

"嗯，纳贾尔医生认为，感染是由自身免疫性脑炎引起的，我想，它是类肿瘤性综合征。"[1] 母亲继续追问细节，卢索医生解释道，类肿瘤性综合征是一种潜在的癌症导致的结果，大多与肺癌、乳腺癌或卵巢癌有关。那些症状——精神病、紧张症等——并不直接由癌症导致，而是由免疫系统对它的反应导致的。当身体自我调节，准备攻击肿瘤的时候，它有时会把目标对准身体健康的部分，如脊柱或者大脑。"我想，由于她有黑色素瘤的病史，这种解释是合理的。"纳贾尔医生总结道。

这并不是我母亲想要听到的答案。一直以来，她最担心的就是癌症，这也是她最害怕的一个词。现在，一位医生居然以打赌的方式这么随便就脱口而出了。

与此同时，安全存放在泡沫聚苯乙烯盒子里的两支塑料试管，也已经由一辆联邦快递的卡车用冰箱运送到宾夕法尼亚大学。其中一支试管里装着透明的脑脊髓液，另一支装着血液，因为时间过长，红细胞已经沉到底部，使得它看起来像是脱水的尿液。试管的编号为 0933，标签上有我的初始信息和刻度，被放进零下 80 度的冰柜，等待检验人员的检测。

它们被送往何塞普·达尔玛医生的实验室，纳贾尔医生第一次查房的时候，就提到过他的名字，后来，卢索医生也给他发过电子邮件，问他是否可以看一下我的病例。

早在 4 年以前的 2005 年，达尔玛医生就成为神经科学杂志《神经学》上一篇论文的第一作者。那篇论文关注的是 4 位出现显著精神病症状和脑膜炎的年轻女子。她们的脑脊髓液中都出现了白细胞，都有意识不清、记忆障碍、幻觉、妄想和呼吸困难的症状。她们的卵巢都有一种叫作畸胎瘤的肿瘤。不过，最有名的发现，是这 4 位患者都有着针对大脑特定部位（主要是海马体）的同一种抗体。癌症和抗体的组合，使得这些女子的病情十分严重。达尔玛医生注意到，这 4 位女子的状况有一些规律；现在，他需要对抗体本身更了解。他和他的研究团队开始夜以继日地进行一种精细的免疫组化试验，试验采用的是冷冻的大鼠的大脑组织，它们被切成纸张那样薄的薄片，然后放在这4位病人的脑脊髓液中。他们希望脑脊髓液中产生的抗体能够直接与大鼠大脑中的某些受体相结合，显示出某种特征。经过8个月反复修正试验，他们才发现其中的规律。

　　达尔玛医生准备了一些完全相同的大鼠大脑切片组织，在4位病人的脑脊髓液中分别放置一片。24小时过后：

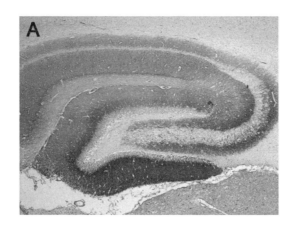

A组：大鼠大脑海马体的切片组织显示其与具有抗NMDA（谷氨酸）受体脑炎的患者脑脊髓液发生的反应。棕色染色体对于病人抗体的反应，与NMDA受体有关

　　4幅美丽的图像，如同洞穴绘画或抽象的贝壳画，显示出"一眼就能看出的"各种抗体。"这是令人激动万分的时刻。"达尔玛医生后来回忆道，"此前，一切都不乐观。现在，我们积极地相信，4位患者不仅拥有相同的病症，而且具有相同的抗体。"

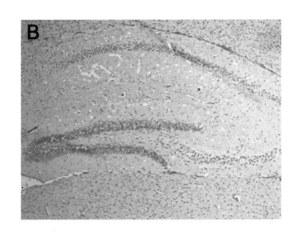

B 组：一个类似的人类海马体切片组织，没有 NMDA 受体的抗体

他也阐明，大鼠海马体的反应更为剧烈，但这只是开始。现在，出现了一个更加棘手的问题：这些抗体针对的是哪种受体？通过一系列试错性的实验，加上一系列关于海马体的哪种受体最为普遍的学术猜想和假设，达尔玛医生和他的同事最终发现了这种目标受体。他们使用了一个从商业实验室购买的肾细胞系，它们表面没有任何受体，是一种"白板"，他在找出哪些可能是大脑海马体体积最大的受体之后，发现了使得细胞产生特定类型受体的 DNA（脱氧核糖核酸）序列。

毫无疑问，4 位患者脑脊髓液中的受体与细胞有关。这就是达尔玛医生的答案：罪魁祸首就是针对 NMDA 受体的抗体。

NMDA（N－甲基－D－天冬氨酸）受体对学习、记忆和行为至关重要，它们是我们大脑化学的主要成分。[2] 如果它们失灵，我们的思想和身体也将无法运转。NMDA 受体遍布全脑，但大部分集中在海马体的神经元中，这里也是大脑初级学习和记忆中心；还分布在额叶中，这里是大脑高级机能和人格的基础。这些受体接收来自一种被称为神经传递素的化学物质发出的指令。所有神经传递素只携带一两条信息：它们既可以"激发"一个细胞，鼓励它发射一个电脉冲；也可以"抑制"一个细胞，阻碍它的发射。这些神经元之间的简单对话，是我们一切行为的根源，无论是喝一杯酒，还是撰写一份报纸的导言。

在那些不幸患上达尔玛医生发现的抗 NMDA 受体性脑炎的患者身上，通常是一种意在使身体健康的力量，变成了大脑中不受欢迎的叛徒。这些不停寻找受体的抗体，在神经元表面留下它们的"死亡之吻"，使得神经元受体功能瘫痪，无法发射和接收那些重要的化学信息。虽然研究者还远没有弄清 NMDA 受体（和它们对应的神经元）如何影响和改变人的行为，但显然，当它们受到损害时，可能出现灾难性甚至致命的后果。

然而，有些实验已经提供了一些关于 NMDA 受体重要性的线索。例如，NMDA 受体减少 40%，你可能就会患上精神病；减少 70%，你可能患上紧张症。而那些完全没有 NMDA 受体的"淘汰大鼠"，即便是最基本的生命机能也无法完成：[3] 多数在出生后 10 小时内就因为呼吸衰竭而死亡。只拥有少量 NMDA 受体的大鼠，因为无法学会吮吸吃奶，出生一天左右就会饿死；那些拥有 5%NMDA 受体的大鼠，能够完整存活下来，但是会表现出一些反常的行为，还会有奇怪的社交与性交行为；拥有 50% 正常工作受体的大鼠也能存活，但它们会表现出记忆障碍和反常的社会关系。作为这项额外研究的成果，2007 年，达尔玛医生和他的同事发表了另一篇论文，这篇论文考察了具有同样神经症状的 12 名女子，[4] 现在可以被称为同样的"综合征"。她们都有畸胎瘤，而且几乎都是年轻女子。

论文发表一年内，又有 100 多名患者被确诊，并非所有人都患有卵巢畸胎瘤，也并非所有人都是年轻女性（其中一些是男性，还有许多是小孩），这促使达尔玛医生针对这一新发现做全面的研究，但这种疾病一直没有名字。

"为什么不叫它达尔玛病呢？"人们经常问他。但他不认为"达尔玛病"是个贴切的名字，而且，以发现者的名字来命名一种疾病，也不再是医学界的惯例。

"我不认为这是明智的做法。表现得不谦虚。"他耸了耸肩，说道。

正当我在纽约大学住院的时候，达尔玛医生又改进了他的方法，并设计出两种检查，可以快速、准确地诊断出这种疾病。他一收到我的样品，就开始检测脑脊髓液。如果他发现我有抗自身免疫性脑炎的 NMDA 受体，就会使我成为 2007 年以来全球第 217 位确诊的患者。但这只是反映了一个问题：如果世界上最好的医院之一，都要花这么长时间才能完成这个诊断步骤，那世界上会有多少精神病患者无法得到有效的诊断和治疗，或者在精神病院或家中丧命呢？

第30章　大黄

在我住进医院的第 25 天，做完大脑活体组织检查两天之后，眼看初步诊断结果就要出来，医生们认为，现在可以正式评估我的认知能力，以确定一条基准线了。这次测验将是一个支点，一个转折点，这也将衡量他们通过未来各个阶段的治疗，能让我达到何种进展。测验在 4 月 15 日下午开始，一位语言病理学家和一位神经心理学家，连续两天先后过来，分别对我进行了不同的测评。语言病理学家卡伦·吉安达尔做了第一次测评。她先问了一些基础性的问题：“你叫什么名字？”“你多大了？”“你是女性吗？”“你住在加利福尼亚吗？”“你住在纽约吗？”“你在吃香蕉之前会剥皮吗？”等等。我能够回答所有问题，只是速度较慢。可是，当她问我一些开放性的问题，诸如“你为什么在医院？”之类的问题时，我却无法回答（坦白说，医生甚至也不知道答案，但我连基本的信息也无法提供）。

在断断续续地回答之后，我最后说：“我没法从脑子里找出答案来。"她点点头：这是失语症，一种与大脑损伤有关的语言障碍典型的反应。我还有一种被称为构音障碍的症状，是一种由脸部、喉部或声带肌肉无力而导致的语言障碍。

吉安达尔医生让我伸出舌头，我一用力，舌头就颤抖起来。我伸出舌头和缩回舌头的力度都小于常人，因为我无法控制肌肉。

"你能对我笑一下吗？"

我努力照做，但是脸部肌肉非常无力，实在笑不出来。她写下"假性亢奋"，是肌肉无力的医学术语，也反映我无法完全警醒的状态。我说话的时候，那些语句不带任何情感就蹦了出来。

她接着测试我的认知能力，拿起钢笔问道："这是什么？"

"康（钢）笔。"我答道。这对于我这种程度障碍的人来说，并不奇怪。他们把它称为"音位性错语"，你会错把一个词发成类似的其他词的音。她让我写下自己的名字，我吃力地画出一个"S"，然后在这个字母上画了好几下，才写到"U"这个字母，后面也是如此。我花了好几分钟才好不容易写下自己的名字。"好吧，你能为我写下这个句子吗？'今天天气不错。'"

我画出几个单词，在上面画了又画，还拼错了几个单词。我的字迹特别难看，吉安达尔医生几乎认不出这是个句子。

她在表格中写道："在手术仅仅两天以后，很难测定交流障碍在多大程度上是由语言、药物或者认知的因素所导致的。显然，患者的交流机能比病前有了很大程度的下降，过去，这名患者曾是本地报社一名出色的记者。"换句话说，现在的我跟过去的我相比，有了巨大的变化，但目前很难在我的理解问题和交流障碍之间进行明确的划分——更无法知晓这些问题会持续很短还是很长的时间。

第二天上午，神经心理学家克里斯·莫里森来到我的病房，她褐色的头发高高地盘在头上，带青色斑点的浅褐色眼睛炯炯有神。她要用韦氏智力量表和其他一些量表测试我。韦氏智力量表被用来诊断从注意缺陷障碍到创伤性脑损伤的一系列病症。可是，当她进入病房的时候，我一点儿反应也没有，以至于她都怀疑我是否看见了她。

"你叫什么名字？"莫里森医生清楚地问道。她问了我一个基本的定位性的问题，到目前为止，我已经适应了，能够正确回答这个问题。

她下一阶段的问题意在对注意力、思维处理的速度和工作记忆（与计算机内存相比）等进行评估。

"你一次可以打开多少个程序——你的头脑同一时间可以面对几个问题并对其做出反馈？"

莫里森医生给我一个随机的数字组合，从1到9，让我重复给她听。当我们到达5位数字的时候，我就停了下来。但通常在我这个年龄段，正常智商的人最少能够记住7位数字。

她测试了我的词汇检索过程，看看我如何访问自己的"记忆库"。"我希望你能说出尽可能多的水果和蔬菜的名称。"她说着，并开始60秒计时。

"苹果。"我开始说道。苹果是人们普遍第一个想到的水果，当然我最近的思维里面也有它。

"胡萝卜。"

"梨。"

"香蕉。"

停顿。

"大黄。"

莫里森医生心里暗笑了一下。时间到，我说出了5种蔬菜和水果，而一位健康的成年人至少能说出20种。莫里森医生相信我知道的远比说出来的多得多，问题在于我没能把它们提取出来。

接着，她给我展示了一组画有日常物品的卡片。10种物品中，我只能说出5种的名字，像风筝和钳子这样的东西，我说不出它们的名称，不过，我一直在努力想着，感觉那个词就在自己嘴边。

接着，莫里森医生测试了我观看和处理外部世界的能力。一个人要想准确辨认一个物体，需要将许多因素整合起来。例如，要看见一张桌子，我们首先要看到它的4个角连成的线，然后是颜色，然后是明暗，然后是深度，这些信息都进入记忆库，然后用一个词语来形容它。这个物体还反映出我们对它的感情（例如，对一位记者来说，办公桌可能引起对未能如期交稿的负罪感）。为了测验这一套能力，她让我先比较各种三角形的大小和形状。在这一点上，我的分数在较低的标准值水平，对莫里森医生来说，这个成绩已经不错了，可以用更困难的任务对我进行测试。她拿出一组红色和白色的方框，并把它们摆在我面前的一个纸盒里，然后给我看了一张图片，上面呈现了这些方块的排列顺序，要我在规定时间内按照图片所示的次序重新摆放这些方块。

我盯着图片，然后又看回这些方块，把它们重新摆放了一下，次序跟图片上的没有任何关系，然后又回头看看图片作为参照。那些方块让我更加迷惑，不知该怎么去摆，但是又不想放弃。莫里森医生写下"坚持不懈地尝试"。我似乎意识到自己摆得不对，这让我陷入深深的沮丧。显然，我知道，由于这些认知障碍，自己的认知水平连过去的最低水平都达不到。

　　下一个步骤，是要我在格子纸上照着画下一些复杂的几何图形，可是，我在这一部分的能力尤其薄弱，以至于莫里森医生决定全面停止这项测试。我已经感到慌乱，她担心继续下去会让我的情况变得更糟。莫里森医生相信，虽然存在这些认知障碍，但我本人很清楚自己无法再做的事情。在那天后来做的测验总结中，她对我接受认知疗法的意见是"强烈建议"。

第31章 真相大白

那天下午，父亲想用一种叫作"拉米纸牌"的游戏吸引我的兴趣，这时，卢索医生和治疗小组来到病房。"卡哈兰先生，"她说道，"我们有一些积极的检测结果。"父亲赶紧把纸牌扔到地板上，拿起笔记本。卢索医生解释说，他们收到达尔玛医生的回复，确认之前的诊断。她的话像手榴弹一般在父亲耳边爆炸开来：NMDA、抗体、肿瘤和化疗。父亲费了很大力气才让注意力高度集中起来，不过，他还是听明白了一个关键点：我的免疫系统出现紊乱，开始攻击我自己的大脑。

"对不起，"他打断道，"那个名字叫什么来着？"

他在他的生词表上写下了"NMDA"这个词。

卢索医生解释道，抗 NMDA 受体自身免疫性脑炎，是一种多阶段性的疾病，在不同阶段表现出的症状会有很大的不同。约 70% 的患者的失调开始于不容易被注意到的类似流感的症状，如头痛、发热、恶心和呕吐等，[1] 不过，他现在还不清楚是患者一开始就携带跟这种疾病有关的病毒，还是这些症状是由这个疾病本身所导致的。一般来说，在最初的类似流感的症状出现大约两周之后，一些精神方面的问题，如焦虑、失眠、恐惧、妄想、宗教狂热、疯狂和偏执症状开始出现。因为这些都是精神病的症状，许多患者会首先去精神科医生那里就诊。大约 75% 的患者出现癫痫症状，当然，幸运的是，它的出现使得患者从心理医生转投到神经科医生那里就诊。从这时起，病人开始出现语言和记忆的障碍，但是它们通常会被更剧烈的精神病症状所掩盖。

我父亲宽慰地松了口气。一个名字——名字让他感到安慰，它终于能够解释我身上发生的事情，虽然他还没有完全理解这个词到底是什么意思。卢索医生讲的每一点都跟我的情况完全吻合，包括那些反常的面部表情、咂嘴和伸舌头的动作，还有走路踉跄和身体活动僵硬。她继续说道，患者经常会出现一些不受意识支配的症状：血压和心率在极高值和极低值之间波动，这再次与我的情况相符。我现在已经进入紧张症的阶段，这标志着疾病的高潮，在这之后就是呼吸衰竭、昏迷，甚至是死亡。幸亏医生及时发现了这种疾病。

卢索医生说，一些治疗已经被证明可以逆转疾病的过程。我父亲听了几乎要双膝跪下，感谢上帝的保佑。不过，卢索医生也提醒道，即便有了诊断结果，还有很多显著的问题要面对。如果得到及时诊治，有 75% 的患者会完全康复或只留下轻微的副作用，但仍有超过 20% 的患者出现永久的残疾，甚至有 4% 的患者最终会死亡。[2]

而且，即便刚才提到的副作用影响"轻微"，但这也意味着以后的我会跟过去的我明显不同，比如，新的我可能不再像以前那样幽默、充满活力，或者能够开车。"轻微"是一个含糊、无法明确定义的词汇。"约50%的情况下，这种疾病是由一种叫作畸胎瘤的卵巢肿瘤导致，但还有50%的情况，病因一直不能被发现。"卢索医生继续说道。

父亲不解地望着她。畸胎瘤是什么鬼东西？他还是不要知道答案的好。19世纪末期，当这种肿瘤被发现的时候，一位德国医生从希腊语teratoma（意思是怪物）这个词衍生出这个名字。[3]这种变形的囊肿一直让人迷惑不解，即便它们此前一直没有名字：对这种症状的描述最早可以追溯到公元前600年的巴比伦人。在这些肿瘤中，小的用显微镜才能看到，大的有拳头那么大（甚至更大）的组织，带有毛发、牙齿、骨骼，有时甚至有眼睛、大腿和脑组织。它们位于生殖器官、大脑、头骨、舌和颈部，是个像脓包一样的毛团。很像20世纪80年代恐怖电影《魔精》中那些长毛有牙的怪物。唯一的好消息是，通常它们都是良性的，但也并不都是如此。

"我们需要做一个阴道检查，看看是否存在任何肿瘤的迹象。"卢索医生说道，"我们也要再给她做一次检查，看看这个疾病跟她黑色素瘤的病史有没有联系。如果有的话，我们将进入化疗的阶段。"

"化疗。"父亲重复着这个词，内心希望她是搞错了。但她并没有。

父亲看着我。我已经扭头看向别处，似乎跟他们的谈话一点儿关系也没有，也没有意识到这一时刻的重要性。不过，当听到"化疗"这个词的时候，我的胸脯突然开始起伏，并且深深地呼出一口气。眼泪顺着我的脸颊流了下来，我继续一言不发地啜泣着。父亲轻轻摇了摇我，卢索医生则在一旁安静地等着。父亲分辨不出我是否明白发生的事情，或是想适应房间中变得紧张的气氛。

"这会要了我的命。"我说道，虽然声音很高，而且又在哭泣，但语气还是不带感情的，"我会死在这里。"

"我知道，我知道。"父亲说着把我的脑袋搂进怀里，他能闻到我头上的胶贴的味道，"我们会把你带出这里的。"

过了几分钟，我停止哭泣，靠回床上，脑袋枕着枕头，直直盯着前方，一言不发。卢索医生继续说道："总的来说，这是一个好消息，卡哈兰先生。纳贾尔医生认为苏珊娜能够至少恢复到以前90%的水平。"

"我们能让她恢复？"

"可能性很大。"

"我想回家。"我说。

"我们正在为此而努力。"卢索医生微笑着说道。

几个星期以来，我从科室里有名的难搞患者，变成一个讨人喜欢的、许多人争相来参观的"有趣病例"，很多医生、实习生和住院医师都想来瞧瞧这个得了未知怪病的女孩。现在，我们得到了一个在纽约大学从未见过的诊断结果，一些年轻的硕士生，年龄比我还略小，都来盯着我看，仿佛我是动物园笼子里的奇特动物，他们对我指手画脚、品头论足，然后翘首企盼更有经验的医师对整个病程做出完整的解释。第二天早晨，父亲给我喂了燕麦粥和香蕉块之后，一群住院医师和医学院学生来到病房。医师说道："她患上的就是所谓的抗 NMDA 受体自身免疫性脑炎。"

那群人盯着我，甚至有几个发出"唔"和"啊"的感叹声。父亲咬紧牙关，试图不去理睬他们。"有一半的可能性，她的卵巢里会有一个畸胎瘤。如果是这样的话，这位病人可能需要摘除卵巢，作为一种预防措施。"

观众们纷纷点头称是，我听了之后却不知为什么哭了起来。

我的父亲一下子从座椅上弹起来。这是他第一次听说我的卵巢会被切除的话，他当然不希望我们中的任何一个听到那个小伙子的话。作为一个天生的斗士，一个在他这个年龄段（在任何年龄段）中算是强壮的人，父亲要把这个骨瘦如柴的年轻医生赶走，他用手指指着他的脸："你们立刻给我从这里滚出去！"他的声音在病房里回响。"再也别进来。都滚出去！"

年轻医生的自信顿时消失。他并没有道歉，而是挥挥手，让其他实习生跟着他往门口走去，然后逃之夭夭。

"苏珊娜，忘记你听到的东西。"父亲说道，"他们根本不知道他们在说些什么。"

第32章 90%

同一天，一位皮肤科医生来到病房，对我进行了一次全身皮肤检查，大约用了30分钟，因为我的身上有许多痣。令人高兴的是，经过彻底检查之后，医生指出，我身上没有黑色素瘤的迹象。那天晚上，他们再次把我推到二层的放射科，对我的盆腔进行超声检查，看看有没有畸胎瘤。

我很清醒，仿佛自己根本就没有睡过一样。我曾想象过这个场景：这个时刻，我能够知道自己孩子的性别。那一刻，我在想，"我希望是一个男孩"。但这种感觉很快过去，不管是男孩还是女孩，我都会很高兴。我能感觉到冰凉的金属传感器抵着我的腹部，这种冰凉简直要让我的胸腔跳到嗓子眼里。这几乎就是我想象中的样子，但后来我发现，完全不是这样。

第一次超声检查让我痛苦万分，于是我拒绝再做更具侵入性的阴道超声检查。不过，即便通过不甚完美的第一次检查，也有好消息传来：没有畸胎瘤的迹象。坏消息是，相比之下，畸胎瘤反而算是"好"消息，因为畸胎瘤患者的治疗进程反而比非畸胎瘤患者快得多。

第二天早上，纳贾尔医生独自来到病房，并跟我的父母像老朋友那样打着招呼。他们已经找出病症所在，并排除了畸胎瘤的可能，现在到了考虑用哪种疗法救我命的时候。如果他考虑有误，我将永远也无法康复。他昨晚花了整个晚上认真思考这个问题，醒来的时候满头大汗。他对妻子说，他最终决定放手一搏。他不想坐等情况恶化，我现在病情已经到了恶化的边缘。他一边揪着自己嘴角的胡茬，一边深思着说出了计划。"我们打算对她采取积极的类固醇治疗，IVIG 治疗和血浆置换。"他非常善于在床边跟患者推心置腹地交流，有时，他还希望患者像训练有素的神经学家那样跟他交流。

"这些治疗的作用是什么？"母亲问道。

"这是个一石三鸟的策略，不斩草，就除不了根。"纳贾尔医生说道，"我们要通过类固醇减轻身体的炎症，然后通过血浆置换冲刷体内的抗体，再进一步用 IVIG 治疗减少、中和那些抗体。这个过程不允许失误。"

"那她什么时候可以回家？"父亲问道。

"据我所知，明天就可以。"纳贾尔医生答道，"类固醇激素可以口服。她可以等做血浆置换和 IVIG 治疗的时候再回到医院，当然，如果保险公司允许的话，你们可以请一位护士在家里辅助治疗。在接受完所有这些治疗以后，我相信苏珊娜很可能已经恢复了90%。"

虽然我自己并不记得诊断的过程，但父母告诉我，当我听到这个消息时，整个人都变了，似乎被自己很快就要回到家里的消息打了气一般。卢索医生在我的病历表中写道，我显得"更聪明"了，语言能力也"有所改善"。

家，我就要回家了。

第二天，也就是4月18日，星期六。一大早，我终于在住院28天以后被允许出院。许多护士（其中一些为我擦洗过身体，另一些曾给我注射过镇静剂，还有一些曾在我无法独立进食的时候给我喂过饭）都过来跟我道别。护士很少能够得知患者出院以后情况如何，而我依然处在一种糟糕的状态。一位矮小驼背的男子拿着一些文件来到病房。他已经安排了一位家庭护士来照料我，并推荐了一个我可以接受全面康复治疗的诊所。母亲接过文件，但她只是心不在焉地简单翻阅了一下，她稍后需要在上面签字。从现在起，我们就要回家了，这才是最重要的。

我母亲、我父亲、艾伦、斯蒂芬，以及前一天专程从圣路易斯赶来看我的大学好友林赛，都帮我拿着我的个人物品——各种毛绒玩具、DVD、衣服、书籍和洗漱用品——并把它们装进干净的纽约大学"病号专用"行李袋里，他们没有带那些鲜花和杂志。一位运输工作人员把我扶上轮椅，母亲帮我穿上一双平底拖鞋。这是一个月以来，我第一次穿上鞋子。

前一天晚上，父亲准备了一封给护士的感谢信。他把它贴在电梯旁边：

感谢信

我们谨代表我们的女儿苏珊娜·卡哈兰，对纽约大学医学中心癫痫科的全体医护人员表示衷心的感谢。我们在艰难绝望的情况下来到这里，你们以你们的专业素养和热情为我们服务。苏珊娜是一个优秀的姑娘，她没有辜负你们辛勤的工作。她母亲和我将永远对你们心存感恩。我不认为世界上有其他任何工作比你们每天的工作更有意义。

罗娜·耐克

汤姆·卡哈兰

我的预后恢复如何还不清楚，目前的情况只能算是"良好"，没有人能肯定地回答我是否能恢复到那个乐观的"90%"的水平，或者我是否能够回到过去的水平。但是，他们有了一个计划。第一，我每隔一周的周三都要来看纳贾尔医生。第二，我要做一次全身的正电子发射型计算机断层显像（PET），来获取身体的三维图像，这不同于核磁共振和CT扫描，因为它能显示各种机能运行过程中的身体状态。第三，我将报名参加认知和语言的康复训练，他们将为我安排一位24小时的贴身护士来照顾我。第四，我将口服类固醇，接受血浆置换治疗，并进行多次IVIG治疗。但医生们都知道，即使几个月后，疾病沿着预计的方向发展，免疫抑制剂已经在我的体内起作用，那些抗体可能依然存在，使得治疗康复变成一个"每往前走两步，就往后退一步"的痛苦过程。

医生们交给我母亲一份我现在需要服用药物的清单：泼尼松、络艾塞半（一种抗焦虑和预防紧张症出现的镇静药物）、齐拉西酮（抗精神病药）、除癫达（抗癫痫药）、拉贝洛尔（治疗高血压）、埃索美拉唑（治疗癫痫引起的胃酸反流）和磺琥辛酯钠（用于防止混合用药引起的便秘）。而且，在每个人的心灵深处还藏着那4%的致死率。即便进行了所有这些治疗，采取了所有的干预措施，患者依然有可能死亡。当然，医生们已经知道我疾病的名字，也了解我们可以采取哪些治疗，但前面仍有一段漫长的未知旅程。

斯蒂芬、林赛和我走进艾伦的斯巴鲁汽车。我住院的时候还是3月初的冬天，现在，我们已经迎来了纽约的春天。我们静静驱车前往萨米特。艾伦打开收音机，换到本地的一个轻音乐的调频广播。林赛望着我，想知道我是否能听出这首歌曲。

"不要伤我的心。"一个男声响起。

"我努力不那么做。"一个女声回应道。

这曾是我在圣路易斯大学去卡拉 OK 的必点歌曲。所以，现在，林赛很想知道我是否还记得这首歌。

我开始跟着音乐的旋律点起头来，我的双臂僵硬地弯成直角。我的胳膊肘前后移动着，仿佛做出笨拙的滑雪动作。这究竟是我古怪的癫痫发作般的动作，还是我听到喜爱的老歌开始舞动呢？林赛无法分辨。

第 33 章　回家

因为我的回归，那个春天，母亲在萨米特的房子看起来格外引人注目。门前的草坪上铺满鲜嫩的青草，白色和粉紫色的杜鹃花与黄色的水仙争相斗艳。阳光洒在老橡树上，树荫下是前殖民地风格的褐色大门。景色棒极了，但没人知道我是否注意到这些，我自己当然也不记得。我只知道呆呆地盯着前方，嘴巴不停做着咀嚼的动作，艾伦把车开进车道。在这个我曾经称之为家的地方，我度过了大部分青春时光。

我想做的第一件事就是洗个真正意义上的澡。我的头皮上依然有许多鹅卵石大小的胶带的痕迹，头骨里还有外科手术的钢钉。我迫不及待地想好好洗个澡。母亲提出要帮我，但我拒绝了，我决心依靠自己的力量来完成这件小事。

半个小时以后，林赛上楼来看我。透过敞开的卧室门，她看见我刚刚洗完澡，坐在床上，两腿僵直地搭在床边，手里摆弄着我黑色夹克衫的拉链。我努力想要把拉链拉上。林赛看了一会儿，不知该怎么办，她不想敲门进来帮我，觉得这样会令我尴尬，而且她也知道我不想被当成孩子。但是，她看见我笨手笨脚地把拉链扔到一旁，沮丧地哭了起来，就赶紧走进房间。她坐在我旁边说："来，让我帮帮你吧。"一边说着，一边十分流畅地把我的拉链拉了上去。

那天晚上，斯蒂芬做了意大利面，算是低调地庆祝我回到家里。艾伦和母亲出去了，这样我们三个人可以单独待一会儿。母亲为我们终于搞清我的病情而感到欣慰，她也发自内心地相信，最坏的时期已经过去了。

晚餐后，我们走出屋子，坐在后院。林赛和斯蒂芬聊着天，我则盯着前方，仿佛听不见他们在说什么。但是，当他们点燃香烟的时候，我一言不发地站起身，走进屋子。

"她还好吧？"林赛问道。

"是的，我想她只是需要适应。我们应该给她一些独处的时间。"

他们在一起抽烟。天知道他们还会一起做些什么。

我抓起家里的电话，不知为什么，我记不起母亲的电话号码了。丁零零，丁零零。

"你在拨打罗娜·耐克的电话，听到嘀声后请留言。"嘀。

"妈妈。"我小声说道，"他要为了她而离开我。请回家吧，请回家来阻止他们。"

我在屋里转了转，透过厨房一扇可以看到后院的窗户看着斯蒂芬。他看到我的眼睛，对我招招手。他为什么会想要跟一个生病的女孩在一起呢？他干吗要在这里陪我？我看着挥手的他，确定自己已经永远失去了他。

母亲听到我的语音留言之后，开始恐慌起来：我的精神病又发作了。因为纳贾尔医生通常很难找，于是她就拨打了阿斯兰医生的个人电话，他是在我出院以前把电话留给我们的，因为她担心纽约大学让我现在回家有点儿早了。

"她又开始偏执了。"母亲说道，"她觉得男朋友要跟她最好的朋友跑掉。"

这也让阿斯兰医生有些担心。"我担心她可能重新进入精神病的状态中。我会额外再给她开一个剂量的络艾塞半，让她晚上能够平静下来。明天再来向我咨询吧。"不过，就我的病例而言，回归到精神病的症状其实是一种改善的表现，因为康复的阶段通常跟发病的阶段相反：[1] 我经过精神病期后进入紧张症期，现在，我又重新回到精神病期，算是回归正常的一个必经阶段。阿斯兰医生并没有事先提醒我们这个疾病会发展成什么样，因为目前为止还没人知道它会反弹到精神病的阶段。直到两年后的 2011 年，达尔玛医生又发表了一篇论文，里面有一个章节正是关于这个主题的，于是这种疾病的各个阶段才被人们知晓。

林赛陪我过的这个周末就要结束。她和我们的朋友杰夫（我在圣路易斯大学时的卡拉 OK 歌友）打算一起驾车 16 小时回圣路易斯。那时杰夫恰好自己来纽约旅行。林赛给杰夫打电话告诉他方向的时候，杰夫说他也想来看看我。林赛警告他说，苏珊娜已经不是以前的那个苏珊娜了。

杰夫摁响门铃，母亲请他进来。他发现我正在楼梯下面徘徊，缓慢地靠近门口。他最早注意到我的微笑，是一种僵硬而空洞的傻笑，这把他吓了一跳。我伸出双臂，微微弯曲，似乎想要让身体靠在门上。他紧张地微笑了一下，然后问我："你感觉怎么样？"

"好……"我把那个音节拖得很长，那一个词就用掉了几秒钟。我的嘴唇几乎没有动，但依然保持着直接的目光交流。杰夫不知道我这样瞪着他是不是想要跟他交流，这让他想起了看过的僵尸电影。

"你在家开心吗？"

"是……的。"我把那个"是"发成了"斯"的音。杰夫不知道接下来该干什么，于是探出身子拥抱我，在我耳边小声说道："苏珊娜，我想让你知道，我们都与你同在，都在想着你。"我无法弯曲胳膊，不能还他一个拥抱。

林赛站在我们后面看着这一幕，也准备着要跟我道别。她不是那种情绪化的人，也几乎没怎么哭过。来看我的这段时间，她一直表现得很坚忍，也从来没有表现出觉得这次来很无聊。可是此刻，她再也控制不住自己了。

她把行李扔在地上，突然抱住我。

我也哭了起来。

林赛那天早上离开的时候，不确定自己还能不能再见到昔日那个最好的朋友。

第34章 加利福尼亚之梦

　　4月29日，出院将近两周后，我又回到纽约大学医疗中心，接受另一次血浆置换治疗。因为我的症状不再属于癫痫，而是跟自身免疫性脑炎有关，我被安排到17层的神经科。跟癫痫科不同，位于纽约大学提西医院的这一个楼层没有经过装修。这里没有平板电视，一切似乎都要显得脏一些，这里的患者似乎也显得更老，更脆弱，更接近死亡。走廊尽头那间单人病房里的老妇人，一下午都在一遍遍喊着"比萨！"我父亲问为什么，护士解释说她喜欢星期五，因为这一天会吃比萨。

　　我跟一个叫作德博拉·罗宾逊的肥胖的黑人妇女同住一个病房。虽然她患有糖尿病，医生认为她潜在的问题可能是结肠癌，不过他们还没有证实这项推断。德博拉非常胖，以至于无法下床去上卫生间。因此，她都是在床上的痰盂里大小便，所以整个房间弥漫着各种臭味。不过她每次都会为此而道歉，所以人们也不会讨厌她，甚至连护工都喜欢她。

血浆置换是通过插进我的脖子里的一根导管来进行的。斯蒂芬看见护士扎针的时候，不禁叫道："哦，我的天哪。"

当它刺入我的颈静脉时，会发出"噗"的一声。导管到位以后，护士用胶布缠在导管周围，确保导管直立，并从我颈部右侧垂直伸出来。胶布非常粗糙，在我脖子上留下许多红红的痕迹。

导管放在脖子里面，让我很不舒服，可它却要在我治疗期间待在里面整整一个星期。

血浆置换疗法起源于19世纪晚期瑞典的乳制品奶油分离机，是从凝乳中提取乳清的工艺。[1]科学家们受到这个简单机器的启发，尝试用它从血液（包含红细胞和白细胞）中分离血浆（悬浮细胞并携带抗体的黄色液体）。当血液进入像一个旋转的干燥机一样的细胞分离器时，就被打散了，并被拆解成两种成分：血浆和血红细胞。接着，机器再把血液输回人体，替换原有的血浆——那里面充满各种有害的抗体——而这些新的富含蛋白质的液体不再含有抗体。每个疗程大约需要3个小时，医生给我开了5个疗程。

第二次住院的时候，我的朋友们被允许自由出入，我给他们都提了特殊要求：汉娜带来了更多杂志，我的高中同学简带来了带黄油和番茄酱的黑麦面包圈，凯蒂带来了健怡可乐。

在我住院的第4天，安吉拉也过来看我，但她还是被我可怕的样子吓了一大跳。她后来在给保罗的电子邮件中说我"苍白、瘦小，没了人形……非常可怕"。我还有很长一段路要走。

这是我在医院的最后一晚。我的室友德博拉带来一个新消息：她的确有结肠癌，但是医生们发现得比较早。德博拉在跟护工们一起庆祝。他们过来跟她一起祈祷。我能理解她的释然，你的疾病最终得到确诊，有了个名字是多么重要，知道总比不知道要好得多。德博拉跟护士们一起祷告的时候，她一遍遍地重复着："上帝真好，上帝真好。"

我起来开灯时，忍不住想对她说几句话。

"德博拉？"

"嗯，亲爱的？"

"上帝真好，德博拉，上帝真好。"

第二天早上，我再次出院，斯蒂芬开着母亲和艾伦的车子，带着我绕着萨米特转了一圈。我们驱车经过一栋叫作"美丽橡树"的古老精神病院，那里现在是一个戒毒中心；还经过我高中的曲棍球场，我以前当过守门员；还有51区，我们两人共同的好朋友住在那里，后来他们搬走了。我们停在一个红灯前时，斯蒂芬打开CD播放器，音箱里传来西班牙弗朗明戈吉他的旋律。

"树叶发黄，天空变灰。我漫步在这个冬日。"他听出这首歌曲，这也是他最喜欢的歌曲之一，让他想起了童年时代。那时，他母亲经常在外出途中跟他一起听《妈妈们和爸爸们》这张专辑。"我停在一栋教堂，我穿过小路，我跪下双膝，开始祈祷。"

斯蒂芬和我不约而同地唱起来："加利福尼亚之梦，在这样一个冬日里！"这一刻，斯蒂芬把目光从公路上移开，斜瞄着我，又惊又喜。这就是他几个星期以来一直等待的结果：真正的我还在。

第 3 部分　追忆逝水年华

我只有最基本的存在感，如同动物意识深处闪烁的思想之光；我
比远古的穴居人更缺乏人的特性。可是，虽然我曾经的记忆还没
有回来，但在我曾经存在过的其他地方，会有一根绳索从天而
降，把我从非人的深渊拉上来，否则单凭一己之力，我将永远无
法摆脱这个深渊。

——马塞尔·普鲁斯特，《追忆逝水年华：在斯万家这边》

第35章　录像带

我把一张写有"苏珊娜·卡哈兰"字样的银色DVD光盘插进播放器。视频开始。我看见自己在屏幕中央，窥视着摄像机镜头。医院的病号服从我左肩上滑下来，我的头发又乱又脏。

"求求你。"我说道。

屏幕上，我平躺着，像座雕像一样僵硬，眼睛直直盯着前方。眼睛是唯一背叛内心疯狂恐惧的地方。接着，我转动眼球，最后聚焦到摄像机上，在看着镜头外的我。

恐怕这种录像并不是平时我们拍照或录像记录下来的那种自我。不过，我却在那里，盯着镜头，仿佛在盯着脸上的死亡。我以前从来没有看到过这样精神错乱、毫无防备的自己，这让我感到害怕。原始的恐慌让我不舒服，但真正困扰我的是意识到我曾经如此深陷其中的那种感情，当然它现在已经完全消失了。那个吓呆的人让我觉得十分陌生，我都无法想象成为她是什么样的感觉。如果没有这份电子档案，我无法想象自己曾经那么疯狂，那么可怜。

视频里的我把脸遮挡起来，紧紧攥着毯子，指关节发白。

"求求你。"我看见视频里的自己再次祈求着。

或许我能帮助她。

第 36 章　毛绒玩具

"成为另一个不同的人是什么感觉？"人们问道。这是一个不可能确定回答的问题，因为，在那段黑暗的时期，我没有任何真正的自我意识，能奢侈地沉思一下，说，"这就是现在的我，那就是过去的我"。不过，我的记忆确实保存了刚出院后的一些片段。这是我能重新找到的、最接近那个截然不同的部分的片段。

在我第一次出院后不久，斯蒂芬开车带我去了他姐姐瑞秋在新泽西查塔姆的家。

我还记得坐在汽车副驾驶座上，看到的窗外风景。我们经过熟悉的树木成行的市郊街道。斯蒂芬用不握方向盘的那只手握住我的手，我则盯着窗外。我知道，对于重新把我介绍到现实世界，他的紧张程度不亚于我。

"火鸡真不错。"我们拐上车道的时候，我冷不丁地说道。这其实是指在医院的那天晚上，斯蒂芬从他们家的复活节晚宴上给我带来一些烤火鸡的剩菜。他忍不住笑了起来，我也笑了，我不知道自己有没有找到笑点。

斯蒂芬把车停在一个木制的篮球架下面。我把手伸向车门把手，但我手指的运动能力还是太弱，不能把车门打开。于是斯蒂芬跑下车子，到副驾驶座这边帮我开门，把我安全地扶出来。

斯蒂芬的两个姐姐，瑞秋和布里吉特，还有她们的小孩艾登、格蕾丝和奥德利，都在院子里等我们。她们已经对发生的事情有所耳闻，但斯蒂芬并不忍心向她们复述那些痛苦的细节，所以她们在思想上还是没有什么准备。

布里吉特对我的状态感到十分震惊。我头发蓬乱，头顶上因为大脑活体组织检查留下的红色秃疤赫然暴露在外面，而且还有将我的头皮缝合到一起的一根根钢钉，我的眼皮上覆盖着黄色的硬痂；我走路不稳，像个梦游者一样，要伸直胳膊；我的眼睛睁着，却无法聚焦任何一个地方。那个时候，我知道我还不完全是我自己，但是我还不知道自己的外表对那些从来没见过我的人来说有多么震撼。每次回想起这样的时刻（这在我的恢复期时常发生），我多希望自己能变成一个守护天使，能飞下来保护这个悲伤的、迷失自己的我。

布里吉特告诉自己不要傻愣愣地看着，并努力掩饰紧张和好奇，否则我会感觉到的，但这只是让她更加慌乱。瑞秋和我去年10月曾经在她女儿的第一次生日派对上见过面，那时的我开朗健谈，跟斯蒂芬过去那些女朋友都不一样，丝毫没有被他家人紧密的关系所吓倒。而如今，我的变化太大了，如同一只蜂鸟变成了树懒。

奥德利和格蕾丝因为还是幼儿，并没有觉得有什么异样。但6岁的艾登却一直跟我保持着距离，显然是被这个新的苏珊娜吓到了，跟几个月前那个和他一起玩耍、一起笑闹的苏珊娜截然不同

（他后来告诉他妈妈，我让他想起了他经常在公共图书馆看到的那些智障人士。即便在那种懵懂的情况下，我也能察觉他的反应，只是当时不明白他为什么看起来那么害怕我）。

我们都站在车道上，斯蒂芬拿出那些礼物。我刚一出院，就迫不及待地想要把生病期间得到的那些毛绒玩具送出去。当然，我要感谢它们，它们让我回想起自己童年的状态，所以，现在，我也想把它们作为礼物送给孩子们，好让自己有个新面貌。艾登快速说了句谢谢，然后就站在他妈妈后面。两个小女孩抱着我的腿，都用自己尖细的嗓音喊着"谢谢你！"

这段原始记忆，是我与外部世界互动的第一次，只持续了5分钟。斯蒂芬发完礼物以后，谈话安静下来，周围的每个人内心都在斗争，一边在表面上各种寒暄，一边刻意让自己不去注意房子里的那个怪物：状态让人惊愕的我。我总是像这个样子吗？以前，我会尽量开些玩笑去掩盖令人尴尬的沉默，可今天，我没有。我只是一声不吭、面无表情地坐在那里，内心非常想要逃离这场痛苦的聚会。

斯蒂芬对我逐渐升级的不安非常敏感，于是他把手搭在我背上，把我领到车里，返回被我当作小小避风港的家里去。虽然这个过程非常短暂，也很平淡，而且在所有经历过的事情中显得无足轻重，但它却刻进我的脑海里，作为康复初期的一个关键时刻，也生动地表明完全康复的道路是多么痛苦和漫长。

出院后的另一件事也刻在我的记忆中：那就是我出院后第一次见到我弟弟。当我的生活发生永久性变故的时候，詹姆斯刚刚完成在匹兹堡大学第一年的学习。虽然他一直要求探望我，但父母一直坚持要他先上完这一年的课程。等学年终于结束，父亲亲自赶到匹兹堡，把我弟弟接回家。在驾车 6 个小时的归途中，父亲尽可能把过去几个月里发生的事情说给他听。

"你要有个准备，詹姆斯。"父亲提醒他，"事实让人震惊，但是我们需要关注积极的方面。"

他们到家的时候，我跟斯蒂芬一起出去了。父亲让詹姆斯自己从小路走进去，因为虽然我父母的关系比过去要好，但还没有好到让父亲到母亲家做客的程度。詹姆斯一边看着一场扬基队的比赛，一边焦急地等待我的到来。当他听见门响时，就立刻从沙发上跳了起来。

他说，我走进门的样子将永远刻在他的脑海里。我戴着过大的、满是划痕的眼镜，身上穿着一件比我大两个号的白色羊毛衫和一条中等长度的黑色蓬蓬裙。我的脸臃肿变形，差点儿让他认不出来。我挽着斯蒂芬的手跟跟跄跄地跨上台阶，穿过大门，感觉我既像一个 50 岁的老妇人，又像一个迷路的孩子；既像一个失去拐杖的老妇人，又像一个蹒跚学步的孩童。即便詹姆斯在看着我，我也过了好一会儿才注意到房间里的他。

对我来说，这次见面也同样震撼。他一直是我的小弟弟，但现在，他仿佛在一夜之间长成了一个男人，有着坚硬的胡茬和宽阔的肩膀。他用那种既吃惊又同情的眼神望着我，我几乎要站不稳，跪坐下去。直到我看见他脸上的表情，我才意识到自己依然病得那么严重。也许，正是这种亲人之间的亲近，才能带来这种领悟，或者是因为我一直是詹姆斯宝宝的年长的监护人，而现在，角色显然已经互换了。

我站在门口招手的时候，詹姆斯和母亲跑过来拥抱我。我们都哭着并小声说着，"我爱你"。

第 37 章　我心狂野

当我不用去看医生的时候，父母允许我自己走路去萨米特市中心的星巴克喝杯咖啡，但他们不允许我自己坐火车去泽西城看斯蒂芬。所以，多数时候是詹姆斯来接我过去。

詹姆斯从学校回来以后，用了一个星期的时间慢慢适应自己这个新的忧郁而混乱的姐姐。我一直觉得，我在詹姆斯的成长过程中曾经扮演着首要的角色——夏令营的时候给他寄去红辣椒乐队的CD，把电台司令乐队介绍给他，还给他大卫·拜恩在匹兹堡的演出票——但现在，他变成那个向我介绍新事物的人。他侃侃而谈着这位歌星，或者那部我们必须去看的电影，我却无话可说。

尽管我并不是一个好的玩伴，詹姆斯还是花了很多时间跟我待在一起。他晚上在一家附近的餐厅打工，有空的时候，会开车带我到本地的冰激凌店，买一杯加巧克力末的巧克力薄荷冰激凌，那个古怪的春天和夏天，我一直对这种东西上瘾，吃了不下 30 次。有时我们甚至一天会去吃两次。我们也会在很多个下午观看《老友记》，我过去一直不喜欢这部剧，但现在也对它情有独钟。虽然詹姆斯也不喜欢，但他还是会陪着我看。当我大笑的时候，我会用手遮住嘴巴，但是却忘了双手已经在嘴巴上放了好几分钟，等我意识到这一点，才会机械地把两手放下来，垂到身体两侧。

有一次，我让弟弟开车把我送到城里，这样我就能做一次足部护理，为我堂哥即将举行的婚礼做准备。他把我送到的时候，我告诉他，一个小时内会给他打电话。可是，当我父亲从布鲁克林到萨米特看我的时候，发现两个小时过去了，我依然没有消息（我在星巴克喝了一杯咖啡，然后走到按摩店去，所以耗去了更多时间），他就慌了，直到他在一家叫作"吉姆脚趾"的按摩店前停下来。

他朝着按摩店昏暗的窗户往里张望，看见我坐在一张按摩椅上。我看起来很呆滞，直直盯着前方，好像睁着眼睛睡着了一般。我的下嘴唇边有许多泡沫。几位中年妇女，被称作"萨米特妈妈"的人，正朝我这边奇怪地张望。她们似乎在暗暗鼓励彼此，去"看看这个疯女孩"。我父亲后来告诉我，他当时心里气愤极了，以至于不得不离开窗口，走进隔壁的店面，才让自己忍耐下来。过了一会儿，他深吸一口气，微笑着进入按摩店，声音在房间里回响："你在这儿呢，苏珊娜。我们在到处找你呢！"

那周晚些时候，母亲下班后提议我们一起去曼哈顿买鞋。当我逛了上东区的一家鞋店的好几个楼层后，女售货员走到我母亲身边。"哦，她又好看又文静，真是个可爱的女孩。"女售货员故作愉快地评论道。她显然是嫌我动作太慢了。

"她不是可爱。"母亲代表我表达了不满之情。所幸我并没有听到她们的对话。

坐火车回家的路上，我靠在母亲的肩头睡着了，药物和治疗导致的认知疲劳，使得我稍微将注意力集中在一个普通动作上，就会立刻精疲力竭。回到萨米特，我们沿着火车站台的台阶往下走的时候，我听见有人叫我的名字。一开始，我选择忽略这个声音，不仅是因为我还没法确定到底哪个是真的，哪个是我脑海里的幻想，而且我特别不愿意看见认识的人。不过，我第二次听见自己名字的时候，还是把头转了过去，看见一个高中时期的朋友——克里斯蒂——正朝我们走来。

"嗨，克里斯蒂。"我说道，尽量让自己的声音显得洪亮自信，但是话一出口却变成了轻声细语。母亲注意到这一点，替我说道："我们去城里购物了，买了几双鞋。"她指着购物袋说。

"真好。"克里斯蒂礼貌地笑着说。她听说我病了，但不知道问题出在大脑上。据她所知，我是摔断了一条腿。"你还好吗？"

我努力召唤过去自己性格里最突出的爱讲话的特性，但却只在原来的位置找到一片空白。我的内心是如此混乱，以至于都没法完成一场简短的对话；相反，我发现自己的注意力集中到自己的脸涨得多么通红，自己腋下出了多少汗上面。我这才意识到，善于社交是一项多么伟大的技能。

"好……"我含混地把这个词说出来，仿佛嘴里有很多弹珠。我的思想继续围绕着那片巨大的空白旋转。说点儿什么！我在心里喊道，但嘴里却什么也说不出来。在这样的沉默中，我感到太阳炙烤着我的肩膀。克里斯蒂关切地盯着我。在这尴尬的时刻，她挥挥手跟我道别，并解释说自己要迟到了。

"嗯，真的很高兴见到你。"她说着，然后转身离去。

　　我点点头。看着她穿过大门，走进车站，我简直就要在大街上崩溃了。当时我感觉自己非常无助，尤其是跟自己在精神病最高潮的时候，臆想自己具有超人的控制力相比。母亲拉住我的手，意识到我刚刚经历了一个灵魂扫地的时刻，然后扶着我走出去，进了车子。

　　虽然我多数时候都表现出这样精神紧张、像僵尸一样的行为，但詹姆斯和斯蒂芬一样，也能看到偶尔"过去那个苏珊娜"灵光一闪的时刻。每个人都抱有希望，觉得我最终能够回到过去的自己。一天晚上，汉娜过来看我，我们坐在客厅看我喜欢的导演大卫·林奇的电影《蓝色天鹅绒》。当电影播放了 15 分钟之后，詹姆斯和汉娜开起了里面可怕动作的玩笑。我什么也没有说，但过了一会儿，他们已经聊到下一个话题时，我突然打断他们，说道："它是故意的，那个动作，那就是大卫·林奇的风格，在《我心狂野》里面表现得更好。"

　　詹姆斯和汉娜沉默了一下，然后不约而同地点着头。虽然那天晚上他们没有再提起这件事，但后来，他们都记住了这个时刻，这也再次证明我过去的性格还完整地存在着，只是被埋没了而已。

第 38 章　朋友

除了步行去星巴克，观看《老友记》剧集，偶尔坐车去冰激凌店以外，我多数时候都处于一种不停的期盼中，像一只小狗一样，等着斯蒂芬坐通勤火车来到萨米特。

因为我不能开车，所以母亲、艾伦或者詹姆斯得当司机送我到车站。一天下午，母亲和我坐在车里等斯蒂芬来，母亲指着他说道："他在那里！他今天看起来很不一样啊！"

"哪里？"我在人群中寻找着。当斯蒂芬走到副驾驶座的车窗外面，我才最终认出他：他把胡子刮掉了，把到颧骨长的蓬乱头发剪成 20 世纪 40 年代那种短而精干、往后梳的发型，看起来比平时更加英俊。我看着他钻进车子，突然对他升起一种心疼的感激之情，庆幸自己找到这么无私、这么专一的一个人。这并不是说我过去不知道，而是就在那个时候，我无法掩饰自己对他深深的爱恋，不仅因为他和我待在一起，也因为他在我生命中最艰难的时期，带给我的安全感和意义。我曾经多次问他，为什么要留下来，他总是给出同样的回答："因为我爱你，而且我想留下来，我知道你还在那里。"不管我病得多重，他对我的爱都足以让他看见那个隐藏在深处的我。

虽然他说他能看见那个过去的我，其他大多数人却很难做到。几天以后，我同意参加斯蒂芬和我的一位好友布莱恩的回家派对，那人刚刚从得克萨斯的奥斯汀回来。我们赶到布莱恩母亲家的后院时，烧烤已经开始了，各种年龄段的人们围坐在一起，或吃汉堡，或玩掷地球，或聊天。当我跟着斯蒂芬和他姐姐加入时，我感到空气瞬间变得异样起来，大家都在盯着我这个生病的女孩。虽然我心里很清楚——多数人并不知道我生病了，甚至很多人以前根本没有见过我——但我却觉得，我成了大家嘲笑的焦点。

不过，我在场的朋友们后来告诉我，我那天显得异常开心，一直不自然地咧嘴笑着。也许我在用某种保护壳——一个面具——去掩饰自己的紧张。

在派对上，几乎没有人问我住院的事情，当然，听说过这个消息的人，则用截然不同的方式对待我，他们垂下眼睛，仿佛对于自己知道这件事情感到羞愧。对这些朋友来说，平时见不到我，但另一个苏珊娜依然在这里，提醒他们，我曾经是个什么样的人。同时，我的内心一直萦绕着几个问题：他们听说我住院的事情了吗？他们听说我曾经是个疯子吗？我发现自己并没有特别投入派对中，而是一直纠结于这些问题，无法跟他人交流。

最后，我放弃跟他人交流的企图，专心喝着西瓜汁，吃着烧烤架上的汉堡。

但是，我有自己的救星：斯蒂芬。人们称他是"苏珊娜代言人"，因为他似乎能感觉到那些未被挑明的事情。在排队时，他站在我旁边，从来不让我游离在他的视线之外。当不知情的人跑过来跟我闲聊的时候，他会帮我跟那些人对话，这可不是过去那个懒散的、酷酷的、加州式的斯蒂芬会做的事情，但现在这却至关重要。当我不能讲话的时候，他来帮我讲话。如同我伪装的微笑一样，斯蒂芬成了我的另一层保护壳。

有那么一刻，一位老朋友科林——她曾经从斯蒂芬的姐姐布里吉特那里得知我住院的消息——注意到我吃一牙西瓜的时候，红色的西瓜汁沿着我的脸颊流到裙子上。她感到很矛盾：是告诉我，还是假装没看见？她不想让我尴尬，但也不想让我继续看起来像个不懂事的孩子。幸运的是，还没等她打定主意，斯蒂芬就帮我擦去了脸上的西瓜汁。

在派对上待了一个小时之后，我看了一眼斯蒂芬，他会意地点点头。该回家了。

我的第二次有组织的社交实验，发生在5月的最后一周，在我堂弟戴维的婚礼上。本来，在我生病以前，他们要我当伴娘，我也早早买好了礼服裙。但等我出院以后，新娘子温柔地提议，我还是不参加婚礼比较好。

显然，我当时想，她一定是为我感到尴尬。

我现在意识到，她那么做也是出于对我的关心，但当时，这恰好证明我已变成别人的一个负担。通常，我是人们乐意邀请的人——我生病以前，斯蒂芬和我曾经在一次婚礼上被评为"最搞笑的一对儿"——但现在，我却成为耻辱的源泉。这让我本就脆弱的自我认同备受打击。

而且，我决心向她和婚礼上的其他人证明，自己依然"有价值"。我把自己的头发拉成直发，以遮挡大脑活体组织检查留下的疤痕，还买了一条泡泡糖粉色的裙子，而斯蒂芬则穿了一套样式时髦的西服，系着窄条的领带。此时，距离上次在瑞秋家团聚正好是一个月，参加婚礼代表我朝着康复的进程又迈出了重要一步。我已经过了外观和行为显得特别古怪的那个时期，但由于类固醇激素治疗，我的脸依然有些浮肿，我讲话依然不十分连贯，而且多用单音节词。不过，如果你不仔细看的话，斯蒂芬和我跟那些普通的雅痞恋人并无二致。

婚礼在纽约哈得孙河谷的一家庄园举行，在那里，大门上缠绕着葡萄藤，视野所及全是盛开的野花。斯蒂芬和我多数时候都站在临时搭建的厨房旁边，厨师们端着各种拼盘进进出出。不知是否是类固醇的原因，我的食欲有所上升，反正我是饿极了。

夜幕降临，母亲要我发誓只喝一杯葡萄酒。我眨着眼睛答应了她，却跑去喝了好几杯香槟。如果说，疾病强化了我的什么特性，那就是我的执着，或者说死脑筋。尽管我的大脑依然处于自我修复的过程中，而且毫无疑问，酒精会跟那些抗精神病药物产生危险的反应，但我坚持要喝酒。我不管这样做对自己的破坏性有多大——这是一种有形的把我跟过去的那个"正常"的苏珊娜联系起来的事物。如果过去那个苏珊娜晚餐时可以喝一两杯酒，那现在这个也可以。我不能看书，几乎不能进行简单的谈话，不能开车，但是见鬼，我要在婚礼上喝上几杯香槟。母亲试图阻止我，但她知道无法控制我的缺点：我要做自己愿意做的任何事情。最终，酒意味着独立，周围的每个人都觉得最好还是不要伤害我那一点儿仅存的自尊比较好。

当那首《给我力量，金凤花》的歌曲响起时，我甚至还跟斯蒂芬跳起舞来。在我的头脑里，我在舞池上摇摆着，忽略了腿上的疼痛和我比以往任何时候疲劳得更快的事实（后来，我从家人那里得知，那天我跳得一点儿也不专业，反而像一个茫然失措的机器人）。

尽管我的努力显得漫不经心、无所顾忌，但我还是假装适应人们对待我的各种方式。因为这是一次家庭盛会，每个人口中出来的第一个问题必然是"你好吗？"在这种时候，它就变成一个无法回答的问题。但这还不是最糟糕的部分。最糟糕的是人们故作热情、特意使用的那种口吻，他们跟我说话的语气仿佛是在跟一个幼儿或者年迈的老人说话。这是不厚道的，但我不能真正去责怪他们。没有人知道我内心真实的想法。

不过，我的母亲看到我自娱自乐的样子，感到很自豪——直到另一位参加婚礼的宾客打破了她默默的欣慰。

"得知苏珊娜发生的事情，我感到很难过。"那个女人一边拥抱她，一边说道。母亲并不喜欢被陌生人触碰。

"谢谢你。"她说着，努力把目光放在我身上。

"太可悲了。她改变太多了，完全失去了昔日的光彩。"这时，我母亲把目光从舞池移开，瞪了这个女人一眼。她曾经遇到过许多冷漠的时刻，但此时是最糟糕的。"我是说，"那个女人继续说道，"你觉得她还能变回过去的那个她吗？"

母亲理了理裙子——那也是一条粉色的裙子——径直走过那个女人，咬紧牙关说道："她表现得非常好。"

第39章 正常范围内

虽然在这段休养期内，我已经取得了巨大的飞跃，但是，在未来的几个月里，我每天依然要围着那些糖果色的药丸转，一天要吃6次药。每个星期，我母亲都要花上一个小时，帮我把药丸分装进一个鞋盒盖大小的分装器里。她通常要试上好几次，才能搭配好合适的剂量，因为那些剂量很复杂，而且总是在变。药盒被分成黄色、粉色、蓝色和绿色不同的隔断，有7列分别代表一周的7天，有4行分别代表早晨、中午、下午和夜间。我被束缚在这些药品分装器上。

我对药品的依赖表明我无法独立，所以我讨厌它们。它们不仅表明我在母亲家里的地位就像婴儿一样，而且让我昏昏欲睡、行动迟缓。有时，我故意"忘记"吃药（极其危险的做法），但我也不敢把这些药全部扔掉。我经常会在药盒上留下一些痕迹，这提醒了母亲，促使她像训小孩子那样教训我。在母亲家康复的那段时间，我会在很大程度上把这些药丸——以及它们包含的效用——跟她联系起来。在生活中，我需要她帮我把药品分装好，因为这对当时的我来说，还是一个太过复杂的任务。不过，在一种更感性的层面上，我开始感觉她已经跟那些药丸一样，成为我可悲的依赖的象征。现在我承认，自己当时对她的态度有些粗鲁。

"今天如何啊？"经过在州检察官办公室长长的一天工作后，母亲一回到家就会问我。

"很好。"我不假思索地冷冷说道。

"你今天干什么了？"

"没干什么。"

"你感觉怎么样？"

"很好。"

每当回忆起这些互动，我就感到十分不安，因为母亲和我总是不可分离的，我能够想象这样做对她的伤害有多大。我意识到自己依然紧紧抱着对她的一种无名的怨恨，而现在看来，这种怨恨简直毫无缘由。虽然我对住院期间的记忆相当模糊，但从那时积累下来的不满，一直藏在我潜意识的某个地方。不知怎么，我觉得母亲当时在医院陪我的时间并不多，但这种看法不是现实，对她来说也是不公平的。在某种程度上，她埋藏在内心深处的痛苦，已经开始不知不觉地把她掏空，并且也转移到我身上来。最糟糕的事情就是，虽然我不再住院，但是那些矛盾并没有立刻终结，现在，她不得不忍受这个充满恶意的陌生人——她自己的亲生女儿，她曾经最亲近的朋友之一。可是，我不仅没有对她的痛苦感同身受（她的痛苦当然不亚于我的），反而把她的痛苦当作一种冒犯——作为她没有能力减轻我的病痛的一个信号。

母亲会把这些感觉统统向艾伦倾诉，并且不让我父亲知道，这是可以理解的。当父亲和母亲讲话的时候，他们的话题只会集中在我身上，从来不会谈及任何个人问题，或者闲聊。不过，每隔一周，他们会聚到一起，把我带到纳贾尔医生的办公室。每次，医生都会给我减少类固醇的用药量；接着，阿斯兰医生会跟进抗精神病药物和抗焦虑药物的情况，并根据类固醇药物用量的调整，相应减少这些药的剂量。这些约好的就诊让人振奋，因为我每次似乎都有一点儿进步，父母之间的相处似乎也变得融洽多了。

阿斯兰医生会一直问一个同样的问题："以百分制来计算，你觉得自己恢复到了之前的百分之多少？"

每次我都会充满自信地回答"95%"，只是涨红的脸颊会暴露我内心的不确定。

父亲总是对我表示赞同，即便有时候他有不同的看法。但是母亲有时则会轻声反驳："我觉得说80%更为合适。"她后来承认，甚至这个都是她故意夸大说的。

虽然康复是一个相对的过程（你需要知道你之前的水平，以此来看你能走多远），我们很快就能获得来自专家的观点，因为我参加了纽约大学医学院瑞斯克康复医学研究院的两个评估课程。我对这次评估有些忐忑，虽然自己的进步显而易见，但我不想证明自己连一点儿简单的任务都完成不了。不过，母亲坚持我应该去。

我已经记不清第一次评估的具体情况，只知道自己当时非常疲惫，差点儿没法完成评估。脑子里唯一的印象是那位年轻的心理学家友善的蓝色大眼睛。第二次评估的时候，父母把我带到瑞斯克研究院的315房间，在那里，还是那位心理学家希拉里·波蒂斯把我领进她的办公室。我父母则待在等候区。波蒂斯医生后来告诉我，即便在这个阶段，我看起来也跟外面的世界毫不相干，对于她的问题，我都要隔好一会儿才回答，以至于她都怀疑我到底有没有听见她说话。她说，我的行为很像精神分裂症的消极症状：呆滞、空洞、缺乏感情，说话多使用单一语调和单音节词汇。

波蒂斯医生通过一项叫作"找字母"的测验来检测我的专注力和记忆力，她给我一篇正常长度的报刊文章，让我画出指定的单词或者字母。第一题，她让我勾出所有的"h"。我把它们都找了出来，但用了94秒，处于认知障碍的边缘。接着，她让我勾出所有的"c"和"e"。我漏了4个，而且整个过程用时114秒，再次位于边缘。接着，到了最难的部分：找出页面中所有的"and""but"和"the"。我记得自己当时很困惑，而且经常忘记要找的是哪几个词。在173个词中，我漏掉了25个，只要超过15个，就属于"严重障碍"。我在速度、准确性和专注力方面的得分都很低。

接着，她要进行工作记忆的评估，以考察我用短时记忆存储信息的能力。她读出几个非常简单的数字题，这是小学水平，但是我只能答出其中的1/4。

我的视觉工作记忆更糟糕。波蒂斯医生取出一张画着一个形状的图片，停留几秒，然后让我根据记忆把它画在一张纸上。不管怎么努力，我都想不出之前看到的那个形状。在这个部分，我属于最糟糕的"严重障碍"那一级。

我从记忆中提取词汇的能力也相当糟糕。波蒂斯医生重复了克里斯·莫里森医生在4月给我做的那项测验，当时是让我说出所有知道的水果和蔬菜的名称，而这一次，波蒂斯医生让我说出尽可能多的以"f""a"和"s"开头的单词，每种单词都限定了1分钟。

F："Fable, fact, fiction, finger, fat, fantastic, fan, fastidious, fantasy, fart, farm."

A: "Apple, animal, after, able, an, appeal, antiquity, animosity, after, agile."（因为 after 这个单词出现了两次，所以我其实只说出 9 个。）

S: "Scratch, stomach, shingle, shit, shunt, sex, sing, song, swim, summer, situation, shut."

总的来说，我在 3 分钟内就说出了 32 个单词。虽然这跟 4 月相比有了显著的改善（当时我 1 分钟只能说出 5 个单词，而受试者的平均成绩是 45 个单词），但在其他测试中，我有了明显的提高。我的语言功能现在变成"优秀"，处于 91% 的水平。

我的言语抽象推理能力，是通过使用类比的测验来测试的，比如回答"中国与俄罗斯有什么联系"，属于"优良"水平，处于 85% 的水平。虽然我的基本认知机能还存在诸多问题，但我仍然可以进行复杂的分析性思维，这让波蒂斯医生感到诧异。在一项针对模式认知的测验中，我把每道题都答对了，只是用的时间比正常水平长一些。虽然我不能根据视觉线索卡片画出一个八角形，但我可以进行复杂的逻辑跳跃。后来，她告诉我，我呈现给他人的水平，跟我内在具备的水平并不相符，二者存在巨大的差距，我也能感受到这种差距。比如，很多时候，就像在排队或者几个星期之前的婚礼上，我感觉我的"自我"在努力地跟外面世界里的人交流，但却无法通过身体残缺的中介组织来实现。

上一次会面就要结束的时候，波蒂斯医生问我，我感觉到的最紧迫的问题是什么。"集中注意力的问题，记忆的问题，找到合适单词的问题。"我对她说。这一次，她感觉放心了一些，我已经能够清晰地说出自己的问题了。通常，许多有神经疾患的人是无法准确指出这些问题的。[1]他们缺乏理解自己病症的自我意识。矛盾的是，我意识到自己弱项的能力，反而成了一种优势。

这也解释了为什么我觉得自己周围的社会环境那么严峻：我能够意识到自己在周围人眼中是多么迟钝和古怪，尤其是对那些在我生病以前就认识我的人来说。我把这种不安全感告诉波蒂斯医生，并承认自己在人多的时候经常感到沮丧和焦虑。她建议我进行个体和群体认知重构的治疗，个体治疗针对抑郁、焦虑等症状，并找一个年轻人的群体进行群体治疗。

不过，最后，我因为太不自信，并没有去做这两种治疗。现在回头看来，这是一个巨大的错误：在外伤或疾病之后，大脑会打开自动治愈的窗口，而这也是抓紧时机实现快速康复的好机会。虽然目前我们并不清楚认知重构在康复中能够扮演什么样的角色，但如果我按照医生的话去做，肯定能够让大脑修复得更快。但是，因为这些治疗只会凸显我内在的分裂，所以我不愿意去做，也没再回来做测试。结果，我花了一年时间才下定决心继续做波蒂斯医生的测验，并得出这一组测验的结果。现在，我还没有勇气去面对自己到底有多糟糕的现实。

第40章 伞

我总觉得再次住院是康复过程中的一次倒退，所以，5 月下旬，当纳贾尔医生给我母亲打电话说我需要回到医院做第二轮 IVIG 治疗的时候，我有些沮丧。我不敢想象医院病房里刺眼的灯光、护理人员不断的打扰和那些难吃的预加热晚餐。

为了让我分散一下注意力，父亲邀请斯蒂芬和我到他绿树成荫的后院共度夜晚。他的家位于布鲁克林高地中央的一个绿洲上。我们吃着烧烤，喝着桑格利亚汽酒，戴着墨西哥宽边帽。沿着院子四周悬挂着一串五彩缤纷的圣诞彩灯，播放着雷恩·亚当斯的音乐。

那天晚上，我多数时候都一言不发，斯蒂芬、吉塞尔和我父亲则一直在聊天，每次他们想邀请我加入对话，我都摇摇头，而且下意识地出现了咂嘴的动作。

我一直在重复："我很无聊，我没什么可说的。我对什么都不感兴趣。"

"你可不无聊。"父亲总是坚定地说道。听到我说这些丧气话，父亲也感到伤心。几年后，他告诉我，在同一个后院，在同样的彩灯下，一想到我说的这些话，他就会一直哭，直到睡着为止。

可是，没有人能让我乐观起来，甚至连我父亲也做不到。毫无疑问，我是个无趣的人，而无聊，或许是我在新生活里最难适应的部分。部分原因在于那些抗精神病药物，因为我服用的那些药物确实会导致嗜睡、茫然和疲惫。而且，我受伤的大脑，也可能是自己打不起精神的罪魁祸首。很可能我额叶神经元之间的脉冲电波发射得不够充分，或者它们被错误发射，以至于需要更长时间才能到达目的地。

额叶主要负责执行复杂的功能，[1]所以专家把它称为人的"首席执行官"。人到20多岁的时候，它才完全形成，所以，许多专家提出了一个假定：额叶的成熟是划分成人和孩童的一个重要标志。不过，可以肯定的是，额叶让我们成为有创造力的人，而且不那么无聊。（我们知道，在20世纪五六十年代，当医学界在实践备具争议的前脑叶白质切除术的时候，会损伤额叶，造成可怕的后果。其中一种手术方法被称为"冰锥疗法"，[2]因为在美国前总统肯尼迪的姐姐罗斯玛丽·肯尼迪身上的失败实践，而变得臭名昭著。这种方法是医生用一根钢针从病人的眼球上方刺入脑内，而后徒手搅动那根钢针几分钟，以摧毁病人的前额叶。用这种不精确的方法切断前额叶的神经连接，会产生一系列后果，包括情绪低落和行为幼稚。一些患者甚至丧失了重要的思想和感觉能力，很像电影《飞越疯人院》中由杰克·尼科尔森饰演的麦克·墨菲这个人物的遭遇。）

虽然我的前额叶可能比大脑其他区域需要更长的时间来修复（如同一些最新的研究成果所显示的那样），但也会有进展。在医院的时候，一位医生曾把我前额叶的功能形容为"接近零"。但我至少可以从零开始进步。

晚餐就要结束的时候，我感到十分乏力，把头靠在桌子上，在大家的谈话声中睡了过去，最后，我被自己的鼾声吵醒。把自己吵醒以后，我爬上陡峭的铁梯子，去架子上拿我的 iPod。我最近刚刚下载了蕾哈娜的歌曲《伞》，虽然这首歌已经面世了好几年，而且它并不是我通常喜欢的风格。可现在，她那流行的说唱曲风却在夏夜里显得分外好听。

我低下头，欣喜地看着父亲、斯蒂芬和吉塞尔，并跟着音乐摇摆起来，浑身忽然充满了活力。音乐响起，我开始随着节拍扭动身体，几乎忘记了周围的一切，疯狂地摆动着，也许动作并不优雅，但也绝不像一个月前在婚礼上那样，如同机器人般僵硬。斯蒂芬向上瞟了一眼，正好看到我自由舞动的这一幕，眼睛一下子亮了，吉塞尔也被他的眼神打动。很长一段时间以来，我如同行尸走肉般活着。此时，从我傻乎乎的雷鬼舞蹈中，大家都看到了生命的活力。

斯蒂芬来到楼上，加入了我，他把我搂在怀里，带我旋转起来，我们都被这愚蠢的样子逗得哈哈大笑。父亲和吉塞尔也拉起手，跟着音乐缓缓舞动起来。

第41章　流水账

大脑非常有活力，它可以创建新的神经元，并通过一种被神经学家称为"皮层映射"的过程建立新的联系。头脑具有令人难以置信的能力，它既可以改变神经元之间的连接强度，尤其是将它们重组，又可以创造全新的通路（电脑遭遇系统崩溃时，无法创建新的硬件，因此它跟人脑相比，显得僵化无力）。这种惊人的可塑性被称为"神经重塑性"。

我的神经就像早春的水仙花，在受疾病折磨的寒冬离去之后，又萌发出新芽。

正是在那可怕的第三次住院期间，我真正觉醒的时刻出现了：我开始记日记，开始重新捡起书本，也第一次表达出想要知道自己经历过什么的欲望。也许是因为日记为我正在萌芽的"自我"提供了实物证据（我可以一字一句地读到那个受伤的苏珊娜的思想），我可以一点点回忆起她当时的感受，跟住院前她写下的那些妄想的日记不同——那段历史更像一段虚构的影子记忆——显得如此遥远，远得像恐怖片里的一个人物。然而，我康复期日记里的自己，显得稚气而平淡，完全不像住院前那个阴暗的自我——她即便在最茫然的时候，也能给人以启发。不过，这本日记跟我保留的初中时记录的日志有着惊人的相似性。里面并没有多少真知灼见，有的尽是关于自己的身体（康复期体重增加，和初中时平胸）和生活中的傻事、小事（康复期对医院饭菜的厌恶，和初中时跟"友敌"的竞争）。我对这个脆弱的、处于萌芽期的苏珊娜充满同情，就像对年少的自己的同情一样，但是，她还算不上是真正的我，像现在这样的真正的我。

我在 2009 年 6 月 3 日写下在医院的第一篇日记，当时我正在接受第二次 IVIG 注射治疗。第三次住院期间，父亲和过去一样每天早晨跟我待在一起，他建议我可以根据自己的记忆写下每天发生事情的流水账，来追忆那段失去的时光。日记的第一篇是"麻木和失眠"，最后一篇是"在医院的第三次癫痫"。关于那段日子，我只记得 3 月 23 日，在医院住院部的等候区买了一杯卡布奇诺咖啡，在那以后就一无所知。在列流水账清单的时候，我在"第二次癫痫"和"第三次癫痫"之间增加了"在父亲家的那个夜晚"，作为后来补充的内容。这一段内容最为模糊，这也可以理解：我依然对自己在那个邪恶夜晚的所作所为感到迷惑和惭愧，甚至从我的笔迹中也能看出来。

我的字体看起来仍然有些陌生，但是，比起第一次住院时那种幼儿般的笔迹，已经好了很多。我现在可以写完整的句子，甚至会用分号。但是，这份清单上提及最多的内容，还是缺失：对于住院以后的那段时间，我没有任何记忆。

父亲紧张地看着那张纸。这是我大规模记忆丧失的第一个例证。但是他把自己的惊愕藏起来，开始运用自己的回忆帮我填补其中一些片段，而且对于一些事情，给出了一个更加鲜活生动的版本。尽管如此，还是有一些明显遗漏的地方，父亲和我都回忆不起来。这些空白虽然都是小事，却有一定的意义，因为记忆丧失不仅可以由大脑受伤导致，还可以因感情突变引起。在这段虚度的时光里，没有人能够接近我。

父亲坚持完善这部流水账，完全是出于为我考虑，但他当时却不愿意挑明。他的新格言变成："要向前迈进，你必须把过去抛在身后。"不过，吉塞尔后来私下告诉我，父亲当时的处境有多么不容易。他也是受害者。当其他家庭成员打电话过来询问我的近况时，他会把电话拿到一旁，因为他知道，一听见亲人们熟悉的声音，他就会失去好不容易才有的镇定。弟弟记得他还在上学的时候，有一次给父亲打电话，而当时我依然处在神秘疾病的控制之中。他们通话的时候，有那么一刻，詹姆斯听到的唯一声音是电话那边深深的吸气声，那是为了掩盖啜泣的声音。

还有那本私人日志，父亲并没有选择直接把发生的事情告诉我，而是决定把日志给我，让我来研究、回忆。这些日志使得我可以从父亲的视角来回顾我住院的那段时期。我把每一行读了又读，里面有欢笑，也有泪水；里面有些章节是如此揪心，以至于我读着读着，好想跑到布鲁克林，跑到他身边，给他一个大大的拥抱。不过，我知道还是不要这样做为好。"要向前迈进，你必须把过去抛在身后。"虽然我自己还没有做好准备，但我至少可以为了他，遵循他的那句格言。我这位强壮的爱尔兰保护人，从内心来说是有一点儿脆弱，而他对我的爱难以衡量，虽然在我们最艰难的时期，我曾对这种爱提出质疑。"我只知道，她还活着，她的灵魂是完整的。后来，为了治疗、咨询医生和调整用药，我们还要在医院待好一段日子，但是，我的宝贝已经在回家的路上了。"日志结束。

虽然我从来没有正式对父亲表达过感激之情（对我母亲、斯蒂芬、我的朋友们，甚至是那些医生和护士，都没有），但我们现在会经常一起吃饭，相比过去我们半年才见一面的关系，算是近了许多。现在有些时候，我们一起吃饭时会看着对方，开始讲某种暗语，这可以被视为一种特别的关系，会在不经意间让桌上的其他人感到尴尬。我一直没有意识到我们这样做有多么不礼貌，直到后来吉塞尔把这个问题指出来。"我想你们并没有意识到，"她坦率地说道，"可有时周围的人很难融入你们。"

我们并没有打算排斥任何人。我和父亲曾经一起并肩作战，与一切破坏生命完整性的怪物斗争。很少有其他经历，能比两个人一起面对死亡，更能拉近两人的关系。

与跟父亲刚刚建立的关系相比，我只要一出院，就要大量服药，还有其他很多事情需要我和母亲应对。我仔细想过这一点，因为在我生病以前，我和母亲的关系非常亲密，但生病后，这种关系却受到了影响。也许因为父亲在我的生活中扮演着不太重要的角色，而母亲则是主导的力量，所以，父亲也更容易接受这个"新"的我。

为了应对病情，母亲主动更改对我疾病的描述，一直坚持说我"从来就没那么糟糕"和"她一直相信我会康复"这样的话。她对自己说，女儿身体底子好，不可能永远那样病着。她无法接受我还没有完全康复的事实，直到一个盛夏的下午，我们一起出去吃饭，只有我们两个人，在萨米特的 J. B. 温博丽餐厅。那是一个美妙的夜晚，凉风吹拂，露台家具上的伞盖沙沙作响，我们选择坐在室外，点了鱼肉主菜，一人一杯白葡萄酒。

我们吃饭的时候，我开始问她一些关于我住院前的表现的问题。我对那一段时间的记忆依然十分模糊，许多事情后来被证明都是幻觉。整个过程对我来说就是一个谜，我急于把发生过的各种事情拼接到一起。

"你就是失去理智了。"她说道，"你还记得你做脑电图检查的时候吗？"

"脑电图？不，我不记得。"但一番回想之后，我的确想起来一些：贝利医生办公室那位拿着手电筒的护士。跟医院监控录像里那些紧张的场面不同，我的那些经历似乎从来没有被收录进大脑，而这一段记忆却被存储下来。问题就在于如何提取。当大脑试图回忆什么事情的时候，跟当时意识到事件发生的神经元模式相同的神经元就被调动起来。这些网络彼此相连，每次我重新访问它们，它们之间的联系就会变得愈加强大和紧密。但是，它们需要适当的提取线索——词语、气味、画面，这样它们才能被重新带回记忆中。

看着我努力回想，母亲的脸红了，她的嘴唇微微颤抖。她用双手捂住脸，我生病这么长时间以来，还是第一次看见她哭成这样。

"我现在好多了，妈妈。别哭了。"

"我知道，我知道，我犯傻了。"她说道，"哦，你那时完全是个疯子。你走进一家餐馆，索要食物，就那样索要。不过，我觉得这跟你平时的性格差得也不算太远。"

我们大笑起来。在那么短暂的一刻，我能够数出餐厅里餐桌的排数，还注意到柜台后面一个样子模糊的人递给我一杯咖啡。这些复原的图景在呼唤我对于其他时刻的记忆，那些时刻被我遗忘，并且永远无法唤回，它们就这样不复存在了。

不仅是恢复一段记忆，这也是一个转折点，母亲最终承认当时她有多么害怕，并且是通过眼泪来告诉我，她一直不确定我能不能"好起来"。就是这个简单而自然的举动，我们的关系到达了转折点。她再次成为我最亲密、最信任的伙伴和支持者。居然是接受我曾经如此接近死神这个事实（这在过去是不可能的，因为她出于求生的本能，坚决否认这一点），最终让我们一起向前。

第 42 章　无尽的玩笑

在我首次住院 4 个月后，我获准回到我"地狱厨房"般的公寓。我的伤残补贴从短期变成长期以后，数量也被削减成原来的一半。我无法负担高额的房租，于是，一天早上，父亲跟我在那里碰面，帮我收拾过去生活的东西，也为一种新的、不确定的生活扫清了道路。

那栋红砖房屋跟以前没什么两样，坏了的门铃、凌乱的涂鸦和门上"禁止通行"的标志。我的邮箱里塞满了未拆封的信件。大楼的楼管是一位胖乎乎的中年人，他走到我们跟前，用他那特有的西班牙口音，简单问了句"你好吗？"仿佛我从来没有离开一般。也许他真的没有注意到我的离开。父亲和我爬上楼梯，沿途是破烂的、灰黄色的壁纸。

一切都是那样熟悉，我们走进公寓。我隐隐希望我养的小猫土土依然在那里等我，不过，我的朋友金杰早在几个月前就收养了它。

父亲和我把成堆的录音带、装冬衣的箱子、书籍、盆盆罐罐和床上用品打包好。就在我们收拾到一半的时候，空调忽然停机，曼哈顿7月的暑热变得异常难忍。于是我们第二天又在闷热中把这里收拾完。这是我日记中关于收拾公寓唯一值得一提的一行，而且写得相当草率，跟我早期的许多日记一样。"他帮助我收拾公寓（再见了，单身生活）"。在这短短的一行里，我并没有掩饰自己的失望，不仅正式放弃那种自给自足的生活，而且也放弃了我的第一间真正意义上的公寓，这可是我长大成人的象征。这跟在父母家住上几个月，但心里知道就在火车一站地之外还有个属于自己的家，感觉是完全不同的。现在，我唯一的家就是跟母亲一起住的家，感觉自己像是完全回到了童年。我在曼哈顿的自由生活也正式结束，至少现在是暂时结束了。

事实上，我现在也不再有能力独立生活。我能明白这个事实，但依然不想面对它。相反，我集中精力，想让未来走上正轨。我开始列一份任务清单，上面有我想感谢的人的名字，有我想开始的计划，有我未来想写的文章。每天早晨，我都对一天做出计划，包括一些无足轻重的事情，像是"走到城里"或"看报纸"，等等，这样我就能体验到完成任务后把它们勾掉的满足感。这些都是至关重要的小细节，因为它们表明了，我的前额叶——我的"首席执行官"——开始进行自我修复了。

我没有去参加医生推荐的认知重构课程，而是开始准备研究生入学考试，因为我相信，过一段时间，学校将是我阴暗人生的下一个站点。我买了许多学习指南来帮助自己准备考试，把自己不认识的每个单词写在一张闪卡上，每天复习，然后把记不起来的单词写下来。这些占据了我日记的许多页面，因为只有不停使用这些新词，我才能记住它们。

我也开始阅读戴维·福斯特·华莱士那部厚达千页的反乌托邦小说《无尽的玩笑》。因为过去有位傲慢的教授惊诧于我居然还没有读过这本书。我手拿词典开始读这本小说，每看一两个词就要去查词典。我还专门保留着一个文档，里面记录了我需要查询的每一个单词。我挑选的单词即便到现在也很少会用到，但是它们也异常富有启发性：

> 没落的（形容词）：不再有活力；失去了个性、力量和活力；软弱、颓废的同义词
>
> 致畸的（形容词）：跟畸形有关，或导致发育畸形
>
> 传染病院（名词）：病房

尽管我如此勤奋地学习单词，但当有人问我这本书讲的是什么内容时，我不得不承认，"我不知道"。

我变得沉迷于自己的身体特征。我这段时期的日记表明我越来越关注自己增重了多少。我隆起的腹部、脂肪包裹的腿部和充气般的脸颊，都让我自己感到恶心。我开始努力避免让自己的形象出现在任何可以反光的物体表面，但这只是徒劳。我会经常坐在星巴克外面，看着走过的各种类型的女子，"我要她的腿"，"我要跟她交换身体"，或者"我希望有她那样的胳膊"。

我讨厌自己膨胀的身体和脸，并把自己称为"烤乳猪"。"太肥了。"我在6月16日的日记里写道，"我觉得自己很恶心。"

当然，自从出院以后，我的体重增加了不少。刚出院的时候，我的体重只有110磅，对我自己来说算是异常消瘦。仅仅3个月以

后，我就增重 50 磅，其中 20 磅是正常恢复的体重，而另外 30 磅源自类固醇激素和抗精神病药物产生的副作用，当然，我久坐不动的生活方式，和经常沉溺于巧克力薄荷冰激凌也难辞其咎。

类固醇激素使得我的脸变得像月亮那样圆，变得像花栗鼠那样鼓鼓的，以至于我照镜子的时候都快认不出自己了。我开始担心自己再也减不掉这些体重，并被永远困在这具陌生的躯体里。这些停留在表面的问题倒也不难处理，真正让我担心的是被困在自己破碎的心灵里。现在，我知道，自己之所以关注身体，是因为不想去面对认知的问题，那远比这些体重的数字要复杂和困难得多。

当我在担心自己永远这么胖下去，担心自己在亲朋好友心中的形象受损的时候，其实真正担心的是我将成为什么样的人：我的后半生，都会像现在这样迟钝、沉闷、无趣和愚蠢吗？我还能恢复往日最具特色的那些光彩吗？

就在写下那篇日志的那个下午，我步行 15 分钟，从家走到萨米特市中心，去获得满足感，并且活动一下。即便如此，我走路的时候也会腿疼，我坚持要自己走到城里。我待在市中心的时候，一位割草工盯着我。我下意识地把手放在头顶有秃疤的位置，以防被他看见，但当双手触碰到头部的时候，我才意识到自己头上缠着发带。那他到底在看什么？后来，我忽然想到，他是在窥视我。我虽然不在最好的状态，但毕竟是个女人。那一刻，我所剩无几的自信居然膨胀了起来。

接着，我决定去上自行车课，以对付我"烤乳猪"般的身材，并通过在高中操场旁边骑自行车来重新找回自己。曲棍球教练一直望着我，想要回想起我是谁，我躲避着他的目光，故意把脖子转向右侧，但在那里，我看见两个高中女生也在骑自行车。我在想，她们是不是在嘲笑我的肥胖，还是在议论我跟父母在一起如何生活。我感到十分羞愧，但同时，我又找不到羞愧的具体原因。

现在，我想，这种羞愧来自一种不确定的平衡行为，在害怕失去和接受失去之间寻找平衡。

是的，我又可以读书、写作、列任务清单了，但是我失去了自信和自我意识。我是谁？是那个在自行车课后面躲避众人眼光的胆小鬼吗？这种对自我的不确定，这种在从生病到康复的时间轴上对自我的困惑，是这种羞愧的深层根源。我的部分灵魂相信我再也无法成为我自己——那个独立、自信的苏珊娜。

"你好吗？"人们会一直问我。我好吗？我不再知道"我"是谁。

在我的公寓被收拾干净以后，我把那些未读的信件全部带回家，但是过了几个星期以后，才开始拆封它们。在成堆的账单和垃圾邮件中，我发现一个牛皮纸信封，是从我在 3 月第一次做核磁共振的那个办公室寄来的，里面装着我丢失已久的金色赤铁戒指——我的幸运戒指。

有时，当我们需要的时候，生活会把隐喻做成小蝴蝶结呈现给我们。当你觉得失去一切的时候，你最需要的东西反而会不期而至。

第43章　NDMA[1]

我恢复了越来越多以前的功能和品质，并且开始更加融入周围的世界，我也渐渐习惯人们来询问我得上的罕见而神奇的病症。不过，我从未试图自行编造，只是把父母重复了很多遍的信息讲给别人听："我的身体攻击了我的大脑。"可是，《纽约邮报》的编辑保罗来信，要我把这种病解释给他听，我最终决定把自己经历的事情总结一下。这似乎是一项好的任务，这也是我第一次，感觉自己肩负着尝试寻找答案的使命。

"我们希望你回来！"保罗在给我的信中写道，"天哪，我的语气像是杰克逊五兄弟[2]组合。那你得的到底是什么病呢？"这感觉有些陌生，但听到生病前生活中一位朋友的声音，我感到很欣慰：

---

[1]　作者向母亲确认病的名字，第一次听错了。——编者注

[2]　一支流行摇滚乐队。成立于1965年，1989年正式宣布解散。——编者注

我的生活现在被分割成"病前"和"病后",这是以前从未有过的。我决心给他一个答案。

"我的病叫什么来着?"我朝母亲喊道。

"抗 NMDA 受体自身免疫性脑炎。"母亲朝我喊道。

我在搜索栏里输入"NDMA"。一种工业废料?"到底是什么?"我喊道。

她走进厨房。"抗 NMDA 受体自身免疫性脑炎。"

我把更新的检索词输进谷歌,找到了几个页面,多数都是抽象的医学期刊论文,但没有维基百科的词条页面。在浏览了几个网页之后,我无意中看到一篇《纽约时报》杂志的"诊断"专栏有关于这种疾病的记载。[1]

一个女人跟我有着相同的症状,但是她还有那个可怕的肿瘤——畸胎瘤。在他们摘除肿瘤以后,一天,她从昏迷中醒来,就开始跟家人有说有笑。我还不清楚关于免疫系统和大脑的基本解释。这是一种病毒性的疾病吗?(不是。)这是由环境因素引起的吗?(可能有部分原因。)这是一种可以遗传给孩子的疾病吗?(可能不会。)问题一个接着一个,但我敦促自己集中精力。

我给保罗发了很长一段关于我的疾病的摘要,结尾写着"简而言之,那曾是疯狂的几个月。我现在知道发疯是什么样了"。

保罗回复道,"解答了我不少好奇"。他又补充道,"你意识到你的幽默感和写作能力已经回来了,对吗?我是认真的。我能从你生病以来发的短信和你现在写的邮件中看出你的进步。简直是天壤之别"。

受到自己解释问题的新能力的鼓舞,我开始以极大的热情研究这种疾病,并且沉迷于了解我们的身体居然能够产生如此卑劣的背叛。令我沮丧的是，我发现，关于这项疾病，我们未知的远比已知的要多得多。

　　没有人知道，为什么有些人，尤其是没有畸胎瘤的人，会得上这种病，而对于它的成因，我们甚至连最基本的了解都没有。研究似乎认为，一般意义上的免疫性疾病，2/3 由环境导致，1/3 由基因导致。所以，难道真的是假设中地铁里冲我打喷嚏的那个商人，引发了这一连串的连锁反应？或者是我所处环境中的其他因素？在我出现第一个症状的那段时间，我正好在用避孕贴片，难道是它引起了疾病？虽然从达尔玛医生和纳贾尔医生那里，都看不到支持这种说法的理由，我的妇科医生出于安全考虑，拒绝让我再用这种贴片。我那可爱的小猫会是一个可能的诱因吗？后来收养它的安吉拉告诉我，土土后来被诊断出患有肠道炎症，这种炎症可能是由某种自身免疫性疾病引起的。这是一个巧合，还是我和它互相传染了什么导致我们免疫系统反弹的东西？或者是有什么有害的东西潜伏在我那凌乱的如地狱厨房一般的公寓里面？我可能永远也不会知道。可是，医生们相信，很可能是一种外部诱因，如喷嚏、避孕贴或者有毒的公寓，跟易于产生攻击性抗体的基因预设共同作用的结果。不幸的是，正因为这种病的病因很难找到，因而要提前预防也是难上加难。相反，我们应该把精力放在早期诊断和快速治疗上去。

　　还有许多其他未解之谜。专家们甚至都不知道为什么有些人会有这种自身性抗体，为什么它恰好发生在我生命的那个时间。他们无法确定抗体是如何通过血脑屏障进入大脑的，也不知道为什么有些人完全康复，而有些人因此死亡，或者在治疗结束很长时间以后，依然要遭受痛苦。

不过，活下来的是多数。虽然这是地狱般的经历，这种疾病跟其他形式的致命性脑炎，或者衰竭性的自身免疫性疾病相比，是独一无二的。我们很难找到另一个病例，患者出现昏迷症状，甚至濒临死亡；有人即便在重症监护室待上好几个月，依然会出现症状，而有的人则毫发无损。

这整个经历渐渐教会我一件事，就是认识到自己有多么幸运。对的时间、对的地点、对的人、纽约大学、纳贾尔医生、达尔玛医生。没有这些地方和人，我会在哪里？如果我3年以前感染上这种疾病，在达尔玛医生识别出抗体之前，我会在哪里？3年时间可能就是一个分水岭，决定你是拥有完整的生命，还是在医院里名存实亡，还是英年早逝，躺在冰冷坚硬的墓碑下面。

第 44 章　部分回归

　　纳贾尔医生逐渐减少了我类固醇的用量，他还给我开了两周一次的 IVIG 抗体治疗，一旦保险公司许可，治疗就可以开始。一位护士会在上午过来，帮我挂好免疫球蛋白的输液袋，一输就是三四个小时。从 7 月到 12 月，我一共进行了 12 次输液。

　　整个 7 月，我一直保持着跟保罗的通信联系。他每隔几天就会问我准备什么时候回来工作，最后，我们一致同意，最好的办法就是非正式地去一趟报社，并且低调地跟同事们打个招呼。我们挑选了 7 月中旬的一天。我还记得，当时我吹干头发，化了妆，修了修眉毛，这是我生病以来第一次做这样的事情。接着，我站在衣橱前，挨个翻着抽屉。只有极少数衣服还能穿，因为我的身材已经完全进入"烤乳猪"阶段，为了安全起见，我选择了一条黑色的蓬蓬裙。弟弟开车送我到火车站，这是我第一次自己坐火车进城。从潘恩站下车以后，在盛夏炙热的天气里，我朝着办公室走去。

可是，当我到达新闻集团大楼下面，这个我毕业后一直工作的地方时，我忽然感觉到一股激素释放到全身的冲动，让我疲惫起来。太快了，我意识到，自己还没有准备好。

所以，我没有上楼，而是给保罗发了条短信，让他到楼后面来跟我见面。当时，我还不知道，保罗几乎跟我一样紧张，一直想着我会变成什么样子，而他应该如何对待这个新的苏珊娜。最近刚去萨米特看过我的安吉拉，告诉他我有了很大的进步，但是距离他们已经习惯的作为同事的我，还有很大差距。

保罗走出大厦的旋转门，他一看见我，立刻意识到我的身体变化有多大：我看起来像个小天使，他心想，像一个 10 岁的我，浑身上下显露出婴儿肥。

"你到底怎么样啊？"保罗一边问，一边给我一个拥抱。

"我很好。"我听见自己说道。当时我很紧张，只想着自己后背上流下的汗水，很像当时在火车站邂逅老同学克里斯蒂的情景，只是这一次，没有另一个人来帮我维持谈话。我甚至都很难直视保罗的眼睛，更不用说向他证明我能够很快回来工作了。我注意到自己在不合时宜的时候笑了几次，接着又跟不上他讲话的内容。我能看出，他努力讲些高兴的话，来缓解尴尬的沉默，但这很困难。我的情况比他预想的要让他震惊得多。

"我依然要吃很多药。"我故作不经意地说道，希望能够为自己的改变提供一个解释，"但是等我回来的时候，基本就不用吃药了。"

"太好了。我们已经为你收拾好了办公桌，等着你回来。你想上去跟大家打个招呼吗？我知道大家都想你了。"

"不用了，我改天再来吧。"我说着，低下了头，"我还没准备好。"

我们再次拥抱。我看着保罗消失在旋转门后面。

上楼以后，他径直朝着安吉拉的办公桌走去。

"那不是我认识的苏珊娜。"他说道。

他的内心很矛盾。作为朋友，他发自内心地关注我的康复和我的未来；但是作为上司，他忍不住会想，我是否还有能力回来，承担起作为一名记者的职责。

不过，就在跟保罗会面两周以后，麦肯齐给我打电话，提到关于报纸娱乐专刊《脉动》的一项工作。我一听见她的声音，就想起我们最后一次互动：在萨米特的一天晚上，我没能写出一篇文章，当时我的癫痫开始恶化。与这段记忆相伴随的，是一种痛苦的挫败感。不过，当我意识到她现在要给我安排一项新任务的时候，这种自我嫌弃的情绪却变成了高兴。

"我想让你写一篇关于Facebook（脸书）上的社交礼仪的文章。"她说道。我可能还没准备好去见我那些老同事，但是，我却很高兴有机会能写一篇报道。我花了一个星期，认真准备这篇稿子，把它当作社交网站版本的"水门"事件，给线索人和朋友们打电话，征求他人的意见。但是，当我把所有搜集到的材料放到一起，盯着闪烁的光标时，却不知道该从何下笔。那段写作失败的记忆，加重了我的阻滞。我真的还能够再次写作吗？

在空白的电脑屏幕前面坐了将近一个小时后，词语终于开始出现，一开始十分缓慢，但后来如泉水般涌出。写作是一项艰苦的工作，需要许多修改，但是当我把手指放到键盘上时，发现世界上没有比这更美妙的事情了。我的文章在7月28日《纽约邮报》的《脉动》专刊上发表，标题是《粗鲁的邀请》。我记得，自己特意赶到城里，拿起一份当天的报纸，看到我写的文章赫然在列，内心充满了自豪感。当然，我曾经发表过好几百篇文章，但这一篇比其他任何文章都要重要。我想把这篇文章拿给每个人看，从在星巴克里为我端了一整个夏天咖啡的咖啡师，到自行车课上在我旁边骑车的年轻女孩，再到婚礼上问我是否还能恢复往日光彩的那个女人。这篇文章向全世界宣告：我回来了！这也是我在整个记者生涯中，发表文章后最激动的时刻。我不去读研究生了，我要回去工作。

大约一个星期后，我鼓起勇气迈出了这一步——至少是一小步。保罗和安吉拉那天都不在，所以，麦肯齐亲自到楼下来接我，我的通行卡早就在住院期间不翼而飞了。她成为我此行的"司机"和保镖，带我来到 10 层的新闻间。麦肯齐感觉自己仿佛在带一个小孩第一天去上幼儿园。我深吸一口气，理了理那条黑色蓬蓬裙，然后走进房间。

没有人注意我。他们都被扬基队对红袜队的比赛所吸引。麦肯齐带着我经过我之前的办公桌，来到史蒂夫的办公室。"看看谁来了。"麦肯齐对史蒂夫说道。史蒂夫从电脑屏幕上抬起头来，显然，他一开始并没有认出我。接着，他跟我不自然但却热情地打了个招呼。"哦，你什么时候回来？"

我的脸在发热。"很快，会很快的。"

我紧张地把重心从一只脚换到另一只脚上，努力想说点儿什么，可是什么也说不出来。当我走出他的办公室时，我的脸还很热，一群跟我一起在《星期日》专刊共事的记者们开始聚集起来。我已经有超过半年没有跟他们中的多数人说过话了，而且，虽然至多不过6 个人，却感觉像一伙暴徒一般。我慌乱得大汗淋漓，无法把精力集中到任何事情上，于是只有低头看着自己的脚。

新闻间里的老大姐苏，给了我一个大大的拥抱。她往后退了一步，大声说道："你紧张什么？我们都爱你。"

她的出发点是好的，但这只是让我变得更加敏感。我的不安有那么明显吗？在我的感觉和我的表现之间似乎没有任何缓冲，我忽然感觉自己的情感完全暴露在这些同事和朋友面前。一个想法困扰着我：我还能自如地适应这间一路培养我的新闻间吗？

第45章 5个W

我终于回到工作中，不过时间已经到了9月，距离上次"部分回归"过了一个月，距离我在工作中崩溃已经过去了7个月。我只记得，当人力资源部建议我慢慢开始，先从一星期上几天班，一天上几个小时开始过渡，我顺从地答应了。可是，我却迅速变回先前的状态，仿佛自己从来没有离开过一般。多年来，我像马拉松选手一般追逐着自己的目标，稳步完成每项任务，跑进地铁准时来上班，眼睛和耳朵随时准备适应下一步的职业发展。现在，我有机会停下来喘口气，重新评估自己的目标，可是，我心里想的，就只是继续前进。

幸运的是，《纽约邮报》的安排让我更容易一点点适应。正如保罗之前说的，我的办公桌一直没人碰过，我所有的书籍、文件，甚至一个纸杯，都还在原来的位置。

我的第一项任务，是两篇相对琐碎的短消息：一篇是关于一个被选为纽约最火辣的酒吧女招待的女子，另一篇是关于一位刚刚写完回忆录的瘾君子。我被安排到日常写作和报道的工作中，但我并不介意。这比我 7 个月前那种懒散的业绩要好多了，那时，我甚至连集中精力采访约翰·沃什的能力都没有。现在，不管我碰到什么样的文章，不管文章有多么不重要，我都抱有充分的热忱。

虽然同事们经过我身边的时候都小心翼翼，我却没有注意到这一点。我太关注未来的事情了——关于我的下一篇署名文章、我的下一项任务——以至于我都没能准确地判断自己周围发生的事情。因为我的打字速度比过去慢了许多，多数采访我都录了音。现在回顾这些录音，我听见一个陌生的声音在提问：她讲话缓慢而单调，有时会发音不清，听起来像喝醉了一样。安吉拉作为我的保镖，会在我需要帮助的时候尽力协助；保罗为我做编辑的时候，会邀请我到他的办公桌前，仿佛要重新教我新闻行业的"5 个 W"[①]。

我花了超过一个星期，才把这 7 个月里没有看过的信件和电子邮件看完。我不愿去想，当那些受访者发现自己的电子邮件被退了回来，或者一直没有收到回复的时候，会怎么想。他们会觉得我改行了，或是换了新的职位？他们会在意吗？在我看报纸或者翻书的时候，脑海里都会弹出这样的问题。

我相信自己已经完全恢复正常。事实上，回去上班前的一个星期，去医院的时候，我就把这些全部告诉了阿斯兰医生。那时候，我吃药的剂量已经非常小，几乎可以忽略不计。就像我们之前每两周的回访一样，父母和我围坐在他的办公桌前。

---

① 5 个 W 是指：who（谁）、when（何时）、where（何地）、what（何事）和 why（为何）。——编者注

"我再问你一遍，从 0 到 100，你对自己的评估是多少？"

我毫不犹豫地答道："100。"我回答得很确定，但这一次，母亲和父亲也纷纷点头。母亲终于同意了我对自己的评估。

"嗯，那么，我不得不说，我对你不再感兴趣了。"阿斯兰医生笑着说道。就在这短短一句话之后，我就不用再来找他看病了。他建议我继续再多服用一星期的抗焦虑和抗精神病药物，然后就可以停药。你不再需要它们了，他解释道。对他来说，这意味着在向全世界宣告，我已经完全恢复健康。母亲和父亲都来拥抱我，接着，我们在附近的餐厅以鸡蛋和咖啡小小地庆祝了一下。

虽然阿斯兰医生的评价让我们兴高采烈，但事实上，要回到过去的自己，我还有很长的一段路要走。显然，我现在依然处在非常模糊的康复期中，而达尔玛医生和其他专家也正在密切研究病人在这个阶段的特征。

"在家人、朋友和医生的眼中，病人恢复了正常，但是，在病人自己眼中，情况却并非如此。"在早先的一次电话问诊中，达尔玛医生对我解释道，"这会持续很长一段时间。恢复期需要两三年，甚至更长时间。"

患者可以回去工作，可以适应社会，甚至独立生活，但是，他们会感到，自己做事情的时候会遇到比过去更多的困难，这使得他们距离生病前的那个自己还十分遥远。

就在我回去上班以后不久，纳贾尔医生允许我去做一下美发，因为伤疤的存在，头发没办法正常生长，而经过艰苦的化疗，我的病已经痊愈。现在到了该美发的时候了。我来到荷兰隧道出口附近 SOHO（即 Small Office, Home Office，家居办公）区的阿罗桥发廊，发型师帮我把头发染成金色，然后剪了个跟眼睛齐平的刘海，并把它梳到右侧，正好遮住那块秃疤。她问我为什么会有这个疤，于是我把自己的部分经历说给她听。她当时听完非常感动，特意又花了一个小时，帮我把毛糙的头发（因为服用药品而改变了发质）烫成卷发。

当我走下地铁台阶准备回萨米特的时候，心里美得像捡到了100万美元。这时，我听到一个熟悉的声音在喊我的名字。我环顾四周，希望自己听错了，却发现我的前男友就隔着几级台阶站在我下面。我已经很久没有跟他讲过话了。

"我听说发生的事情了。"他小心翼翼地说道，"很抱歉我没给你打电话，但是我想你也不希望接到我的电话。"我没有接话。寒暄了几句之后，我们互相道别。刚刚从发廊出来，这本应是邂逅前任的最佳时刻，我却感到有些不自在。我能看出他为我感到难过，没有什么比看见前任目光里流露出怜悯更糟糕的事了。

在站台上等车的时候，我的脑海里反复播放着刚才邂逅的画面。透过驶来列车的玻璃反光，我才看到自己的卷发看起来有多么蓬乱，我的脸有多么松垮，我的身材有多么臃肿。我还会对自己的皮肤满意吗？或者，这种自我怀疑会永远跟着我吗？

我跟这个男人过去约会的那个自信的"前任"，已经有着天壤之别，我恨自己居然改变了这么多。

第46章 大回顾

我回去工作不到一个月，母亲有一天收到了一封来自纳贾尔医生助理的电子邮件，邀请我们参加他关于抗 NMDA 受体自身免疫性脑炎的讲座。讲座在纽约大学的圆形大报告厅举行，医生向学生和同事们讲解案例的时候，都会用这间报告厅。

在 9 月的那个上午，从新泽西开往市中心上班通勤的车辆异常多，我们迟到了。母亲、艾伦、斯蒂芬和我跑到报告厅，我的父亲、安吉拉和我的朋友（也是《纽约邮报》的执行编辑）劳伦在入口处等我们。

"我想报告已经开始了。"安吉拉说着，我们快步走进报告厅。100 多个座位上坐满了穿白大褂的人，他们都聚精会神地望着纳贾尔医生，他则在讲台上快速地讲着关于"自身免疫性脑炎"的问题。

我们错过了纳贾尔医生对于一位 24 岁患者最初的介绍，他在列举所有检测结果，包括 3 次核磁共振、血液和尿液毒理学检查，以及血液化验，都没有问题。他补充说，患者的脑脊髓液里有高于正常值的淋巴细胞，接着说起在没有其他选择的情况下，他决定进一步做大脑活体组织检查。我这才意识到他可能是在说我。

"他是在说我吗？"我问父母。

母亲点点头，说："我想是的。"

纳贾尔医生拿出一幅放大的大脑活体组织样本图。它被染成紫红色，血管周围有青紫色的斑点。他解释道，那些暗色的斑点，就是感染的胶质细胞。

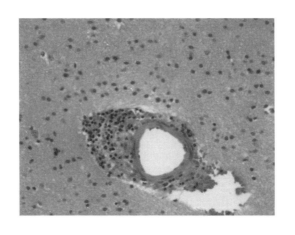

"他在讲我的大脑。"我小声说道。不过，我当时还不明白这些幻灯片上面是什么东西，只知道自己的一个非常隐秘的部分，被展示在 100 多名陌生人面前。有多少人能说，他们愿意让别人窥视自己的大脑内部？纳贾尔医生继续讲述我的大脑组织的时候，我摸了摸头上大脑活体组织检查留下的伤疤。

接着，他切换到下一张幻灯片，它看起来像一条被弯成 U 形的、镶嵌着丁香和玛瑙宝石的精致项链。

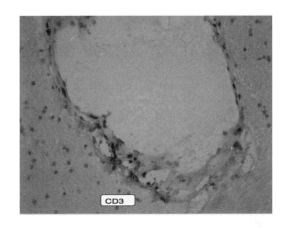

纳贾尔医生解释道，这是大脑活体组织检查图片显示的一根受到淋巴细胞攻击的血管。正如他指出的，在那些抗NMDA受体自身免疫性脑炎的患者中，只有极少数——10个或更少患者进行了大脑活体组织检查，因此，这些幻灯片提供了罕见、翔实的资料，让我们看到我们了解甚少的生病的大脑。

纳贾尔医生以一个最后陈述结束演讲："我很自豪地说，这位病人现在已经恢复正常，并回到《纽约邮报》去工作了。"

安吉拉轻轻推了我一下，劳伦笑了，斯蒂芬和我父母的脸上熠熠发光。

那天，我们回到办公室的时候，安吉拉向我们的编辑史蒂夫和保罗说起讲座的事。史蒂夫听了很感兴趣，打电话把我叫到他办公室。

"安吉拉告诉我，她去参加了一个关于你的病的会议。"史蒂夫说道，"你愿意写一篇关于这段亲身经历的文章吗？"

　　我激动地点点头。我早就希望编辑认为我的故事足够有趣，可以写成一篇文章，而且也迫不及待地想把自己报道的能力投入这项研究中去。

　　"太好了。你可以在星期五之前交给我们吗？"

　　今天是星期二，感觉很快就要到星期五，但是我决心把它写出来。一想到可以把那段迷失的岁月跟全世界的人分享，我就既紧张，又兴奋，满心悸动。许多同事仍然不知道我缺勤的这段时间发生了什么事情，当然，我也担心万一故事写得不好，会让自己恢复工作几个星期以来展现出的职业素养功亏一篑。不过，我还是无法拒绝这个诱惑：现在我终于有机会揭开那段失去的时光，向自己证明，我能够理解自己身体里发生的情况了。

第 47 章　驱魔人

怀着五味杂陈的想法，我重新紧紧戴上记者的帽子，对我的家人、斯蒂芬、达尔玛医生和纳贾尔医生进行了采访，以了解我生病的全过程，以及它带来的巨大影响。

我在第一时间想要了解的，也许就是其中最大的秘密：历史上曾经有多少人得过我这种病或者类似的疾病，但是没有得到治疗？我了解到，尽管这种疾病在 2007 年被医学界发现，但一些医生相信，它存在的历史就像人类存在的历史一样漫长，这使得回答这个问题显得更加急迫。

20 世纪 80 年代末期，法裔加拿大神经学家纪尧姆·西比尔医生，在他从 1982 年到 1990 年治疗过的 6 个孩子中，发现了一个不寻常的共同点，他们都存在运动失调的现象，包括不自主抽动或过度不安、认知障碍和癫痫发作，他们的 CT 扫描结果显示正常，血液化验的结果也都呈阴性。[1] 孩子们被诊断为"不明原因脑炎"（或者是俗称的"西比尔综合征"），这种疾病一般会持续 10 个月。6 个孩子中，有 4 个实现了所谓的完全康复。又过了 20 年，西比尔医生对这项疾病的描述依然比较模糊。一篇更早的、由罗伯特·德龙和同事在 1981 年撰写的论文中，描述了儿童"获得可逆自闭综合征"。[2] 这种疾病很像自闭症，但在 3 个接受研究的孩子中，有两个（一个 5 岁的女孩和一个 7 岁的男孩）完全康复，而一个 11 岁的女孩持续着严重的记忆和认知衰退的问题，连几分钟前给她看的 3 个单词都记不住。现在，研究显示，被诊断出患有这种疾病的人中，有大约 40% 是儿童（而且这个比例在持续增加），[3] 但儿童患上该病表现出的症状与成人并不相同：受感染的儿童会表现出诸如脾气暴躁、缄默、性欲亢奋和暴力等行为。一位家长描述了她的孩子是如何企图掐死自己的小妹妹的，另一位家长听见他们过去天使般的女儿开始发出低声的吼叫，还有一个孩子因为无法用词语表达内心的风暴，想要抓瞎自己的眼睛。但是，这些孩子的疾病经常被误诊为自闭症，在有些地方，有些时期，它还被认为是由一种超自然的，甚至是邪恶的魔鬼造成的。

　　在外行人看来，抗 NMDA 受体自身免疫性脑炎当然是一种邪恶的东西。被感染的儿子或女儿突然像着了魔一样，就像我们最可怕的噩梦里出现的魔鬼。想象一下，一个小女孩，要经历好几天的全身抽搐，痛得上蹿下跳——然后又用一种奇怪的深沉嗓音说话，扭动着身体，横着走下楼梯，像蛇一样嘶嘶地吐舌头，然后喷出一股血来。当然，这样的场景像极了未经剪辑版的热门电影《驱魔师》中的场景，虽然电影是虚构的，它却刻画出许多罹患抗 NMDA 受体自身免疫性脑炎的孩子们的行为特征。这并不是夸大其词。（比如斯蒂芬，就不敢再看《驱魔师》这部电影，因为那会那让他想起我在医院里，我们一起在沙发上看电视时，我第一次癫痫发作表现出的那些疯狂行为。）2009 年，一位来自田纳西州的 13 岁女孩，表现出"一系列反常情绪和症状，而且每个小时都不相同，有时像精神分裂症，有时像自闭症和脑瘫"。[4]她猛烈地乱抓乱打，并且会咬自己的舌头和嘴。她坚持要求像螃蟹那样横着穿过医院的地板。她说话还带着一种奇怪的、有卡津[①]味儿的口音。查塔努加的《时报自由》出版社对她的情况进行了详细的记述，记载了她患抗 NMDA 受体自身免疫性脑炎的细节，和后来康复的情况。

　　许多家长报告说，一开始，他们的孩子会说一种奇怪的语言，或带有奇怪的口音，就像《驱魔师》里面那个虚构的里根，在牧师过来驱赶他的时候，突然说起了流利的拉丁语。同时，患上这种脑炎的人，会表现出一种叫作言语模仿症的症状，[5]也就是重复他人说话的声音。这就能解释这些孩子为什么突然有了"奇怪的口音"，虽然在真实生活中，那些患有言语模仿症的人说出来的话通常是不完整且缺乏逻辑性的。

　　历史上有多少孩子由此被划为"异类"，然后任由病情恶化，直至死亡？有多少人目前还在精神病院或者看护所，拒绝接受相对简单的类固醇治疗、血液置换和 IVIG 治疗，在最坏的情况下，接受激烈的免疫疗法和化疗？纳贾尔医生估计，2009 年，罹患这种疾病的病人有 90% 得不到治疗。虽然随着这种疾病日益为人所知，这个数字在不断下降，但仍然有人患上这种明明可以治愈的疾病，却得不到有效的治疗。我无法忘记，自己也曾如此接近这种危险的边缘。

　　达尔玛医生的同事丽塔·巴利斯－哥顿医生，举出了古老的寓

---

① 卡津，指移居美国路易斯安那州的法国人后裔。——编者注

言——盲人摸象的故事，它经常被研究大脑的神经学家们引用，来让人们明白，要了解这项疾病，我们需要研究的还有很多。盲人摸象的故事讲的是 6 位盲人想要摸一头大象，每个人都抓到了大象的不同部分，并且试图说出摸到的是什么。一个人摸了尾巴，说"绳子"；一个人摸到腿，说"柱子"；一个人摸到躯干，说"树"；一个人摸到耳朵，说"扇子"；一个人摸到肚子，说"墙"；最后一个人摸到的是象牙，说"管子"。这则寓言告诉我们，出发点不同，看到的结果也会有很大的不同。佛教的轮回观告诉人们要行善喜乐，但在其他宗教中，人们却要用武力来解决意见不合。

丽塔·巴利斯－哥顿医生对这则寓言有一种乐观的解读：

"我们似乎是从前面和后面摸到了这头大象，希望未来能够摸到中间的部分。我们希望描绘一幅足够详细的大象的图画。"

两个特别的研究领域——精神病和自闭症——可能会从这幅大象的图画中获得最多的启发。丽塔·巴利斯－哥顿医生相信，在一定比例（可能是很小一部分）上被诊断为精神病和自闭症的患者，将最终被确认患有自身免疫性疾病。许多最终确诊为抗 NMDA 受体自身免疫性脑炎的孩子，一开始也被认为患有自闭症。有多少一开始被认为患有自闭症的孩子，不能得到自身免疫性疾病的诊疗？

正如她解释的，假设全世界有 500 万人被诊断患有自闭症，其中 499.9 万人可能确实是自闭症，但那一小部分事实上患有抗 NMDA 受体自身免疫性脑炎或者其他相关障碍症的人怎么办？只要通过查找身体其他部位的肿瘤，或者大脑中的抗体，他们本来是可以得到有效治疗的。

精神分裂症也是一样。许多最终被确诊为抗 NMDA 受体自身免疫性脑炎的成人，最初都被诊断为精神分裂症（或者相关的认知失调，如情感分裂性精神障碍，我便是如此）。从统计学上讲，一定有一些被诊断患有精神病或情感分裂性精神障碍的人，一直没有得到有效的帮助，即便这部分病人只占 0.2‰ 的比例，实际的数量也不少。

不幸的是，对许多遭受严重精神疾患的人来说，他们根本没有机会接受合适的检查，并接受自身免疫性疾病的治疗。PET 扫描、CT 扫描、核磁共振、IVIG 治疗和血浆置换疗法，每一项都要花费上千美元。

"这项筛选有多实用？"心理学教授菲利普·哈维问道，"难道要给每位患者都做腰椎穿刺吗？这是不可能的。"

我的治疗花费了 100 万美元，一个不可思议的数字，幸运的是，我当时是《纽约邮报》的全职员工，我的保险能支付这个天文数字中的绝大部分。我也有来自家人的支持，因为我的家庭条件宽裕，能够支付保险公司无法支付的那一部分费用。不幸的是，那些患有终身精神障碍的人士，很多都没有像我这样的保险系统，因为他们很难保住工作，只能依靠残障补助和医学救助。

所以，精神病学家和神经学家更有理由寻找各种办法，去打破心理学和神经学之间的藩篱，敦促各界对精神疾病和神经化学疾病一视同仁，这样，或许能得到更多的支持资金，来填补目前研究的空白。

"有一种说法，认为这只是一种巧合，抗 NMDA 受体自身免疫性脑炎和情感分裂性精神障碍互不相干。可是，这并不符合大自然的规律。对情感分裂性精神障碍最好的假设，是至少其中的部分病例也可以被解释为一种失调。"巴利斯 – 哥顿医生说。

纳贾尔医生通过细致的研究，让自身免疫性疾病和精神疾患之间的关系更进了一步。他认为，某些形式的情感分裂性精神障碍、躁郁症、强迫症和抑郁症，实际上都是由脑部的感染状态引起的。

纳贾尔医生正在从事一项开创性的工作，可能最终会打破分隔免疫学、神经学和精神病学的障碍。他的医学中心最近的案例，是一个19岁的女孩，[6] 在过去两年中，她相继被6位顶尖精神病学家确诊患有情感分裂性精神障碍。她17岁的时候，开始出现幻听——她告诉纳贾尔医生，"人们压迫我，认为他们比我好"。还有幻视——在深夜，她能看见"墙上有许多人脸"。

她的父母不相信情感分裂性精神障碍的诊断，最终辗转来到纽约大学，在那里跟纳贾尔医生见了面。他要求她做右脑活体组织检查——这也是他从我的案例中吸取的经验。检查表明，脑部果然存在炎症，还有针对谷氨酸受体的抗体。她也接受了类固醇、血液置换和IVIG治疗，这些治疗使幻觉和偏执的症状有所改善。但是，由于治疗开始得太晚，不清楚她是否还能恢复到以前的状态。

"症状像情感分裂性精神障碍，不代表它就是情感分裂性精神障碍。"纳贾尔医生告诉我，"我们必须保持谦卑，时刻睁大眼睛。"

当我研究自己的病历资料时，我一直很好奇贝利医生会持怎样的观点。这位神经学家一直坚称，我的问题源自酒精戒断和压力，他对于最终的诊断结果是如何看待的呢？不过，当我给他打电话的时候，他依然没有听说过这种病，虽然我的诊断已经在几乎所有的医学杂志上被探讨过，包括《新英格兰医学杂志》，除此之外，还有《纽约时报》。

2009年春天，我是第217位被诊断患有抗NMDA受体自身免疫性脑炎的人。就在一年以后，数字增加了一倍。到现在，这个数字已经累计上千。然而，被认为是美国最好的神经学家的贝利医生，居然从来没有听说过这种病。在我们生活的时代，美国的误诊率从20世纪30年代以来一直没有上升过，[7] 而这件事的教训就是，始终保有第二种可能，这样的思维方式有多么重要。

虽然贝利医生在我看来是一位优秀的医生，但在某些方面，也是医学出现问题的一个典型案例。对他来说，我只是一个数字（如果正如他告诉我的，他一天要给35名患者看病，这意味着我只是其中的一小点儿）。他是效率低下的医疗系统的一个副产品，神经学家为了保证接诊的底线，每天要看很多病人，每位病人只有约5分钟时间。贝利医生并不是规则的特例，他本身就是规则。

而我才是其中一个特例。我是一个幸运儿，我并没陷进那种注定要遗漏像我这种病例的医疗系统——这些病例需要时间、耐心和个体化的关注。当然，当我跟他交谈的时候，他对这种疾病一无所知，但这还不是最令人吃惊的，现在我才意识到，我的康复——我居然能够撰写这本书——才是最令人震惊的。

然而，在研究和撰写关于我所患病症的文章的过程中，最痛苦的部分是我始料未及的：将医院的脑电图视频监控录像交给报社的照片编辑，他想把我在医院的部分画面配到文章里去。那时，我还没有看过这些录像，也没打算要去看。

但是，因为他打不开那张光盘，就来向我求助。我在把它打开的过程中，顺便瞄了眼那个穿着病号服的自己。那时，我骨瘦如柴、疯狂、愤怒，气势汹汹地向摄像头伸出手。

我耸耸肩，转过身去，试图集中精力呼吸，然后挤出一个微笑。当时，我非常想从他那里抢过视频，把它们全都烧掉，或者至少藏到他看不到的地方去。即便自己做了那么多努力，却依然没有准备好面对这些视频。同时，我又想继续看下去，我已经跟自己的疯狂拉开了足够大的距离，可以把它视为一种假设。但是，看着屏幕上的自己，那么近，那么熟悉，以至于消解了这种报道的距离感。视频里的那个女孩让我想起我们的健康和理智是多么脆弱，我们是多么深陷于肉体的突发奇想中，而这迟早有一天会永远背叛我们。我是肉体的奴隶，我们都是。意识到这一点，我立刻痛苦地体会到生命的脆弱。

那天晚上，我回到家，迷迷糊糊做了一晚上梦。在其中一个梦里，我跟母亲和艾伦在萨米特。"还记得你在医院的时候吗？"母亲大笑着说道，"你那么疯狂，以至于……"

她笑得太过厉害，都没办法把这个句子讲完。

"发生什么事了？"我一边问，一边抓起一台录音机。母亲一直在笑，笑到岔气，笑到歇斯底里，说不出话来。

然后我又做了第二个梦，跟第一个梦混杂在一起。我在癫痫科病房的地板上，浑身赤裸，想要找个洗手间藏起来。我听见一群护士经过，赶紧想藏起来，但是等我转到角落，突然看见了阿德琳，科里的菲律宾护士。现在，我身上又穿着衣服。

"苏珊娜，"她说道，"我听说你没有好好照顾自己。真丢人。"

虽然我不愿意从这些梦里寻找任何弗洛伊德式的意义，但它们显然代表了我的焦虑——对于自己在医院的行为，别人如何看待康复期内的我这些问题的焦虑。当我开始接手回到报社后的第一份重大任务的时候，我不想把它写成一篇心理学的文章。我不想搞得自己又疲惫又难受，但这些视频显然破坏了我内心的平衡。

不过，不管是否准备好，10 月 4 日，星期天，我职业生涯里最重要的一篇故事，还是登上了《纽约邮报》，它的标题是《我神秘的疯狂岁月：我本是一个 24 岁的快乐女孩，突然，妄想症和癫痫相继发作，我会变成疯子吗？》

第48章 幸存者的负罪感

　　研究你自己的病例是一回事，抽象地思考跟你有同样症状的其他人，又是截然不同的另一回事。试图去了解他人，就会有迷失在这个系统中的风险。

　　因为我是纽约大学唯一被诊断出患有抗 NMDA 受体自身免疫性脑炎的人，我感觉自己仿佛是一个掉了队的伤员，没有其他同志可以一起分享战争中的故事。可是，我错了。虽然抗 NMDA 受体自身免疫性脑炎的病例十分罕见，但它却是 100 种自身免疫性疾病中的一种，据估计，这些疾病影响美国 5 000 万人口，而这个数字在过去的 30 年里已经翻了 3 倍。[1] 自身免疫性疾病多数——大约 75%——发生在女性身上，对我们的影响比各种类型的癌症加起来还要大。自身免疫性疾病几乎是导致各年龄段女性残疾的头号因素。有很多理论解释了为什么女性感染的比例如此之大，从遗传到环境，再到激素（多数被诊断出患有此类疾病的女性都处于生育年龄），再到女性的免疫系统更加复杂（她们在怀孕期间需要识别和保护胎儿，这是一种半外来的个体），由于这些更加复杂的因素，女性的失调也更加严重。到目前为止，它只是一系列不解之谜中的又一个谜团。

达尔玛医生和他的实验室团队，也识别出其他发生在大脑中的受体导向型自身免疫性疾病，所以，抗 NMDA 受体虽然罕见，却不是唯一的。现在，抗体介导的自身免疫性疾病已经成为一个真正的症候群。达尔玛医生和他的实验室团队已经识别出 6 种其他抗体，针对大脑中的不同受体，这让我很吃惊。这个数字还在增长，达尔玛医生估计，当所有抗体都被发现时，数字可能超过 20。这些发现最终都被统一冠以一个模糊的名称，"不明原因脑炎"或者"非特定的精神分裂症"，或者根本就没有名字。

所以，难怪《纽约邮报》的文章发表以后，我的收件箱里一下子收到几百封来自父母们的来信，他们的孩子最近被诊断出各种自身免疫性疾病，有个跟我同龄的女子正在受到同样病症的折磨；人们怀疑他们的亲人也患有这种病，想了解如何正确应对的相关知识。如同其他重创一样，这种病症将你彻底炸开，经过那么多事情之后，你最终准备好做出反馈，愿意帮助任何与你经历相同的人。但是，如此敞开自己，如同一个裂开的伤口，也让你对所有因素都不会设防。那时我听到的所有故事都跟我自己的类似，痛苦也丝毫不亚于我。曾经交谈过的那些人的话，让我在夜里无法入眠：为什么是我？为什么我的抗体决定袭击？我为什么后来能够康复？

我一直被这些问题所困扰——不是因为自己可怜，而是想知道为什么我的身体决定背叛自己。另外，为什么这种情况会发生在其他人身上？现在已经有几千个抗 NMDA 受体自身免疫性脑炎的病例，其中许多结果都不好：一位老妇人已经去世，因为她被误诊为泌尿系统感染；一位怀孕时症状加重的妇女，最终失去了自己的孩子；几个女孩的卵巢被摘除，因为医生无法找到畸胎瘤，而在我身上发挥奇迹作用的免疫抑制剂，并没能帮到她们。

与我交谈过的每个人几乎都经历过妄想和幻觉：一位音乐老师说，她看见和听见自家窗外有一场完整的交响乐演出；一个年轻女子打电话叫来牧师为她驱魔，因为她确信自己被魔鬼附了身；另一个与我同龄的女孩非常憎恨自己，以至于在康复期拔掉自己所有的头发，并砍伤了手臂。

偏执狂，尤其是对她们生活中的男性的偏执，也是一种普遍的症状。一位中年妇女认为，自己的丈夫跟邻居有了一个孩子；一位年轻的少女认为，她爸爸在欺骗她妈妈。跟我交谈过的一个12岁的女孩，试图从一辆行进的轿车上跳下来；另一位妇女对葡萄上了瘾（正如我对苹果的痴迷一样）。

所有这些与我交谈过的人，都迷失了自我。而且，并不是每个人都能够重新找回自己。其中一些人，再也没能恢复生病前那种聪明、幽默和活泼的样子。

甚至还有被诊断为精神分裂症的人打来电话，迫切地想要另一个答案。我的故事给他们以希望，但是其中一些人会持续地像偏执狂似的打来电话，让我感到很害怕。

"你知道他们在窃听我们。"一位老妇人说道。

"您是指？"

"他们动了我的电话线，所以我不能说太多。"

"我能听见他们的声音，"另一个人说道，"外面有人要抓我，就像你一样。"

还有一个女人听起来疯了，她紧张的声音很难理解，每天要打好几次电话，试图要安排一次见面，让我给她诊断一下。

"我不是医生，但是你应该去找这些医生。"我说着，把给我治疗过的医生的名单提供给她。但事实是，这些饱受精神分裂症折磨的人，和我之间唯一的区别，就是我已经被治愈。像这些人一样，我深知被困在由自己分裂的灵魂铸就的监狱里，是一种什么样的感觉。

幸存者的负罪感，作为一种创伤后应激障碍（PTSD）非常普遍——一项研究显示，20%~30% 的幸存者会出现这种现象 [2]——在患有癌症、艾滋病的人，和战争退伍军人中都有记录。我能够真切地体会这种感觉，虽然某些时候，我的问题与 PTSD 正好相反：许多 PTSD 患者努力想摆脱关于创伤的记忆，而我却没有那种记忆。但负罪感依然存在，尤其是当我跟患者家人讲话，他们帮不上忙，还感到不满的时候。一位刚结婚的新郎给我打电话，讲述关于他妻子的事情，他通过 Facebook 给我发过邮件，我把我的电话号码留给他。"你怎么知道自己不会再生病了？"他咄咄逼人地问道。

"我不知道，我真的无法回答这个问题。"

"你怎么那么确定？"

"我不确定。这只是医生们告诉我的。"

"为什么你都好了，我妻子还病着，而且她是比你先接受诊断的？"

"我、我不知道。"

两个星期以后，他又给我打电话。"她死了。她上个星期死了。我想你应该知道。"

他的妻子身上没有出现奇迹。每个人的诊断都不会有奇迹。这似乎没有任何逻辑可循；这就是一种运气，既不公平，又无情，甚至直白些说，简直是可怕。即便这项疾病得到正确的治疗，依然存在 25% 的概率，患者会永久残疾，甚至死亡。

但在对这项疾病的了解中，还有更多互动，可以让我把这种可怕的疾病，变成某种礼物——即便是我最坏的敌人，我也不会把这个礼物赠予他，但它仍然是一份礼物。

我开始跟一个叫作尼斯林·沙欣的女子接近起来，她十几岁的女儿在跟我差不多的时间发病，现在她也在孜孜不倦地传播着相关知识，投入了无数个小时，在 Facebook 个人主页上发表关于抗 NMDA 受体自身免疫性脑炎的咨询，帮助几百个孤独面对这种疾病的患者。除了尼斯林的个人主页，还有很多网页在传播相关知识，并把一个个患者和家庭联系在一起，这样他们就可以不再孤军奋战。

我人生中最鼓舞人心的时刻——也可以非常确定地说，这是另一个这种疾病如何从积极的角度改变我的人生观的例子——是一个叫作比尔·加维根的男子，在 2010 年春天给我打的电话。

"是苏珊娜·卡哈兰吗？"他上气不接下气地问道。

"是的。"我说着，吃了一惊。打来电话的人一般不会叫我的名字，仿佛这很吃力一般。他继续跟我讲述了他十几岁的女儿艾米丽的故事。

当艾米丽在宾夕法尼亚大学上大二的时候，有一天，她突然开始快速讲话，偏执地认为有辆皮卡车在跟着她，并通过对讲机在跟谁汇报着她的行踪。第二天，当他们一家到纽约看一场百老汇的表演时，艾米丽变得对周围的汽车十分敏感。她坚持认为他们被跟踪了，这让比尔和妻子格蕾丝感到十分担忧，他们立刻调转车头奔向

急诊室。在医院里，艾米丽的偏执狂症状加重了，因为急诊医生让
她想起高中时的历史老师，她觉得他是一个骗子，一个扮演医生的
骗子——跟我当时对父亲和脑电图护士的偏执臆想十分相像。

艾米丽被精神科收治，在那里的 72 小时，她一直在被院方观
察，跟家人没有任何交流。医生给她用了镇定和抗精神病的药物，
接下来的两个星期，她继续待在精神病科，然后才带着"非特定性
精神病"诊断结果出了院，这就相当于医学术语版的"我不知道"。
虽然她用了大剂量的镇静剂，她还是坚持回到大学。可就在那时，
她父母接到了系主任打来的电话，表达了对艾米丽反常行为的严重
关切。她只能回到家里，接下来的几个星期内，她又辗转于父母家
和几个当地的精神病诊所之间，直到她被宾夕法尼亚精神病研究所
收治，她在那里待了 3 个星期。比尔把这段经历与电影《飞越疯人
院》中的情节相比。虽然他们还没有得出诊断结果，但精神病专家
告诉她父母，她的症状在朝着情感分裂性精神病发展，后来，其他
神经学家甚至给出了可能患有多发性硬化的诊断。那里的社会工作
者建议他们给她申请残疾人社会保险，因为"她将再也不能去工
作"。比尔拒绝相信这一点，在社会工作者走后，把社保表格扔进垃
圾桶。就在这时，比尔的妹妹玛丽在《今日》节目里看到我（一位
制作人看完《纽约邮报》的文章以后，邀请我做一期节目）。她把录
像寄给比尔，而比尔又把它和我在《纽约邮报》上的文章一起拿给
艾米丽的精神科医生看。

"她没有癫痫。"精神科医生指出我的病例和艾米丽之间的不同
之处。他似乎对自己错过了什么的暗示感到很不满意。

"你们必须面对现实，你们有一个患上精神病的女儿。"

艾米丽在研究所待了 21 天，经历了门诊治疗，最后还是回到学

校，并以优异的成绩完成了那个学期的学习，可是她的父母依然相信她并没有百分之百康复。

看起来她似乎克服了这个问题，不管这个问题到底是什么，直到她回家度春假，她的身体和认知情况突然恶化起来。比尔注意到她连最基本的数学题都做不出来，格蕾丝看着自己的女儿想要吃一块冰激凌，但是连勺子都握不住。接着，她从语速很快突然变成说不出话来。

她被送到最近的医院，那里的医生告诉艾米丽的父母，一年前的核磁共振结果就显示，存在着感染的情况，而这个事实从来没有让他们知道。当医生准备针对感染做 IVIG 介入治疗的时候，艾米丽的大脑出现了一个血栓，这使得她癫痫发作了一个半小时。就在艾米丽在隔壁房间抽搐的时候，比尔把我的文章塞到值班的神经科医生手里。

"看看这个，现在就看。"他命令道。

医生就在比尔面前把这篇文章看完，把它装进口袋，同意给她做罕见的自身免疫性疾病的检查。艾米丽的状况稳定到允许被移动的时候，她就立刻被飞机送到宾夕法尼亚大学，达尔玛医生的同事对她做了诊断，并开始对她做抗 NMDA 受体自身免疫性脑炎的治疗。通过介入性的类固醇和化疗的治疗方案，艾米丽已经回到大学，重新开始上课。现在，她百分之百健康，并在 2012 年完成了大学的学业。

她父亲在给我的电话里说："我不想夸大其词，嗯，我想，没有什么比这件事更富有戏剧性了。不过我不是在开玩笑，如果我们没有把那篇文章交给医生，她可能就不在世了。"

他还发给我一段视频，是艾米丽滑冰的画面，里面有一张字条：

"我想你或许愿意看到艾米丽滑冰。这是两年来，我第一次看到她滑冰。画面开始的时候，冰面中央那个就是她。同时，我们回顾这个周末，因为是母亲节，我记得在去年的母亲节时，我用轮椅推着她到医院的礼品商店，去给她妈妈买一张贺卡，当时她既不能走路，又不能说话。一年以后，正如你将在录像里看到的，她已经能够滑冰了。我们会继续送上我们的祝福。"

我打开手机视频，看着她。艾米丽穿着粉色的短裙、黑色的紧身裤、黑色的衬衫，头上系着一条粉色的发带。她在冰面上是那样自如，自由旋转着，仿佛在漂浮一般，在溜冰场上一圈又一圈地旋转。

第49章 家乡的男孩了不起

《纽约邮报》发表的《我的疯狂岁月》一文，不仅改变了我的生活，也改变了纳贾尔医生的生活。纳贾尔医生邀请我去他在新泽西肖特山的家中，那里离我母亲在萨米特的家只有5分钟车程。他打开门，把我介绍给他妻子和他3个十几岁的孩子。他妻子马尔瓦是一个可爱的女人，皮肤和头发都很有光泽，看起来比丈夫年轻好几岁。他们于1989年相识于纽约比克曼中心医院（现在是纽约大学的一部分），当时他在那里研究神经学，而她在实验室工作。一天下午，这个羞涩的小伙子用阿拉伯语向她开了个玩笑，让他吃惊的是，她居然大笑起来。她看起来长得并不像中东人，但是当他向她做自我介绍的时候，却发现她也来自叙利亚。

马尔瓦给我倒了一杯茶，我们坐在客厅里，旁边是一台大钢琴。在谈话中，纳贾尔医生提到了他的父亲，萨利姆·纳贾尔，而且似乎很愿意跟我分享他不可思议的故事。

萨利姆在孤儿院长大。他的母亲每天要工作很长时间，为附近医院实验室的医生做工作服，可是，他的父亲突然过世，她不得不放弃萨利姆，因为靠着自己微薄的收入，没法把他抚养长大。萨利姆对儿子们的教育要求非常严格，但自己却连高中都没有毕业，凭着坚强的意志和追求完美的精神，从事建筑生意，后来，他的公司甚至承建了叙利亚的大马士革国际机场，成为业界翘楚。但是，这跟他儿子在海外取得的成功相比，还不算什么。

"我父亲看到了你的文章。不止一份报纸，很多报纸都把它翻译成了阿拉伯语。"纳贾尔医生说道，"里面有很多催人泪下的内容。"

"不会吧。"我说道。

"是的，他被里面的内容深深感动了。"

就在我的文章发表以后，叙利亚驻美国大使亲自找到纳贾尔医生，祝贺他完成如此杰出的工作，并把我的文章转给一家叙利亚通讯社SANSA。一夜之间，所有报纸争相转载这篇关于一个叙利亚男孩如何变成美国最神奇的医生的文章。

"记住，就是这个笨小孩，那个不会写作业的笨小孩。"马尔瓦笑着说道，"这个家乡的男孩了不起。你做到了，宝贝，做到了。"

同年晚些时候，纳贾尔医生被《纽约杂志》评为美国最好的神经学家之一。

第50章 狂喜

在《纽约邮报》上发表那篇文章以后，多数认识我的人都会同意，"苏珊娜回来了"。我已经恢复了在《纽约邮报》的全职工作，纳贾尔医生和阿斯兰医生最终取消了所有用药，2010年年初，我还试水电视直播，成为《今日》节目的嘉宾，来探讨自己的病症和经历。

因为母亲和艾伦打算把他们在萨米特的房子卖掉，斯蒂芬和我搬到了一起，我们没想到会这么快就同居。几个月来，我浏览各种广告，想找一个我拮据的经济条件能够负担得起的公寓，我们也刻意回避这个话题。找了好几个星期之后，我发现自己根本无法独自居住。我不敢提出住在一起，担心这样会推着他让我们的关系发展得太快。而且，我也觉得这样推动他，对他是不公平的：他怎么能说不呢？可是，当我不得不跟他提起这个问题时，他毫不犹豫地说："这正是我希望我们两人要做的事。"

不过，斯蒂芬内心还是对于要扮演照顾者的角色有些焦虑，虽然我已经能把自己照顾得很好。我们住在同一个屋檐下，万一我发生什么事情，他就要对我负责。但是，他决心选择担当：我太困难了，无论是经济上，感情上，还是身体上，无法自己生活，而他也不希望我们两人分开。

所以，现在，你们可以进一步把我跟男朋友住在一起，添加到我已经"回归自我"的原因清单里去。但是，我又过了好几个月，才心安理得地适应做回自己，最后，我可以在邂逅前男友时，眼都不眨一下，在自行车课上也不再胆怯。

这种梦寐以求的时刻悄然来临，在我确诊一年以后，2010年6月，我前往墨西哥，拜访我的大家庭，并参加堂哥布莱斯的婚礼。这次婚礼跟我康复期参加的那次婚礼不同，内心的我和周围人看到的我之间，不再有巨大的裂痕。我感觉自己很放松，很自持；不用再搜肠刮肚寻找该说的话，不用强迫自己跟人家寒暄，而且也重新获得了过去的幽默感。

因为他们差点儿失去我，所以，我的朋友和家人现在终于可以敞开表达他们对我的印象和感想。因此，我经常觉得如同汤姆·索亚在参加他自己的葬礼①一般：这也是一种特殊的礼物。

有两个词一直在被重复：开朗和健谈。几乎每个人都会用类似这样的词汇来形容我。我一直不知道这两个词能在多大程度上说明我，而它们突然消失，会有多么明显。

我知道这个新的苏珊娜很像过去的苏珊娜。的确有一些变化，但这种变化更像是朝左迈了一步，而不是彻底颠覆。我说话又变快

① 《汤姆·索亚历险记》中的情节，汤姆和朋友离家出走，大人们找不到他们，以为他们死了，为他们举行了葬礼。但他们在葬礼当天返回家中，目睹了自己的葬礼。——编者注

了，可以放松地工作，对自己的皮肤感到满意，也能认出镜子里的自己。不过，当我把这个"后来的我"的照片，跟"以前的我"的照片进行对比时，当我凝视自己的眼睛时——我会发现，有些东西改变了，有些东西失去了，有些东西得到了。

当然，认出照片中的自己，并不能代表完全回归。我已经不是过去的那个自己了。当我想要找出现在的我跟过去的我之间的区别时，我的手会下意识地去摸头顶那个不平坦的秃疤，那里再也不会长出头发。我觉得，自己不可能再成为以前的那个自己了，然而，这个新的苏珊娜却有着一些让我害怕的地方。我每天晚上睡觉的时候都会说梦话，我以前从来没有这样过。一天晚上，斯蒂芬被我的尖叫声吵醒，"那里有一盒牛奶，一大盒牛奶！"从某种角度看，这挺逗的，但是因为我们经历过的事情，这也有点儿吓人。现在，我有了生病前的苏珊娜所没有的恐惧。

几个月以前，一位忧心忡忡的父亲给我打电话，给我讲述他们女儿的近况，她的病情出现了恶化。他还跟我说了另一个女子的故事，她在几年前就已经康复，但是最近在出国的时候又再次发作。患者中大约有 20% 会出现病情恶化的症状，[1] 像癌症一样，它并没有确定的缓和日期。在完全康复以后，可能明天就会复发，也可能 5 年后复发。那些并未患有畸胎瘤的患者，比如我，有着更高的复发概率。这种状况的原因尚不清楚，但是，那些复发的患者似乎也有同样概率的康复的可能。但这并没有缓解我的担忧。

最近，就在斯蒂芬和我在我们新泽西的新公寓里看电视的时候，从视线的角落里，我看见有个东西在地板上动。

"你看到那个了吗？"我问斯蒂芬。

"看见什么？"

"没什么。"我又疯了吗？难道就是这样发生的？

接着，我又看到它了。这一次，斯蒂芬抓住他的鞋子，倒出了一只 2 英寸长的蟑螂。

我生活在这种恐惧中。它并没有控制我，也没有消除我的决心，但是我却与它共生。我采访过的朋友和亲戚，从来不会用"担惊受怕"这个词来形容我，但是，时不时地，当我乘坐地铁，或者看到的光线比平常要亮的时候，我就会想：这是光吗？还是我又要发疯了？还有那些无法被触及或者很难看出的更加微妙的变化呢？我问斯蒂芬，他现在有没有发现我变了？他想了半晌，摇着头说"没有，我不觉得"，但他的语气并不是很有把握。

那些跟我最接近的人，毫无疑问跟我一样也发生了变化。斯蒂芬过去一直很懒，这让我没少操心。

"你带手机了吗？你要走多久？出发的时候给我打电话。"他会经常重复这些话，只要我不接电话，就会一遍遍地给我打电话、发短信。

出院以后很长时间，斯蒂芬都把我视为一个精致易碎的瓷器，他一直充当着我的保护人的角色，为我遮挡外面世界的风风雨雨。

虽然我从表面上对此表示感激，但他一直守着这个角色不放的时候，也会让我觉得有点儿烦。我怎么能怪他呢？可是，我的确在怪他。接受这种类型的照顾，绝对不是我一贯的性格，通常我是一个非常自主、极端独立的人。所以，我有时会故意跟他对着干，在外面待到很晚也不给他打电话，他打来电话的时候，我会按下按钮挂断。

直到我开始像个成人一样做事情的时候，斯蒂芬也才开始把我当作成年人，慢慢地，我们的关系重新变得互相平等，进化为一种积极的关系，跟我住院时形成的那种照顾与被照顾的关系截然不同。不过，当然，他也担心，我怀疑这种情况或许永远都不会改变。他的思绪也经常被拉回在我的地狱厨房公寓的那个夜晚，我翻起白眼，身体僵直，我们两人的生活就此永远改变。

当然，也有一些东西没有变。我的父母在我住院期间，曾把彼此根深蒂固的敌意放在一边，可等我回归我自己之后，他们的关系也无法再维系了。没有了医生的约诊把他们连在一起，他们便回到之前习惯性的互相回避之中，即便他们女儿差点儿死亡的经历，也无法弥补他们之间的裂痕。

他们说，人是不会变的。我记得自己就要上六年级的时候，辅导员把我们叫到她的办公室，跟我们讲从小学到初中的转变。她让我从一个列有 50 个词的单子里，选出一个来描述自己上学第一天的感受。我当时选了"狂喜"这个表示张着嘴大笑的词。辅导员对我的选择感到诧异，这显然不是一个寻常的选择。那时我是狂喜的，那现在呢？我还会选择这个词吗？还是我已经完全失去了这份激情？有一部分的我，没有从灾难中恢复过来吗？

第 51 章　飞行风险?

　　假冒的脑电图护士,在新闻时段包围我父亲的潮水般的狗仔队,继父悄悄藏起来伺机对我侵犯,这些荒唐的记忆一直保留在我的脑海里,而其他一些真实存档的记忆,却像流水一样从脑海里流失。如果我记得的都是幻觉,我怎么能依靠自己的思维来生活呢?

　　时至今日,我每天都在努力区分现实与虚构。我甚至还问母亲,那天在车里,艾伦有没有骂我是个婊子。

　　“你开什么玩笑?”母亲说道,显然是被我的问题伤了心,“他永远不可能这样做的。”

　　从逻辑上讲,她是对的,我知道艾伦永远不可能说出这样的话。可是,为什么我一直都无法摆脱这些古怪的记忆呢?如果我没有精神病,这些幻觉又是从哪里来的呢?

　　虽然幻觉、妄想和虚幻地把握现实是精神分裂症的标志,没有患精神疾病的人也会出现这些症状。2010 年,剑桥大学的一项研究有助于阐明这一思维过程，[1] 他们给健康的学生志愿者注射毒品氯胺酮——它会阻止我的疾病影响的同一种 NMDA 受体——导致志愿者身上出现所谓的"橡胶手错觉"。15 名学生被要求把一只手放在桌子上，旁边有一只假的橡胶手，他们先被注射氯胺酮，有一人还服用了安慰剂，坐在一旁。在实验中，真正的手被藏了起来，两把按在马达上的油漆刷，去触碰两只手的手指。服用安慰剂的受试者并不会被幻觉蒙骗，但被注射氯胺酮的受试者很快坚定地认为，那只橡胶手就是他们自己的手。这个实验表明，无论出于何种原因，注射氯胺酮都会破坏受试者对于现实的感觉，使得理智的人觉得发生了不可能的事情，但他们也会觉得这很平常，比如，在头脑里让一个人突然变老。

类似橡胶手这样的研究进行了好几十年，然而幻觉这个现象还是持续吸引着研究者的注意，对于它们产生的机理和原因，学术界还是没有统一的解释。

我们只知道，当大脑接收到一种外部的感官——视觉、听觉或触觉——但并没有对应的外部来源时，根据自我监控理论，[2] 它无法准确区分外部感官和内心感受。

心理学家菲利普·哈维解释说，由于幻觉是自发产生的，因而它们显得特别生动可信。它被称作"生成效应"，[3] 哈维对我说，"你最好记得它们"。

虽然患有精神分裂症的人显示出认知和记忆缺失，但对于他们被要求构建起来的记忆，他们却会记得跟正常人一样清楚。例如，如果你让他们用一些词编个故事，他们对这些词的记忆，就会比直接记忆牢固得多。

由于这些思维过程都包含强烈的情感因素，因此，它们主要由海马体和杏仁体来标记，而这两个部位都会受到疾病的影响。杏仁体是一种杏仁形状的结构，位于海马体顶端，在头部两侧、双耳上方的颞叶中，这个部位与感情和记忆机能有着密切的关系，能够帮助人来选择应该保留哪些记忆，应该抛弃哪些记忆，取舍的标准取决于事件是让我们悲伤，还是让我们兴奋。[4]海马体根据内容对记忆进行标记（例如，病房和紫色衣服的女子），而大脑的杏仁体负责提供情感（恐惧、兴奋、痛苦）。当杏仁体将某种精力认定为高情感价值时，它就更有可能被保存下来，这个过程叫作"标记"，而最终进入记忆的过程，叫作"固化"。

海马体和杏仁体有助于经历的标记和固化，或者将其放入记忆，随后提取。[5]这个过程的任何环节出现问题，记忆就无法形成。

因此，我永远也无法忘记自己在脑子里让精神病学家变老的事情，而这只能说明记忆有多不可靠。我也会永远记得这一点。

例如，我确定地记得那天自己在医院那间住了4个人的AMU里，被那位"穿紫衣的女士"照看，也就是本书一开始的场景。我清楚地记得自己低头看着自己的右手，看见一条橙色的腕带上面写着"飞行风险"。我的家人和朋友也记得同样的事情，所以，我想当然地认为这就是真的。对我来说，"飞行风险"的腕带就是一个事实。

然后，结果却证明这其实是想象。当我在病房里跟护士和医生讲话的时候，他们告诉我，根本没有这种腕带。一位护士暗示道，"你是不是用一个'摔倒风险'的腕带呀。它不是橙色的，是黄色的。"我的脑电图录像也证明了这一点，没有那种橙色的"飞行风险"的腕带。

"当人们想起一件过去的事情时，他们可以把新的信息嵌入过去的记忆中，制造出一种新的记忆。"心理学家伊丽莎白·洛夫特斯医

生终生致力于研究一个假设：[6]记忆常常是不准确的。在一项 1978
年的研究（现在在许多心理学基础课程中都会讲授）中，洛夫特斯
医生给受试者播放一组幻灯片，是关于一辆红色的轿车撞倒一位行
人的。虽然照片显示，汽车当时是碰到"停止"的标志，但当洛夫
特斯医生就这个问题提问受试者的时候，有意加入了一些误导性的
问题，比如"那个'避让'的标志是什么颜色的？"研究显示，那
些受到引导的受试者，答错问题的概率也更高。这些发现挑战了目
击证人作证的效力。

2000 年，纽约的一个神经学家小组发表了一项假设，[7]他们通
过在实验室对大鼠进行测试，以验证记忆每次被唤醒的时候是否会
发生改变。研究小组发现了记忆过程的另一个步骤，叫作"再固
化"：当一段记忆被唤醒，它会被重构，使得新的（有时是旧的）信
息得以渗透进来。这通常很有用，因为我们需要将过去的经历进行
升级，来反映目前的信息，但这有时也会导致扭曲和误差。

心理学教授亨利·罗伊蒂格将"飞行风险"腕带的现象称为
"社会感染"：如果一个人的记忆有误，当他把自己的记忆跟他人分
享，它就会扩散，如同电影《恐怖地带》里面空气传播的怪病一般。

我是这段错误记忆的始作俑者？我是那个扩散它的人吗？我确
定自己清楚地记得手腕上缠着写有"飞行风险"几个字的腕带，难
道不是吗？

第 52 章 《X 夫人》

"我们的大脑会编造一些小故事。"神经学家克里斯·莫里森医生解释道,当我 2010 年 12 月到医院找她问诊的时候,她给我做了测试。"当你把一件事情在头脑里反复重演时,渐渐地,你就可能把它内化,开始相信那是真的。你会把自己这些片段和情景整合成跟真实记忆不同的东西。""飞行风险"的腕带就是这样一个例子。同样的,当我们看到一些熟悉的事物时,大脑的检索机制就会启动。闻到某种味道,看到某种场景,就会使我们立刻回到过去,解锁被遗忘的记忆。出院一年以后,我的朋友科林把我带到附近的一间叫作"爱根斯"的酒吧。这个名字让我微微触动了一下,我以前曾经来过这里吗?我记不起来。

我们走进这家高端的爱尔兰酒吧,径直朝着吧台走去。不,我没有来过。但是,当我走到中央就餐区,看见一个低垂的吊灯时,我知道自己以前来过这里,就在生病之前,跟斯蒂芬、他姐姐和姐夫一起来过，就在雷恩·亚当斯的表演之前。我不仅记得自己去过那里，也记得自己点的菜：鱼和薯条。泛光的猪油覆盖在厚厚的薯条上，我努力忍着没呕吐在桌上。我想说些什么，但怎么也没法把自己的注意力从那些油乎乎的鱼和薯条上移开。

不敢相信，这一切竟然如此生动地在脑海中涌现。我还忘记了什么？还有什么会被回想起来，会打破我现在心理的平衡，提醒我对现实的了解是多么欠缺？

我几乎每天都会想起些事情，有些是无关紧要的事情，比如我在医院穿的那双青色的袜子、短短一个词、我在医院吃的通便药磺琥辛酯钠，还有阿德琳护士拿着药冲进来的情景。在这样的时刻，我总是忍不住想，另一个苏珊娜正在呼唤我，她仿佛在说，我也许要走了，但是不要忘记我。仿佛视频里的女孩在说："求求你。"

但是，每当我重新找回一段回忆，我知道，还有成百上千段回忆，是无法找回的。无论我跟多少医生交谈过，无论做过多少次采访，记完多少本笔记，总有一些经历——我人生的那么一段——永远地消失了。

在我搬来跟斯蒂芬同住一年之后，我终于抽出时间拆封从我公寓搬过来的那些箱子。我打开一个小盒子，里面装了个又破又旧的电吹风、几个卷发棒、几本笔记本和一个小的棕色信封。信封里面是一张明信片，上面画了个深色头发的女人。这是一幅名画，我知道自己以前见过它，但却想不起来是在哪里见过。

那个女人占据了画面的大部分位置，这使得她向下塌的鼻子和尖额头显得分外突出。她的皮肤在黑色晚礼服裙的衬托下显得分外苍白，她裸露双肩，只有两条珠链作为裙子的肩带。她右手指尖撑着一张木制的桌子，让人感觉全身的重量都集中在手指上，姿势显得很不自然，她的左手像女王般拎着裙摆。整个姿势显得撩人而做作。对我来说，第一眼看上去，她显得既傲慢又病态，显得很自大，不愿承认自己已经病入膏肓。

这个女人有种独特的吸引力，跟我在贝利医生那里看到的那幅《胡萝卜》中那种扭曲变形的人性，以及让人又爱又恨、感情复杂的画风截然不同。看着这幅画，一种久远的感情仿佛在脑海中被唤醒，那种刺痛有兴奋的感觉，可以追溯到童年时代。过了好一会儿，我终于想出其中的缘由：小时候，当我钻进母亲的衣橱时，心里也是这种感觉。我盯着那幅画又看了几分钟，想要弄清这幅画和我遗失的记忆之间的关系，我要把思绪拉到很远、很远的地方，才能发现明信片背后的秘密。

那是约翰·辛格·萨金特1884年的作品，《X夫人》。袋子里还有一张购买时的发票。我是2009年2月17日在大都会艺术博物馆花1.63美元买的。我的记忆里没有一丝一毫那次博物馆之旅，我根本不记得自己在那年2月去过博物馆，也不记得自己曾经站在画像前面，也不记得是什么吸引了我对这个强壮而脆弱的女人的注意。

或者，在某种层面上，我能记起来。我相信弗里德里希·尼采说过的那句话："遗忘的存在从未被证明过：我们只知道，当我们希望一些事情出现在脑海里的时候，它们未能出现。"

或许，这段记忆并没有消失，它只是被埋藏在思想深处的某个地方，等待着合适的线索把它召回。到目前为止，这还没有发生，我不禁要想：一直以来，我还失去了什么？它到底是失去了，还是只是隐藏起来了？

那幅画让我的一些尘封已久的情感喷涌而出。于是，我把它贴在书房座位上方的墙上，发现自己经常凝视着它，陷入沉思。或许，虽然"我"那次并没有亲身经历，但我的某个部分参与了那次博物馆之行，或许那一整个月都是如此。这个想法让我略感安慰。

第53章 紫衣女子

我从纽约大学朗贡医学中心癫痫科出院将近两年的时候，又重新回到了那里。我沿着第一大道，朝着纽约大学紫色的标志走去，它悬挂在远处灰色的医院大楼上。我推着旋转门，让它转得慢一点儿，好让那些坐轮椅的人通过。我来到医院现代化的大厅，穿着白大褂的医生从病人中间匆匆走过，随处可见穿得像高龄大学生的药品推销员。忧心忡忡的访客拎着印有"患者物品"字样的袋子消失在人群中。我穿过自己癫痫发作时去过的入院处，不过，我现在脑子里关于那天的全部记忆，就是住院之前买了一杯热的卡布奇诺咖啡。我走进一部直梯，上到12层。我脑子里忽然想起父母和斯蒂芬，在我住院的那个月里，他们每天都要上上下下往返好几趟，真是不可思议。

不过，奇怪的是，这里的一切对我来说都显得那样陌生。我沿着走廊往前走，穿过护士站，护士们都没有认出我。没有人抬头看我。一名男子躺在大厅的地板上打着呼噜。护士站里的护士从我背后跑过，朝着他跑去。我跟在她们后面，那名男子挣扎着，发出类似打呼噜的声音。一群护士按住他，直到一名保安赶来，把他抬到担架床上。男子的病号服肚子以下的纽扣都敞开着，我扭过头不看他，一位穿绿色制服的护士从我身边经过。

"请问这里是癫痫科吗？"我问道。

"不，你找错地方了。这里是东配楼，癫痫科在同一层的西配楼。"好吧，至少这一次，我的记忆没有跟我开玩笑。

我回到一层的大厅，乘坐另一部电梯上行，但是，我再次失望地发现，这里的一切都显得那样陌生。接着，一种气味触动了我：那种混合着酒精浸泡的棉签和甜麝香的味道。就是这里，一定是这里。接着，我看见了她，那个紫衣女子。她盯着我，但这一次，不是恐慌、遗憾或者担忧的眼神。在她眼中，我是一个健康人，只是她似乎努力在想在哪里见过我。

我微笑着。"你记得我吗？"我问道。

"我不确定。"她承认道，还是那样的牙买加口音，"你叫什么名字？"

"苏珊娜·卡哈兰。"

她睁大眼睛。"哦，是的，我记得你。我记得你。"她微笑着说，"我确定是你，可是你看起来大不一样了。你看起来好多了。"

我还没反应过来，我们已经拥抱在一起了。她身上的气味有点儿像普瑞来洗手液的味道。我的脑子里浮现出一个个画面：父亲喂我吃麦片，母亲搓着手，紧张地朝窗外望去，斯蒂芬拿着他的真皮公文包赶到病房。我此时应该哭的，可我却笑了。

紫衣女子轻轻地在我的脸颊上吻了一下。

后　记

一年后，我回到纽约大学，并不是为了写书搜集素材，而是专程去拜访纳贾尔医生的一位病人，她最近刚被诊断出患有和我相同的病症。我来到 1203 病房门口，发现它就在我住了几个月的那间病房的下一层。从一对老人疲惫、渴望的眼神中，我能猜出他们是她的父母，老人带我进入病房。我看到她——就像看到当年的自己一样——斜躺在病床上。

从她那双眼皮严重下垂的眼睛里，我看到了风暴的影子。她那副毫无生气的样子，也把我卷进了过往，我自己当年就是这个样子。她用手攥住床侧面的护栏，又兴奋，又迷惑，很想要触碰我这个已经康复的病人。她太过僵硬且不受控制的身体并不配合，可她还是挪动身子和我拥抱了一下。她身体散发出热量，我能感觉到她的每一根肋骨。

她把目光投向我后面，反复说道，"真不敢相信你会来"，那语气仿佛在说，真不敢相信真有你这个人。

接着，她父母向我解释了如何让女儿到纳贾尔医生这里来治疗的，原来要感谢贝利医生，就是认为我是因为戒酒才出现症状的那位医生。在她被精神病房收治以后，他们专程去咨询贝利医生，贝利医生建议他们去找纳贾尔医生，看她得的是不是他在《神经学》杂志上看到的一种病症。贝利医生并不承认误诊了我的病症，但是，他显然从我这里吸取了教训。

过去被医生称为"斑马病"的这种罕见病，现在越来越被人们所知，诊治的速度也更快了。在我当年求医的时候，医学界认为有90%的病例都无法治愈。而现在，很多医生已经了解了检验这种病症的手段，而且，如果发现得早，治疗的效果也非常明显，有81%的患者能够完全康复。鉴于该病后期导致的严重后果，这个比例已经相当高了。例如，这次我来纽约大学看望的这个女孩，后来也痊愈了，并且重回了工作岗位。她不仅能够独立生活，也恢复了往日的活力。

自从我在2009年被确诊后，虽然关于该病的研究取得了很大的进展，但还远远不够。该病的死亡率依然有7%，而且很多患者也未能完全康复。该病的致病成因（在那些未患畸胎瘤的病例中）依然不为人们所知。另外，医学界还发现了一些该病变体的病例，截至本书撰写的时候，大约有7种不同的变体。

而我也尽可能多地与患者分享自己的亲身经历，并将此当作一项使命。我曾经走访许多大学、医院和精神病治疗机构，向人们介绍我的病例。我也协助发起了一个新的公益组织，叫作自身免疫性脑炎患者联盟，致力于该病的研究和知识普及，最终目标是要让每位患者都能享受到我这样的诊疗。了解更多关于该机构的信息，可以访问：www.aealliance.org。

　　我相信，这本书已经让很多患者了解了自己病痛的知识，我也让他们的疾患有了一个名称。对于其他病症还不为人所知的患者，我的经历给了他们希望。

　　有人曾经问我："如果你能够收回那段经历，你愿意收回吗？"

　　当时，我还不知道该怎样回答。但现在我知道了，不管出于任何原因，我也不会收回当年那段可怕的经历。因为我自己经历的黑暗，能够带来太多的光明。

注 释

第 1 章 蓝色臭虫

1. Nancy C. Hinkle, "Delusory Parasitosis," *American Entomologist* 46, no. 1 (2000): 17–25, http://www.ent.uga.edu/pubs/delusory.pdf (accessed August 2, 2011).

2. Vincent Racaniello, "Virology 101," *Virology Blog: About Viruses and Diseases,* http://www.virology.ws/ virology-101/ (accessed March 1, 2011). Robert Kulwich, "Flu Attack! How the Virus Invades Your Body," *NPR.org* [blog], October 23, 2009 (accessed March 1, 2011).

第 4 章 《摔角王》

1. Robert D. Siegel, *The Wrestler,* directed by Darren Aronofsky, Fox Searchlight, 2008.

第 7 章 再次上路

1. "Basking in Basque Country," *Spain ... on the Road Again,* PBS, New York, original broadcast date October 18, 2008.

第 8 章　灵魂出体的经历

1. Epilepsy Foundation, "Temporal Lobe Epilepsy," Epilepsyfoundation. org, http://www.epilepsyfoundation.org/aboutepilepsy/syndromes/ temporallobeepilepsy.cfm (accessed March 1, 2011). Temkin Owsei, *The Falling Sickness: A History of Epilepsy from the Greeks to the Beginnings of Modern Neurology* (Baltimore: Johns Hopkins University Press, 1971).

2. Alice W. Flaherty, *The Midnight Disease: The Drive to Write, Writer's Block and the Creative Brain* (New York: Houghton Mifflin, 2004), 27.

3. Akira Ogata and Taihei Miyakawa, "Religious Experience in Epileptic Patients with Focus on Ictal-Related Episodes," *Psychiatry and Clinical Neurosciences* 52 (1998): 321–325, http:// onlinelibrary.wiley.com/ doi/10.1046/j.1440–1819.1998.00397.x/pdf.

4. Shahar Arzy, Gregor Thut, Christine Mohr, Christoph M. Michel, and Olaf Blanke, "Neural Basis of Embodiment: Distinct Contributions of Temporoparietal Junction and Extrastriate Body Area," *Journal of Neuroscience* 26 (2006): 8074–8081.

第 9 章　疯狂初现

1. *CNN Money,* "Best Places to Live: 2005," Money.CNN.com, http:// money.cnn.com/magazines/moneymag/bplive/2005/snapshots/30683. html (accessed Thursday, April 12, 2012).

2. National Institutes of Health, "Bipolar Disorder," NIH.gov, http:// www.nimh.nih.gov/ health/publications/bipolar-disorder/nimh-bipolar-adults.pdf (accessed March 14, 2009).

3. *Bipolar Disorder Today,* "Famous People with Bipolar Disorder," Mental-

Health-Today.com, http://www.mental-health- today.com/bp/famous_ people.htm (accessed March 14, 2009).

第 15 章　卡普格拉妄想症

1. Orin Devinsky, "Delusional Misidentifications and Duplications," *Neurology* 72 (2009): 80–87.

2. Jad Abumrad and Robert Krulwich, "Seeing Imposters: When Loved Ones Suddenly Aren't," NPR, March 30, 2010, http://www.npr.org/ templates/story/story.php?storyId=124745692 (accessed May 4, 2011). V. S. Ramachandran and Sandra Blakeslee, *Phantoms in the Brain: Probing the Mysteries of the Human Mind* (New York: Morrow, 1998), 161–171.

第 16 章　癫痫病发后愤怒症

1. Orin Devinsky, "Postictal Psychosis: Common, Dangerous, and Treatable," *Epilepsy Currents,* February 26, 2008, 31–34. Kenneth Alper et al., "Premorbid Psychiatric Risk Factors for Postictal Psychosis," *Journal of Neuropsychiatry and Clinical Neuroscience* 13 (2001): 492–499. Akira Ogata and Taihei Miyakawa, "Religious Experience in Epileptic Patients with Focus on Ictal-Related Episodes," *Psychiatry and Clinical Neuroscience* 52 (1998): 321–325.

2. S. J. Logsdail and B. K. Toone, "Post-Ictal Psychoses: A Clinical and Phenomenological Description," *British Journal of Psychia- try* 152 (1988): 246–252.

3. Michael Trimble, Andy Kanner, and Bettina Schmitz, "Postictal Psychosis," *Epilepsy and Behavior* 19 (2010): 159–161.

第 17 章 多重人格障碍

1. The New York Times Health Guide, "Schizophrenia," *Health.nytimes. com,* http://health.nytimes.com/health/guides/disease/schizophrenia/ risk-factors.html (accessed February 20, 2010).

2. "Dissociative Identity Disorder," in American Psychiatric Association, *Diagnostic and Statistical Manual of Mental Disorders—IV (Text Revision)* (Washington, D.C.: American Psy- chiatric Association, 2 000), 526–529.

3. "Bipolar Disorder," in ibid.

第 18 章 爆炸性新闻

1. P. A. Pichot, "A Comparison of Different National Concepts of Schizoaffective Psychosis," in *Schizoaffective Psychoses* (Berlin: Springer-Verlag, 1986), 8–16. A. Marneros and M. T. Tsuang, "Schizoaffective Questions and Directions," in *Schizoaffective Psychoses* (Berlin: Springer-Verlag, 1986).

2. American Psychiatric Association, *Diagnostic and Statistical Manual of Mental Disorders—IV (Text Revision)* (Washington, D.C.: American Psychiatric Association, 2000), 319–323.

第 21 章 被中断的死亡

1. Luke Dittrich, "The Brain That Changed Everything," Esquire.com, October 5, 2010, www.esquire.com/features/henry-molaison-brain-1110 (accessed May 8, 2011). "Histopathological Examination of the Brain of Amnesiac Patient H.M.," *Brain Observatory,* August 18,

2010, http://thebrainobservatory.ucsd.edu/content/histopathological-examination-brain-amnesic-patient-hm (accessed May 8, 2011). William Beecher Scoville and Brenda Milner, "Loss of Recent Memory after Bilateral Hippocampal Lesions," *Journal of Neurology, Neurosurgery and Psychiatry* 20 (1957): 11–21. Benedict Carey, "H. M., an Unforgettable Amnesiac, Dies at 82," *New York Times,* December 5, 2008, http://www.nytimes.com/2008/12/05/us/05hm. html?pagewanted=all(accessed May 8, 2011).

2. Deborah Wearing, *Forever Today: A True Story of Lost Memory and Never-Ending Love* (London: Corgi, 2006).

3. Oliver Sacks, "The Abyss: Music and Amnesia,"*New Yorker,* September 24, 2007, http://www.newyorker.com/reporting/2007/09/24/070924fa_fact_sacks (accessed September 13, 2011).

第 22 章 美丽的怪物

1. Michael O'Shea, *The Brain: A Very Short Introduction* (Oxford: Oxford University Press, 2005). Rita Carter, Susan Aldridge, Martyn Page, and Steve Parker, *The Human Brain Book* (London: DK Adult, 2009). Stephen G. Waxman, *Clinical Neuroanatomy, Twenty-Sixth Edition* (New York: McGraw Hill, 2010).

2. William F. Allman, *Apprentices of Wonder: Inside the Neural Network Revolution* (New York: Bantam, 1989), 3.

第 24 章 静脉内注射免疫球蛋白治疗

1. Falk Nimmerjahn and Jeffrey V. Ravetch, "The Anti-Inflammatory

Activity of IgG: The Intravenous IgG Paradox," *Journal of Experimental Medicine* 204 (2007): 11–15. Arturo Casadevall, Ekaterina Dadachova, and Liise-Anne Pirofski, "Passive Antibody Therapy for Infectious Diseases," *Nature Reviews Microbiology* 2 (2004): 695–703. Noah S. Scheinfeld, "Intravenous Immunoglobulin," *Medscape Reference,* http:// emedicine.medscape.com/article/210367- overview (accessed May 8, 2011).

2. John M. Dwyer, *The Body at War: The Story of Our Immune System* (Sydney, Australia: Allen & Unwin, 1994), 28–52. S. Jane Flint, Lynn W. Enquist, Vincent R. Racaniello, and A. M. Skalka, *Principles of Virology: Molecular Biology, Pathogenesis, and Control of Animal Viruses, Third Edition* (Washington, D.C.: American Society of Microbiology, 2009), 86–130. Noel R. Rose and Ian R. Mackay, eds., *The Autoimmune Diseases, Fourth Edition* (St. Louis, Mo.: Elsevier, 2006). Lauren Sompayrac, *How the Immune System Works, Third Edition* (Oxford: Blackwell, 2008). Massoud Mahmoudi, *Immunology Made Ridiculously Simple* (Miami: Med Master, 2009). Robert G. Lahita, *Women and Autoimmune Disease: The Mysterious Ways Your Body Betrays Itself* (New York: Morrow, 2004).

3. Vincent Racaniello, "Innate Immune Defenses," Virology.ws, http:// www.virology. ws/2009/06/03/innate-immune-defenses (accessed March 11, 2010). Vincent Racaniello, "Adaptive Immune Defenses," Virology.ws, http://www.virology.ws/2009/07/03/adaptive-immune-defenses (accessed March 11, 2010).

4. Lauren Sompayrac, *How the Immune System Works, Third Edition* (Oxford: Blackwell, 2008). Massoud Mahmoudi, *Immunology Made Ridiculously*

Simple (Miami: Med Master, 2009). Robert G. Lahita, *Women and Autoimmune Disease: The Mysterious Ways Your Body Betrays Itself* (New York: Morrow, 2004).

5. John M. Dwyer, *The Body at War: The Story of Our Immune System* (Sydney, Australia: Allen & Unwin,1994), 28–52. S. Jane Flint, Lynn W. Enquist, Vincent R. Racaniello, and A.M. Skalka, *Principles of Virology: Molecular Biology, Pathogenesis, and Control of Animal Viruses, Third Edition* (Washington, D.C.: American Society of Microbiology, 2009), 86–130. Noel R. Rose and Ian R. Mackay, eds., *The Autoimmune Diseases: Fourth Edition* (St. Louis: Elsevier, 2006). Lauren Sompayrac, *How the Immune System Works, Third Edition* (Oxford: Blackwell, 2008). Massoud Mahmoudi, *Immunology Made Ridiculously Simple* (Miami: Med Master, 2009). Robert G. Lahita, *Women and Autoimmune Disease: The Mysterious Ways Your Body Betrays Itself* (New York: Morrow, 2004).

6. Brendan T. Carroll, Christopher Thomas, Kameshwari Jayanti, John M. Hawkins, and Carrie Burbage, "Treating Persistent Catatonia When Benzodiazepines Fail," *Current Psychiatry* 4 (2005): 59.

第 26 章　钟表

1. Janus Kremer, "Clock Drawing in Dementia: A Critical Review," *Revista Neurologica Argentina* 27 (2002): 223–227.

2. Francesco Pavani, Elisabetta Ladavas, and Jon Driver, "Auditory and Multisensory Aspects of Visuospatial Neglect," *Trends in Cognitive Sciences* 7 (2008): 407–414. V. S. Ramachandran and Sandra Blakeslee, *Phantoms in the Brain: Probing the Mys- teries of the Human Mind* (New

York: Morrow, 1998), 115–125. V. S. Ramachandran, *The Tell-Tale Brain: A Neuroscientist's Quest for What Makes Us Human* (New York: Norton, 2011), 1–21. Michael O'Shea, *The Brain: A Very Short Introduction* (Oxford: Oxford University Press, 2005). Rita Carter, Susan Aldridge, Martyn Page, and Steve Parker, *The Human Brain Book* (London: DK Adult, 2009). Stephen G. Waxman, *Clinical Neuroanatomy, Twenty-Sixth Edition* (New York: McGraw-Hill, 2010).

3. V. S. Ramachandran and Sandra Blakeslee, *Phantoms in the Brain: Probing the Mysteries of the Human Mind* (New York: Morrow, 1998), 118.

第 28 章　影子拳手

1. Davis Lab, "History of the Blood Brain Barrier," University of Arizona, http://davislab.med.arizona.edu/content/ history-blood-brain-barrier (accessed April 23, 2011).

2. Julia C. Buckingham, "Glucocorticoids: Exemplars of Multi-Tasking," *British Journal of Pharmacology* 147 (2006): S258—S268. Mayo Clinic Staff, "Prednisone and Other Cortico- steroids: Balance the Risks and Benefits," MayoClinic.com, http://www.mayoclinic.com/health/steriods/HQ01431 (accessed May 8, 2011). Peter J. Barnes, "How Corticosteroids Control Inflammation: Quintiles Prize Lecture 2005," *British Journal of Pharmacology* 148 (2006): 245–254.

第 29 章　达尔玛病

1. National Institute of Neurological Disorders and Stroke, "NINDS Paraneoplastic Syndrome Information Page," National Institutes

of Health, http://www.ninds.nih.gov/disorders/ paraneoplastic/ paraneoplastic.htm (accessed March 2, 2011). Roberta Vitaliani, Warren Mason, Beau Ances, Theodore Zwerdling, Zhilong Jiang, and Josep Dalmau, "Paraneoplastic Encephalitis, Psychiatric Symptoms, and Hypoventilation in Ovarian Teratomas," *Annals of Neurology* 58 (2005): 594–604.

2. David J. Linden, *The Accidental Mind: How Brain Evolution Has Given Us Love, Memory, Dreams and God* (Cambridge, Mass.: Belknap Press of Harvard University Press, 2007), 107–144. Fei Li and Joe Z. Tsien, "Memory and NMDA Receptors," *New England Journal of Medicine* 361 (2009): 302–303.

3. Wade Roush, "New Knockout Mice Point to Molecular Basis of Memory," *Science* 275 (1997), www.bio.davidson.edu/courses/molbio/ restricted/knockbrain/BrainKO.html (accessed May 18, 2011). Zhenzhong Cui, Huimin Wang, Yuansheng Tan, Kimberly A. Zaia, Shuqin Zhang, and Joe Z. Tsein, "Inducible and Reversible NR1 Knockout Reveals Crucial Role of the NMDA Receptor in Preserving Remote Memories in the Brain," *Neuron* 41 (2004): 781–793. Laure Rondi-Reig, Megan Libbey, Howard Eichenbaum, and Susumu Tonegawa, "CA1-Specific NMDA Receptor Knockout Mice Are Deficient in Solving Nonspatial Transverse Patterning Task," *Proceedings of the National Academy of Sciences* 98 (2001): 3543–3548.

4.Josep Dalmau et al., "Paraneoplastic Anti-N-Methyl-D-Aspartate Receptor Encephalitis Associated with Ovarian Teratoma," *Annals of Neurology* 61 (2007): 25–36.

第 31 章　真相大白

1. Josep Dalmau et al., "Clinical Experience and Laboratory Investigations in Patients with Anti-NMDAR Encephalitis," *Lancet Neurology* 10 (2011): 63–74.

2. Josep Dalmau et al., "Clinical Experience and Laboratory Investigations in Patients with Anti-NMDAR Encephalitis," *Lancet Neurology* 10 (2011): 63–74.

3. Elizabeth Svoboda,"Monster Tumors Show Scientific Potential in War against Cancer," *New York Times,* June 6, 2006, http://www.nytimes.com/2006/06/06/ health/06tera.html (accessed May 1, 2011).

第 33 章　回家

1. Josep Dalmau et al., "Clinical Experience and Laboratory Investigations in Patients with Anti- NMDAR Encephalitis," *Lancet Neurology* 10 (2011): 63–74.

第 34 章　加利福尼亚之梦

1. T. J. Hamblin, "Apheresis Therapy: Spin-Drying the Blood," *British Medical Journal* 285 (1982): 1136–1137. Dianne M. Cearlock and David Gerteisen, "Therapeutic Plasmapheresis for Autoimmune Diseases: Advances and Outcomes," *Medical Laboratory Observer,* November 2010, http://www.mlo-online.com/articles/nov00.pdf (accessed May 2011).

第 39 章　正常范围内

1. Rhawn Joseph, *Neuropsychiatry, Neuropsychology, Clinical Neuroscience*

(Orlando, Fla.: Academic Press, 2000), http://brainmind.com/Agnosia. html.

第 40 章 伞

1. Michael O'Shea, *The Brain: A Very Short Introduction* (Oxford: Oxford University Press, 2005). Rita Carter, Susan Aldridge, Martyn Page, and Steve Parker, *The Human Brain Book* (London: DK Adult, 2009).

2. "My Lobotomy: Henry Dully's Journey," *All Things Considered,* NPR. org, November 16, 2005, http://www.npr.org/templates/ story/story. php?storyId=5014080 (accessed May 13, 2011). Shanna Freeman, "How Lobotomies Work," HowStuffWorks.com, http://science. howstuffworks.com/environmental/life/human-biology/lobotomy3. htm (accessed May 13, 2011).

第 43 章 NDMA

1. Lisa Sanders, "Diagnosis: Brain Drain," *New York Times Magazine,* November 9, 2008, http:// query.nytimes.com/gst/fullpage. html?res=9C05E7DA1F3BF93AA35752 C1A96E9C8B63.

第 47 章 驱魔人

1. Guillaume Sébire et al., "Coma Associated with Intense Bursts of Abnormal Movements and Long-Lasting Cognitive Disturbances: An Acute Encephalopathy of Obscure Origin," *Journal of Pediatrics* 121 (1992): 845–851.

2. Robert G. Delong et al.,"Acquired Reversible Autistic Syndrome in Acute Encephalopathic Illness in Children," *Child Neurology* 38 (1981):

191–194.

3. Josep Dalmau et al.,"Clinical Experience and Laboratory Investigations in Patients with Anti-NMDAR Encephalitis," *Lancet Neurology* 10 (2011): 63–74.

4. Emily Bregel, "Chattanooga: Teen Has 'Miraculous' Recovery from an Unusual Tumor Disorder," TimesFreePress.com, June 11, 2009, http://timesfreepress.com/ news/2009/jun/11/chattanooga-teen-has-miraculous-recovery-unusual- t/?local.

5. Guillaume Sébire, "In Search of Lost Time: From Demonic Possession to Anti-NMDAR Encephalitis," *Annals of Neurology* 66 (2009): 11–8. Nicole R. Florance and Josep Dalmau, "Reply to: In Search of Lost Time: From 'Demonic Possession to Anti-NMDAR Encephalitis,'" *Annals of Neurology* 67 (2010): 142–143.

6. Souhel Najjar, D. Pearlman, D. Zagzag,J. Golfinos, and O. Devinsky, "Glutamic Acid Decarboxylase Autoantibody Syndrome Presenting as Schizophrenia," *Neurologist* 18 (2012): 88–91.

7. David Leonhardt, "Why Doctors So Often Get It Wrong," *New York Times,* February 22, 2006, http://www.nytimes.com/2006/02/22/business/22leonhardt.html.

第 48 章　幸存者的负罪感

1. American Autoimmune Related Diseases Association and National Coalition of Autoimmune Patient Groups, "The Cost Burden of Autoimmune Disease: The Latest Front in the War on Healthcare Spending" (Eastpointe, Mich.: American Autoimmune Related Diseases

Association, 2011). Autoimmune Diseases Coordinating Committee, "Autoimmune Diseases Research" (Bethesda, Md.: National Institutes of Health, March 2005).

2. Gwen Adshead, "Psychological Therapies for Post-Traumatic Stress Disorder," *British Journal of Psychiatry* 177 (2000): 144–148.

第 50 章 狂喜

1. Josep Dalmau et al., "Clinical Experience and Laboratory Investigations in Patients with Anti-NMDAR Encephalitis," *Lancet Neurology* 10 (2011): 63–74.

第 51 章 飞行风险?

1. Hannah L. Morgan, Danielle C. Turner, Philip R. Corlett, Anthony R. Absalom, Ram Adapa, Fernando S. Arana, Jennifer Pigott, Jenny Gardner, Jessica Everitt, Patrick Haggard,and Paul C. Fletcher, "Exploring the Impact of Ketamine on the Experi- ence of Illusory Body Ownership," *Biological Psychiatry* 69, no. 1 (2011): 35–41.

2. Sharon Begley, "The Schizophrenic Mind," *Newsweek,* March 11, 2002, www.newsweek.com/2002/03/10/the-schizophrenic-mind.print.html (accessed April 21, 2011). Dominic H. Ffytche, "The Hodology of a Hallucinations," *Cortex* 44 (2008): 1067–1083.

3. Philip D. Harvey et al., "Cortical and Subcortical Cognitive Deficits in Schizophrenia: Convergence of Classifications Based on Language and Memory Skill Areas," *Journal of Clinical and Experimental Neuropsychology* 24 (2002): 55–66. Carol A. Tamminga, Ana D. Stan, and Anthony D.

Wagner, "The Hippocampal Formation in Schizophrenia," *American Journal of Psychiatry* 167 (2010): 1178–1193. Daphna Shohamy, Perry Mihalakos, Ronald Chin, Binu Thomas, Anthony D. Wagner, and Carol Tamminga, "Learning and Generalization in Schizo- phrenia: Effects of Disease and Antipsychotic Drug Treatment," *Biological Psychiatry* 67 (2010): 926–932.

4. Michael O'Shea, *The Brain: A Very Short Introduction* (Oxford: Oxford University Press, 2005). Rita Carter, Susan Aldridge, Martyn Page, and Steve Parker, *The Human Brain Book* (London: DK Adult, 2009). Elizabeth A. Phelps and Tali Sharot, "How (and Why) Emotion Enhances Subjective Sense of Recollection," *Current Directions in Psychological Sciences* 17 (2008): 147–152, http://www.psych.nyu.edu/ phelpslab/ papers/08_CDPS_V17No2_147.pdf. Joseph E. LeDoux, "Emotion Cir- cuits in the Brain," *Annual Reviews of Neuroscience* 23 (2000): 155–185.

5. Jesse Rissman and Anthony D. Wagner, "Distributed Representations in Memory: Insights from Functional Brain Imaging," *Annual Review of Psychology* 63 (2012): 101–128. Richard C. Mohs, "How Human Memory Works," HowStuffWorks.com, http:// science.howstuffworks. com/environmental/life/human-biology/human- memory.htm.

6. William Saletan, "The Memory Doctor: The Future of False Memories," Slate.com, June 4, 2010, http://www.slate.com/articles/ health_and_science/the_memory_doctor/2010/06/the_ memory_ doctor.single.html.

7. Greg Miller, "How Our Brains Make Memories," *Smithsonian,*

May 2010, http://www.smithsonianmag.com/science-nature/How-Our-Brains-Make-Memories.html. "Big Think Interview with Joseph LeDoux," BigThink.com, June 9, 2010, http://bigthink.com/josephledoux.

致 谢

"如果没有你们大家，我永远也不可能做到这一点"，这句话已经成为老生常谈。但是我想，就我的例子而言，这句话绝对是千真万确的。我可以毫不夸张地说，没有我生命中的这些非凡的人们，我现在不可能在这里写下这些文字。

我永远对这些斗士们给予我的爱和支持心存感激。他们是我的家人：我的母亲、父亲、斯蒂芬和詹姆斯。我还要感谢我的大家庭：艾伦·古德曼（Allen Goldman）、吉塞尔·卡哈兰（Giselle Cahalan）、汉娜·格林（Hannah Green）、莱恩·格林（Len Green）和安娜·科埃略（Ana Goelho），即便是在我最黑暗的时刻，他们也一直没有忽视过我。我还要感谢斯蒂芬的"好火鸡"家族，和他的父母——约翰·格里瓦尔斯基（John Grywalski）和简·奥玛蕾（Jane O'Malley）——他们养育了这么好的一个儿子。你们都是我的基石，我因为你们而重生。

我该怎么感谢我那些杰出而无私的医生们呢？比如苏海尔·纳贾尔医生（Dr. Souhel Najjar）和约瑟夫·达尔玛医生（Dr. Josep Dalmau），千言万语，化作一句话：谢谢你们救了我的命。如果还可以展开，我要感谢你们把那么多宝贵的时间放在这个议题上面，来解释我们的大脑和免疫系统为什么会出现意外的情况，感谢你们帮助我审核这本书稿。同时，我还要感谢纽约大学朗贡医学中心（New York University Langone Medical Center），尤其是萨布丽娜·卡恩医生（Dr. Sabrina khan）、安贞焕医生（Dr. Jung Hwan Ahn）、杰弗里·弗里德曼医生（Dr. Jeffery Friedman）、沃纳·多伊尔医生（Dr. Werner Doyle）、卡伦·吉安达尔（Karen Gendal）、塔玛拉·利卡福特（Tamara Ricaforte）、劳拉·当布拉瓦（Laura Dumbrava）、希拉里·铂帝斯医生（Dr. Hilary Bertisch）、史蒂夫·肖恩伯格护士（nurse Steve Schoenberg）、奥林·德文斯基医生（Dr. Orrin Devinsky）、多利·克利萨斯（Dorie Klissas）和克雷格·安德鲁斯（Craig Andrews）。正如我的父母在他们的笔记中写到的："我不认为世界上有其他任何工作比你们每天的工作更有意义。"

接下来，就是坐下来写作这本书的漫长而孤独的过程。我是如此幸运，有拉里·维斯曼（Larry Weissman）和萨斯查·阿尔贝（Sascha Alper）两位金牌经纪人为我做代理。他们从一开始就给予我极大的信任，并在我后来写作遇到困难时，持续不断地给我引导。你们二位对我来说，不仅是商业上的伙伴，更是我的家人。

感谢自由出版社（Free Press），在过去两年中，这里已经成了我的家。感谢极具天分的希拉里·雷德蒙（Hilary Redmon），对我的初稿进行甄选和编辑；谢谢你从我的故事中发现了特殊的意义，你和我一样热爱科学，你将我的故事打造成一部叙事作品。接下来，我要感谢非凡的米莉森特·贝纳特（Millicent Bennett），是她的编辑润色和精雕细琢，将这个故事提升到一个新的层次，让它有了我从未想到过的韵律和节奏。我还要感谢出版人吉尔·西格尔（Jill Siegel）和卡丽莎·海斯（Carisa Hays）给予我故事的重视，感谢克洛艾·铂金斯（Chloe Perkins）经常熬到深夜，为这本书的完善而努力。感谢自由出版社的整个出版团队：苏珊娜·多那会（Suzanne Donahue）、妮科尔·朱琪（Nicole Judge）、保罗·奥哈罗兰（Paul O'Halloran）、伊迪思·路易斯（Edith Lewis）、贝弗利·米勒（Beverly Miller）、克莱尔·凯雷（Claire Kelley）、阿兰娜·拉米雷斯（Alanna Ramirez）、悉尼·塔尼佳娃（Sydney Tanigawa）、劳拉·塔莎（Laura Tatham）、凯文·麦卡希尔（Kevin McCahill）、布里塔尼·杜拉克（Brittany Dulac）、凯莉·罗伯茨（Kelly Roberts）和埃琳·雷柏克（Erin Reback）。最后，感谢多米尼克·安福索（Dominick Anfuso）和玛莎·列文（Martha Levin）给予我的信任，并为作者们创造出如此优越的支持环境。

　　感谢我杰出的插画师摩根·施韦泽（Morgan Schweitzer）：你立刻就理解了本书的内容，你的作品为我的书籍赋予了生命力。

　　我还要感谢病毒学家米汉·克里斯特（Meehan Crist），不仅帮助了解复杂的病理知识，也引导我朝着寻找自己声音的方向前进。

　　感谢各位患者和专家：宾夕法尼亚大学的丽塔·巴利斯－戈登教授（Dr. Rita Balice-Gordon），为我清楚地阐明那些抽象的理论，纽约大学朗贡医学中心的克里斯·莫里森医生（Dr. Chris Morrison），对我理解大脑的"小差错"起到关键作用，哥伦比亚大学的文森特·拉卡尼罗医生（Dr. Vincent Racaniello），为我分享了他关于病毒的丰富知识，迈阿密大学的菲利普·哈维医生（Dr. Philip Harvey），让我知道我的病症跟精神分裂症的症状是多么吻合，纽瓦克贝思以色列医学中心（Newark Beth Israel Medical Center）的罗伯特·拉伊塔医生（Dr. Robert Lahita），花费几个小时在电话里为我解释关于吞噬细胞的相关知识，约翰·霍普金斯大学的戴维·林登教授（Dr. David Linden），耐心地向我解释大脑中NMDA受体扮演的角色，康涅狄格大学的乔尔·派特医生（Dr. Joel Pachter），向我解释血脑屏障的工作机理，最后，还有圣路易斯华盛顿大学的亨利·罗伊迪格三世教授（Dr. Henry Roediger Ⅲ）和华盛顿大学的伊丽莎白·洛夫特斯教授（Dr. Elizabeth Loftus），向我解释记忆误差方面的研究。

我还要感谢纽约医学院图书馆、纽约公共图书馆的馆员们，还有哥伦比亚新锐写作小组的科学作者们，帮我审核一些涉及科学的复杂段落。

我要感谢那些勇敢而非凡的患者和他们的家人，你们如此慷慨地与我分享你们的生活经历：尼斯林·沙林（Nesrin Shaheen）和她的女儿索尼娅·格莱马克（Sonia Gramcko），艾米丽、比尔和格蕾丝·加维根（Emily，Bill，and Grace Gavigan），桑德拉·利艾里（Sandra Reali），谢里尔、托尼和杰登·路易兹（Cheryl，Tony，and Jayden Liuzza），基拉·吉文斯·埃克斯（Kiera Givens Echols），安吉·玛高文（Angie McGowan），多那·哈里斯·祖拉夫（Donna Harris Zulauf），安娜丽莎·梅尔（Annalisa Meier）和她的父母，还有许多其他人。

我要感谢保罗·莫柏林（Paul McPolin），《纽约邮报》正直的编辑，你是一位出色的编辑，你的能力和无私，从这本书就能看出来。感谢我的邻桌莫琳·卡拉翰（Maureen Callahan），那么多个夜晚，你都陪着我、聆听我的倾诉，你的洞见在本书中也可窥见一斑。感谢安吉拉·蒙特菲尼斯（Angela Montefinise），在这本书还不成熟的时候，你就鼓励我，说它"很棒"。你带奶酪汉堡去医院看我，最后还收养了我的流浪猫土土：我永远亏欠于你。

感谢你，杰出的朱莉·司代鹏（Julie Stapen），不仅为我带来必要的勇气，而且花了两个小时耐心地给我拍照，以期拍出一幅最完美的作者肖像。感谢凯蒂·斯特劳斯（Katie Strauss）跟我分享大鼠的故事，感谢詹妮弗·阿姆斯（Jennifer Arms）为我带来黑麦面包，感谢林赛·德林顿（Lindsey Derrington）大老远从圣路易斯来看我，感谢科林·古特文（Colleen Gutwein）给我带来柬埔寨的那些精美的图片，感谢麦肯齐·道森（Mackenzie Dawson）告诉我萨特（Sartre）的名言，感谢金杰·亚当斯·奥蒂斯（Ginger Adams Otis）和扎克·哈勃曼（Zach Haberman）在我生病的时候帮我照料土土。

感谢《纽约邮报》，尤其是《星期日》专刊的同人们，在我生病期间和写作本书期间给予我巨大的帮助。报社的各位同事都是我最好的朋友。感谢你们在我写作本书的过程中给予我的各种帮助：吉姆·芬恩林（Jim Fanelli）、哈萨尼·吉登斯（Hasani Gittens）、苏·埃尔德曼（Sue Edelman）、利兹·普莱斯曼（Liz Pressman）、伊莎贝尔·文森特（Isabel Vincent）、罗博·沃尔什（Rob Walsh）和科斯腾·弗莱明（Kirsten Fleming）。感谢史蒂夫·林奇（Steve Lynch），为我编辑了《我神秘的疯狂岁月》一文，那篇文章是写作本书的基础，感谢我的第一位编辑劳伦·拉姆斯比（Lauren Ramsby），她教会我多问一个"为什么"的意义。

感谢给予我宝贵启示的那些家人和朋友：古德曼夫妇（the Goldmans）、法萨诺夫妇（the Fasanos）、罗斯玛丽·特兰桥（Rosemarie Terenzio）、布莱恩·希瑞利（Bryan Cirelli）、杰·图伦

（Jay Turon）、萨拉·卢锐（Sarah Nurre）、弗兰克·芬尼莫尔（Frank Fenimore）、凯尔西·基辅（Kelsey Kiefer）、加勒·凯迪赛德（Calle Gartside）、戴维·贝纳德（David Bernard）、克里斯蒂·施沃兹曼（Kristy Schwarzman）、贝斯·斯塔克（Beth Starker）和杰夫·威尼斯（Jeff Vines）。感谢普利斯顿·布朗宁（Preston Browning），在他备受欢迎的康复网站 Wellspring House 给予我一席之地，这里现在已经成为我的第二个家乡。

最后，感谢你，"紫衣女子"，虽然我现在还不知道你叫什么名字。